Die Farben von Peking

Agnieszka Pickl

Die künstlerisch begabte Victoria kommt mit der Transsibirischen Eisenbahn in den 80er Jahren mit ihren Eltern in Peking an. Dort trifft sie viele ausländische junge Leute in ihrem Alter, schließt Freundschaften und lernt andere, interessante Kulturen kennen. Dieser kulturelle Cocktail öffnet ihr die Augen für die Welt, verleiht ihr Flügel. Sie fängt an, die chinesische Sprache zu studieren und erlebt die erste Liebe, die plötzlich und überraschend kommt. Die Liebe auf den ersten Blick, die sich in ein faszinierendes Gefühl und ungeahnte Kreativität verwandelt. Durch Zufall trifft sie auf einen bekannten chinesischen Maler und Kalligraphiemeister, der sie von ihrem größten Traum überzeugt - eine berühmte Malerin zu werden. Ihr Aufenthalt in Peking wird zu einem großen, bunten Regenbogen, voll von Kulturen aus der ganzen Welt und interessanten Erlebnissen, bis unerwartete Ereignisse eintreten...

Agnieszka Pickl, wie die Heldin aus „Die Farben von Peking" wuchs auch die Autorin in Peking auf. Dort hat sie ihr Studium der Sinologie erfolgreich abgeschlossen und arbeitete in namhaften, internationalen Unternehmen in China. Insgesamt verbrachte sie viele Jahre in China und Asien. Ihre Leidenschaft war schon immer Schreiben, Lesen, Reisen und andere Kulturen kennenlernen. Heute lebt sie mit ihrer Familie in Bayern, Deutschland.

Agnieszka Pickl

Die Farben von Peking

Roman

Illustration Cover: Marlene Weindler, Stein

Herstellung und Verlag: BoD – Books on Demand, Norderstedt

ISBN: 9783744823098

Für meine Familie und Freunde aus vielen Ländern der Welt, die mich aus unserer gemeinsamen Zeit in Peking kennen. Sie lernten dort nicht nur die chinesische Kultur kennen, sondern auch viele andere, internationale Kulturen. Ich bin mir sicher, immer, wenn sie an die damalige Zeit denken, huscht ein verträumtes Lächeln über ihre Gesichter.

„Nur wer sein Ziel kennt, findet den Weg."

Laoze

Victorias Tagebuch, 20. Juni 2008

„So sehr vermisste ich „mein Asien", China, wo ich fast die Hälfte meines Lebens verbracht habe - aber als ich Jahre später zurück nach Peking kam, wurde mir klar, dass „mein China" nicht mehr existiert.

Diese schönen Erinnerungen sind nur noch Vergangenheit und dieses Glücksgefühl von damals kann nicht wiederhergestellt werden.

„Mein Peking" gibt es nicht mehr. Kann es sein, dass diese Welt nur eine Illusion oder ein Traum war, der nie wirklich existiert hat? Wieso will ich diese Welt wieder finden? Viele Jahre sind seitdem vergangen und alles hat sich verändert. Tausende von neuen Gebäuden und Straßen sind gebaut worden, neue Autobahnen sind entstanden. Viele der kleinen, intimen Restaurants, die ich noch kannte, gibt es nicht mehr. Alte Freunde gingen vor langer Zeit und haben nur farbenfrohe Bilder mit lächelnden Gesichtern vor dem Hintergrund chinesischer Paläste und Pagoden hinterlassen. Sie sind jetzt nur noch leicht vergilbte Fotos auf Papier, Erinnerungen, weil doch nichts wirklich für die Ewigkeit bleibt.

Schließlich musste ich in diesem Jahr wieder nach Peking, weil? Weil ich alles noch einmal erfahren wollte, alles wieder verstehen? Oder nur tief in Verzweiflung versinken für etwas so Unwirkliches und Flüchtiges wie ein Hauch Sommerwind?

Für etwas, das vor langer Zeit zerplatzte wie eine Seifenblase in den schillernden Farben des Regenbogens.

Vor vielen Jahren arbeiteten Tausende von Ausländern in Botschaften oder Handelsstellen und besuchten Peking, aber diese Aufenthalte dauerten nur etwa vier Jahre, vielleicht ein wenig länger. Während dieser Zeit wurden viele internationale Freundschaften geknüpft, nur um in dem Augenblick der Abreise aus China zu enden? Ja, genau so hat Peking damals funktioniert. Ein internationaler Mikrokosmos für die Auserwählten, ein farbiges Weltzentrum in einem Land mit einer sehr alten Kultur.

Verzweifelt, voller Erinnerungen und mit wachsender Melancholie laufe ich durch Peking, auf den Straßen des Stadtteils Jiang Guo Men Wai mit seinen satten, grünen Bäumen, auf der Suche nach Spuren meiner Vergangenheit, einer Vergangenheit, die nie wiederkommen wird.

Viele Jahre sind vergangen, aber der Geruch von Peking ist immer noch der gleiche. Ihn einzuatmen brachte mich ins Land der Erinnerungen zurück. Ich erinnerte mich an blühende Kirschbaumalleen, die vom Flughafen in die Stadt führten und ihre hellrosa Farbe oder an die Hitze im Sommerpalast und wie ich in einem Boot auf einem künstlichen See fuhr oder an weiße, von der Sonne aufgeheizte Marmorplatten im Winterpalast. Ich hörte immer wieder läutende Fahrradglocken und laute Gespräche auf Chinesisch.

Es ist der gleiche Geruch wie damals, aber jetzt habe ich nicht mehr das Gefühl des unbeschwerten Glücks, der Sicherheit, des täglichen Abenteuers, der Erkundung unbekannter Orte, bei denen nichts so ist wie in der europäischen Kultur.

Hier sind nicht mehr meine internationalen Freunde mit unterschiedlicher Hautfarbe, die Dutzende von Sprachen aus aller Welt sprechen. Den eisblauen Himmel von meinem Peking im Winter sieht man nur noch selten. Die Musik auf den Partys in den Botschaften spielt nicht mehr. Die monoton klingenden Töne der Tischtennisbälle auf den Tischen des internationalen Klubs sind nicht mehr zu hören. Es gibt auch das ehemalige Geschäft „Friendship Store" nicht mehr - mit all seinen Farben. Die Basare voller Seidenkleider, die in der frischen Frühlingsbrise flattern, das Geräusch eines Zuges am Abend, der magische Duft von Mimosen, das laute Zirpen der Zikaden und der heiße Wind an Sommerabenden am Pool und auch mein magischer Garten voller rosa Lotusblumen mit ihren runden, samtigen Blätter, an welchen unberührte, tropische Regentropfen herunterfließen, existiert nicht mehr."

Herbst in Peking

Es war später Nachmittag, als die Transsibirische Eisenbahn in Peking ankam. Aus dem offenen Fenster flatterte ein schneeweißer Spitzenvorhang und Victoria sah die überfüllten Straßen von Peking mit ihren tausenden Fahrrädern und sie konnte den Duft von gerösteten Kastanien, Sesam und noch etwas anderem riechen, vielleicht den Duft der heißen Straßen? Ich meine den Geruch von Sesamöl und tausenden Gewürzen, Knoblauch und süßsauren Paradiesäpfeln Tang Hu Lu, die mit karamellisiertem Zucker überzogen sind. Die leicht orangefarbene Sonne hatte sich langsam auf den Sonnenuntergang vorbereitet und beleuchtete die Stadt mit goldenen Strahlen. Der Herbst in Peking begrüßte ausländische Besucher mit einem wolkenlosen blauen Himmel und der Wärme der Sonne. Obwohl der Tag sich wie ein Sommertag anfühlte, konnte man in der Luft bereits den kommenden Herbst spüren. Victoria atmete immer wieder tief die Luft ein, öffnete und schloss ihre Augen. Gleichzeitig fragte sie sich, ob sie jetzt wirklich ein Teil dieser exotischen Stadt war. Sie war glücklich und dachte, dass sie eines Tages diesen Moment in einem Bild festhalten würde. Sie wusste, dass sie diesen glücklichen Moment mit Farben einfangen konnte. Welche Farben würde sie verwenden? Rot? Gold? Sicherlich ihre Lieblingsfarben Blau und Gelb.

Ihr Bild würde glücklich und traurig zugleich sein, wie das kommende Ende des Sommers. Sie würde Pekings graue Hu Tongs (die engen Gassen im alten Peking) vergoldet vom Sonnenlicht malen, schimmernde goldene Strahlen über chinesischen Dächern. Ovale Dächer, welche mit gewellten Kanten ihre Bewohner vor bösen Geistern schützen. Ach ja, und sicher würde sie auch diesen unglaublichen, extrem blauen, wolkenlosen „Peking-Himmel" malen. Ein sauberer, stahlblauer Himmel, der fast jeden Tag in drei der vier Jahreszeiten (nur im Sommer ist in Peking Regenzeit) die Einwohner von Peking zwingt, ständig zu blinzeln. Jetzt blinzelte sie und die Strahlen der Sonne der chinesischen Hauptstadt hüllten sie ein und erzeugten auf ihrem Gesicht eine wohlige Wärme. Sie hatte lange auf diesen Moment gewartet und er erwies sich als genauso bezaubernd wie erwartet. Sie fühlte Erleichterung nach der langen Zugfahrt und die Aufregung, einen neuen Ort zu entdecken und ein neues Leben zu beginnen.

„Gibt es ein traumhafteres Land für irgendjemanden? Ein Land, wo wir uns instinktiv glücklich fühlen, gleich, wenn wir dort ankommen?", dachte sie. Diese unbekannten Gefühle hatten sie ein wenig überrascht.

"Vielleicht ist es einfach die Sehnsucht nach dem Anderssein? Nach Exotik? Oder vielleicht sind wir auch geborene Nomaden, so wie die Mongolen? Bei Reisen um die Welt entdecken wir plötzlich, dass wir uns auf alle neuen Bedingungen einstellen wollen und können? Vielleicht sind wir wie ein freier Vogel, Reisende und Entdecker von Geburt an? Wenn wir in unserem Land der Träume ankommen, dann und erst dann verstehen wir das unbewusst. Wählen wir unseren eigenen „glücklichsten Ort auf der Erde", fragen wir uns, wo wir leben möchten und suchen nach Zeichen am Himmel, die zeigen, dass er hier ist. Wieso fühlen wir uns sofort, nachdem wir an diesem Ort ankommen, irgendwie zu Hause? Und dass wir uns an alle Bedingungen und jede Kultur anpassen können. Ein seltsames Gefühl? Unsinn? Vielleicht stimmt das? Wir sind Bürger der Welt! Die ganze Welt ist unser Platz, wir sind Reisende." Victoria schrieb in ihrem Kopf ein unsichtbares Tagebuch.

Sie entschied sich für China, weil? Weil es am anderen Ende der Welt war? Weil sie dort als kleine Prinzessin mit hellem lockigem Haar und blauen Augen aufgewachsen war? Weil die Chinesen einfach dastanden und sie anstarrten und versuchten, die goldenen Locken zu berühren? Was sie sehr verärgerte. Als Teenager hatte sie Polen verlassen – die Heimat im Kriegsrecht, voll von harter Realität. Ab jetzt war sie eine Weltbürgerin und ein wenig Chinesin geworden. Zurückgekehrt an ihren alten, geliebten Ort, der wirklich am meisten von der Geschichte ihrer Eltern erzählen konnte. Sie träumte von diesem Ort nicht nur, weil sie dort aufgewachsen war. China - ein großes unentdecktes Land, in dem man so viel erleben und kennenlernen konnte. Sie wartete auf ihre Abenteuer und neue Herausforderungen.

Es war Ende der 80er Jahre. Die Polin sah aus wie ein schüchterner Backfisch - ein dünnes, zierliches Mädchen mit langem, braunem, lockigem Haar und einer sommersprossigen Nase. Ihre tiefblauen Augen strahlten mit den Millionen von Geheimnissen um die Wette und hielten in ihren Tiefen viele Träume versteckt. Die Augen aus Osteuropa - ausdrucksstark und intensiv in der Farbe wie ein glänzender rauer See oder vielmehr wie blaue Kornblumen an einem reifen, goldgelben Weizenfeld. Sie hatte die hellbraunen Locken einer jungen Italienerin, wie eine Freundin von Victorias Mutter einmal sagte. Es war etwas Orientalisches an ihr und etwas zwischen einem Kind und einer Frau. Sie war einfach sehr schön.

Eine Woche mit dem Zug von Warschau über Moskau, Sibirien, die Mongolei nach Peking bestand nun nur noch aus einem Augenblick. Aber der Beginn dieser langen Reise über zwei Kontinente und hunderte von neuen Orten erschien ihr wie eine Ewigkeit her.

Die am Bahnhof in Moskau angebrachten chinesischen Wagons begrüßten die Reisenden mit Luxus. Sessel aus Kirschholz, die mit Samt ausgekleidet waren, und Vorhänge, die mit schneeweißer, gestärkter Spitze verziert waren, die Teppiche im selben, weichen Farbton gehalten wie die Möbel. Überall konnte man den angenehmen Duft von Jasmintee riechen, welcher sich in den bunten, dunkelroten Thermoskannen befand, die mit chinesischen Motiven von Blumen, Fischen oder Vögeln bemalt waren.

In den fast gefüllten Wagons begrüßten lächelnde Chinesen die Reisenden geduldig und fragten sie nach ihrem Namen und der Abteilnummer. Dann zeigten sie mittels Gesten, wo sich die jeweiligen Abteile befanden.

„Ni hao!", grüßte Victoria auf Chinesisch und stieg gleichzeitig in den Luxuswagon.

„Ni hao!", sagten freundlich lächelnde chinesische Stewards in ordentlich gebügelten, dunkelblauen Uniformen. Es hatte ihnen scheinbar gefehlt, dass jemand die Begrüßungsworte auf Chinesisch sprach.

Gleich danach wurde duftender Jasmintee serviert. Die Stewards gossen das duftende Getränk für die Reisenden in weißblaue Porzellantassen, die einen Deckel hatten, damit der Tee noch ziehen konnte und länger heiß blieb. Vor dem Tee wurden den Reisenden noch dampfende, feuchte, schneeweiße Tücher mit Bambuszangen gereicht, damit sie sich Gesicht und Hände erfrischen konnten.

Victoria und ihre Eltern hatten zwei Doppelkabinen, die in der Mitte mit einen kleinen Bad verbunden waren. Das Bad war mit goldenen Wasserhähnen und genau gleichen, goldfarben gerahmten Spiegeln ausgestattet. Jedes Abteil erster Klasse bestand aus zwei Etagenbetten, einem Sessel und einem Tisch. Alle zwei Tage wechselten die chinesischen Stewards die fast unverändert frisch riechende Bettwäsche. In der Tat, sofort nach dem Umsteigen in Moskau von dem alten polnischen Zug in die luxuriöse Transsibirische Eisenbahn hatte sich das junge Mädchen schon fast wie in China gefühlt.

Ihr Bauch schmerzte vor Aufregung. Sie vergaß, was in den letzten Monaten und Jahren war – die Zerrissenheit, Mobbing in der Schule oder die Kälte am frühen Morgen in Warschau.

Eines Tages in der Schule war sie in einer Pause zur Toilette gegangen. Nachdem sie zurückgekehrt war, hatte sie ihre Tasche nicht mehr gefunden. Vergeblich suchte sie im Klassenzimmer und auf dem Pausenhof. Neben dem Klassenzimmer standen mehrere Schüler und beobachteten mit grinsenden Gesichtern Victorias vergebliche Suche. Niemand war bereit, ihr zu helfen. Später stellte sich heraus, dass es diese Jungs waren, die ihre Tasche in der Männertoilette versteckt hatten rein zufällig hatte ihr Lehrer am Ende des Schultages Victorias Tasche gefunden. Das Mädchen kam oft traurig nach Hause und zu Hause erledigte sie die Hausaufgaben mit einem Gesicht, das von Tränen geschwollen war.

Nach einer Weile gab es einen lauten Pfiff der Lokomotive und der Zug ruckelte leicht. Erst nach ein paar langsamen, lange andauernden Augenblicken bewegte sich der Zug und fuhr rhythmisch los. Auf dem Bahnsteig standen Russen, die mit ihren Händen zum Abschied winkten. So verließen sie den Moskauer Bahnhof.

Victoria sah, wie dieses monumentale, für eine Vielzahl an Personen ausgelegte dunkle Gebäude des Bahnhofs langsam verschwand. Sie lächelte in sich hinein. Sie spürte, dass Peking in der Nähe war. Jedoch war Peking noch weit weg und auf sie wartete eine lange Reise bis zum asiatischen Kontinent, aber in dem Luxus eines eigenen, bordeauxroten Abteils, das nach Jasmin duftete. Jetzt dachte sie nur noch an Peking und fühlte sich schon fast wie ein Teil der Stadt. In ihren Gedanken verwandelte sie sich in einen Vogel und flog schnell - einen Wimpernschlag lang - tausende von Kilometern. Sie flog über Kontinente und beobachtete von oben die blau-braun-grünen Landschaften der Felder, Flüsse, Wälder, Seen und Städte. Es gab keine Zeit, sie wurde einfach zu einem magischen Wesen, das mit Lichtgeschwindigkeit in die unermessliche, riesige Welt hinausschoss. Was wäre, wenn man die einwöchige Reise zu einem kurzen Moment verkürzen könnte und sich sofort in Peking befinden würde?

„Willst du noch etwas Tee?", fragte in diesem Moment ihre zufriedene Mutter und goss sich eine Tasse des duftenden Getränks ein.

„Gerne! Ich wusste nicht, dass unsere beiden Abteile so luxuriös sein würden", antwortete die nachdenklich auf einem bequemen Samtsessel sitzende Tochter und starrte weiter auf eine bisher unbekannte Welt da draußen.

„Oh ja, wir werden sicherlich während dieser wenigen Tage bequem reisen und an das Schaukeln des Zuges können wir uns bestimmt auch gewöhnen", meinte die Mutter und goss ein wenig Tee in die Tasse ihrer Tochter. Das gesamte Abteil war von dem angenehmen Duft des Tees erfüllt.

„Ich frage mich, ob es heute in Peking genauso regnet wie hier?", fügte Victoria hinzu und versuchte sich vorzustellen, auf sie wartete der asiatische Kontinent.

Das Mädchen trank einen Schluck Tee und fühlte, wie dieses aromatische, leicht bittere Getränk sie schön von innen wärmte. Bevor die Familie in den Zug stieg, verbrachten sie nämlich einige Zeit in der feuchten Kälte des Bahnhofs, weil sie auf das Anhängen der chinesischen Wagons warteten.

„Es ist dort sicherlich wärmer als hier", fügte ihr Zeitung lesender Vater hinzu.

Moskau verschwand langsam hinter den mit Regentropfen bedeckten Fenstern des Zuges. Die meist bevölkerte europäische Hauptstadt mit ihren großen Plattenbausiedlungen, Parks, Flüssen, Brücken, Seen und Monumenten der Revolutionsführer. In der Ferne versanken die mächtigen und weitläufigen Kulturpaläste, die in ihren Abmessungen antiken Gebäuden ähnlich waren. Diese Gebäude, die genau wie der Kulturpalast in Warschau aussahen, der in der Tat ein Geschenk der Sowjetunion an Warschau war. Nur die knallig bunten orthodoxen Kirchen mit ihren charakteristischen ovalen goldenen Dächern erinnerten daran, dass das Land einmal durch den Zaren regiert wurde und nicht vom Führer der Revolution. Victoria faszinierten diese bunten Kirchen durch das Spiel der Farben und Formen. Sie unterschieden sich durch ihr buntes Aussehen von der graubraunen Stadt. Die verregnete Stadt verabschiedete sich langsam von den Reisenden und sie entfernte sich weiter und weiter von ihrem Heimatkontinent. Manchmal fühlte Victoria eine unerklärliche Melancholie, die Schwermut der grauen Stadt? Möglicherweise die Größe der Moskauer Gebäude beeindruckte sie, aber sie mochte diese Architektur nicht. Besonders nicht die grauen Plattenbausiedlungen mit ihren rohen Formen. Als sie sie betrachtete, fragte sie sich immer wieder, warum niemand mit einem besseren Architekturprojekt kam, wieso diese Strukturen so entworfen wurden, wieso sie nicht etwas dekoriert oder geschmückt wurden. Das Mädchen sah die regnerische, traurig wirkende Stadt aus dem Zug, als ob sie einen im Fernsehen laufenden Film betrachtete. Und dann plötzlich, wie beim Aufwachen, blickte sie auf eine andere Welt in einem bordeauxroten Transsibirischen Eisenbahnabteil, voller Reinheit und dem Duft von chinesischem Jasmintee.

Dieses Abteil gehörte schon zu einer anderen Welt und einer anderen Kultur. Sicherlich sah es nach China aus und roch nach China.

Als Nächstes befanden sich auf weitläufigen Vorstadtstraßen „Datschen" mit kleinen quadratischen Gärten - für die Russen Orte, um nach der Arbeit zu entspannen oder Urlaub zu machen. Einige waren sorgfältig vor dem Winter aufgeräumt worden und einige waren mit trockenem Unkraut überwuchert. Die alten Straßen waren voller Schlaglöcher und von Zeit zu Zeit konnte man einen alten Wolga oder andere Autos beobachten.

Kurze Zeit nach der Abreise aus Moskau erschienen vor dem Fenster Herbstlandschaften, faszinierten riesige grenzenlose Felder wie ein großes, braunes, leicht gewelltes Meer aus Äckern. Victoria beobachtete ihre Größe. Sie hatte noch nie solch unendliche Felder gesehen. Dann zeigten sich allmählich Mischwälder, die mit kleinen Dörfern durchsetzt waren. Russische Holzhäuser, oft bunt bemalt, leuchteten aus der Ferne mit heruntergekommenen Farben, man sah Schrottplätze und Unordnung. Auf den Hinterhöfen tummelten sich alte Frauen mit bunten, geblümten Kopftüchern oder Männer in russischen Filzstiefeln. Am Rande der malerischen, hellbraunen Wälder standen weiße Birken, auf Russisch "Bierioski" genannt, und schwangen ihre langen, hängenden Äste im Wind. Mit dem Blick auf dieses melancholische Bild schien es, als könnte man russische Lieder hören, die von einem Akkordeon begleitet wurden.

Für Victoria war es immer noch schwer zu glauben, dass der Zug nach Asien fuhr. Nur noch wenige Tage, aber tatsächlich dauerte es fast eine ganze Woche, bis die europäischen Landschaften, bedeckt mit Herbstblättern auf den Bäumen, verschwanden und sie in eine völlig andere exotische Welt eintauchte. Ihre Eltern stapelten Zeitungen und Zeitschriften und gaben sich ihrer liebsten Beschäftigung, dem Lesen, hin. Victoria las auch ein paar Bücher auf einmal, aber am liebsten beobachtete sie durch das Fenster die melancholische Landschaft. Danach wählte sie Motive, die sie später malen wollte. Sie schaute auf wolkenverhangene Landschaften und erfasste die Einzelheiten mit einer „unsichtbaren Kamera", die sie in den Augen hatte. Sie konzentrierte sich auf die Orte, die einen besonderen Eindruck auf sie machten. Dann kehrte sie zurück zu ihren ausgebreiteten Farben, welche auf einem kleinen Tisch in dem kirschfarbenen Abteil lagen. Sie malte ein verlassenes, trauriges, zerfallenes, armes Dorf, in dem wahrscheinlich nur ältere Menschen lebten, weil die Jungen auf der Suche nach einem besseren Leben vor langer Zeit in die Städte gezogen waren. Das Dorf hatte seinen Glanz und Wohlstand seit langem verloren.

Allerdings strahlte dieser Ort nicht nur Trauer, sondern auch die raue Schönheit der Landschaft aus. Vor dem Hintergrund der herbstfarbenen Bäume dominierten verfallene Holzhäuser gleich hinter endlosen, gepflügten Feldern. Victoria stellte sich vor, dass die Dorfbewohner an heißen Sommertagen unter den Obstbäumen im Schatten saßen und über die alten Tage nachdachten. Im Winter wanderten sie über kleine, vom Schnee bedeckte Gassen und hörten, wie der Schnee unter ihren Füßen knirschte. Im Frühjahr, während der Schneeschmelze, verwandelte sich die Straße in eine dicke, klebrige Schlammpiste, die wahrscheinlich nicht ohne Gummistiefel betreten werden konnte.

„Wunderschön!", lobten die Eltern ihre Arbeit, wenn sie von Zeit zu Zeit das Abteil, in dem Victoria malte, besuchten.

„Danke!", antwortete Victoria und schaute voller Zufriedenheit auf ihre Arbeit.

Das Mädchen tauchte den Pinsel auf einen mit rötlicher Farbe verschmierten Papierteller. Unmittelbar danach entstanden auf dem Bild unter dem Pinsel auf der Straße liegende herbstliche Blätter. Jedes Mal, wenn sie malte, befand sie sich in einer Welt voller Farben, Formen und in diesem schwer fassbaren Frieden. Ein Frieden, der dem größten Pessimisten den Optimismus zurückbrachte. In solchen Momenten fühlte sie sich nicht mehr wie ein Außenseiter, sondern ihr Geist war mit Motivation und dem Glauben an sich selbst erfüllt. Es war, als ob sie magische Kräfte spürte.

Schnell verließen sie Moskau und die umliegenden Dörfer und erreichten nach dem Ural das riesige Sibirien. Die sibirischen Nadelwälder mit ihren dunkelgrünen „Weihnachtsbäumen" erstreckten sich über viele hundert Kilometer und wurden zu eine echten Entspannung für die Augen. Schemenhaft sah man hier und da ein kleines russisches Dorf mit Holzhäusern und in der Regel nur einer einzigen Straße voller Pfützen und Schlamm, auf der abgemagerte Hunde herumstreunten. Victoria saß auf einem Sessel aus Samt am Fenster und dachte darüber nach, wie schwer es für diese Menschen sein musste, hier zu leben, den langen, kalten Wintern und den kurzen, heißen Sommern voller Mücken ausgeliefert. Auf der anderen Seite boten die weiten Grünflächen täglichen Kontakt mit der Natur, frische Luft und kilometerlange Spaziergänge. Die sibirischen Städte blendeten sie mit ihrer Hässlichkeit und schienen fast immer gleich zu sein - grau, monumental und voller bedrohlicher Plattenbausiedlungen im Herbstnebel, genau wie in Polen. Überall waren riesige Statuen von Lenin (in der Regel mit erhobener Hand) oder anderen sozialistischen Führern der Revolution zu sehen. Auf den überfüllten Straßen fuhren graue Autos oder gigantische, vollbeladene Lastwagen.

Der Zug fuhr weiter und dann verwandelten sich die dunklen, sibirischen Wälder allmählich in flaches, schlammiges Land. Victoria dachte bei den offenen Bereichen an blaues Moor. Sie nannte es „das Moorland".

Die Bahnschienen sahen aus wie silberne Linien, die die Sumpfgebiete durchschnitten. Sie sah keine Menschenseele und auch keine Tiere. Sie fragte sich wieder, wie Menschen hier überleben konnten und ob jemals irgendjemand diesen Ort für welchen Zweck auch immer besuchte. Zur gleichen Zeit strahlte „das Moorland" eine seltsame Schönheit aus. Die Morgensonne glänzte mit silbrigem Licht über Wasserflächen und dieser raue Anblick hatte etwas Geheimnisvolles.

Obwohl die Zeit nur langsam verging, berauschte sie die schöne Landschaft vor dem Fenster und das monotone Schaukeln des Zuges brachte sie zum Träumen. Sie spazierte durch die leeren Gänge der ersten Klasse und träumte von Peking. Je näher das weit entfernte China kam, desto mehr verwandelte sie sich in eine andere Person und war nicht mehr wie früher. Die alte depressive "Einsiedlerin" gab es nicht mehr. Sie war einmal ein schüchterner Außenseiter. Kaum jemand, außer ihr konnte und wollte verstehen, dass sie schon damals eine Künstlerin war, die sich in die Wolken schwang und oft in ihrer eigenen Welt lebte, die aus Farben, Pinseln und großen weißen Blättern bestand.

Im Zug las sie Bücher, skizzierte aufeinanderfolgende Bilder und dachte über China nach, das sie schon in ein paar Tagen erreichen würde. Ihr Vater war Diplomat und Victoria wuchs bereits früher als kleines Mädchen in Peking auf. Jetzt, nach ein paar Jahren Pause, ging die dreiköpfige Familie erneut nach China. Sie hatte verschwommene Erinnerungen an Peking - heiße Sommer, der Lärm der Zikaden und ein Schwimmbad mit blauem Wasser. Sie versuchte, sich an etwas Genaueres zu erinnern, aber nichts Konkretes kam ihr in den Sinn. Ein Gefühl des Glücks und der Erinnerungen kam zurück und lag in der Luft wie ein Hauch Sommerwind. In der Tat, unmittelbar nach der Abreise aus Moskau, hatte sie das Gefühl, frei und optimistisch zu sein. Ein weiblicher Teenager wartete auf Abenteuer. Obwohl ihr nicht viele spezifische Erinnerungen an ihre Kindheit in China im Gedächtnis geblieben waren, wusste sie instinktiv, dass dieses Land ihre Befreiung sein würde. Sie wollte es kennenlernen und entdecken.

In der Schule in Warschau wurde Victoria „die Träumerin" genannt. Sie konnte nicht zu den anderen Kindern finden. Die Kinder nutzten sie aus, beneideten sie um ihre bunten, chinesischen Federmäppchen und duf-

tenden Radiergummis. Darüber - hinaus stach ihre au-
ßergewöhnliche Schönheit und vor allem ihr langes lockiges Haar ins Auge. Damals gab es in Polen nur leere
Regale in den Läden und auf der anderen Seite Gut-
scheine für Zucker und Schokolade und sie hatte ein
farbenfrohes chinesisches Federmäppchen - in Warschau unerreichbar. Im Laufe der Zeit hatte sie sich
daran gewöhnt, „die Andere" zu sein und fand sogar
ein paar gute Freundinnen, die nicht auf sie und ihre
bunten, duftenden Radiergummis neidisch waren. Sie
genossen die Treffen mit Victoria, verstanden und be-
wunderten ihre Talente. Die Mädchen trafen sich oft
nach der Schule auf einer Bank in einer Plattenbausied-
lung oder besuchten Victoria zu Hause. Manchmal gingen sogar alle zusammen ins Kino oder zum Tanzen in
die Schule. Trotzdem fühlte Victoria oft ein unerklärli-
ches Gefühl der Traurigkeit. Es war, als ob sie auf einen
wichtigen Moment in ihrem Leben wartete, sie lebte
nur von Tag zu Tag. Der Traum dieses Mädchens war
die Rückkehr nach Peking. Seit langer Zeit oder vielleicht schon immer hatten sie der Orient und Asien fasziniert. Sie träumte von langen Reisen und der Entdeckung unbekannter Orte. Ihr Lieblingsfach in der Schule (abgesehen vom Kunstunterricht) war Geographie.
Mit dem Finger auf der Karte lernte sie neue Kontinente und die am weitesten entfernten Orte der Welt kennen. Eines Tages im Herbst erfuhr sie, dass die Familie
bald nach Peking zurückgehen würde. Spürte sie im
Unterbewusstsein, dass ihr Traum endlich in Erfüllung

ging? Seit ein paar Jahren wollte sie dies mit aller Kraft und von ganzem Herzen und so geschah es nun.

Die bunten Reflexionen ihrer Gedanken wurden von der Beschleunigung der Eisenbahn unterbrochen und den regelmäßigen Besuchen im Speisewagen, wo sie und ihre Eltern traditionelle russische Suppe „Solianka" aßen (das war im Übrigen das einzige essbare Gericht auf der Karte). In der Suppe schwammen undefinierbare Stücke von gekochtem Fleisch und Gemüse. Nach zwei Tagen war es ihr zu viel, immer die gleiche Suppe zu essen, aber leider gab es nichts anderes Sinnvolles zu essen. Freundliche Russen vom Tisch nebenan unterhielten sich laut. Sie erzählten sich Geschichten vom Zweiten Weltkrieg und sogar von der Russischen Revolution.

„Hallo, willkommen an unserem Tisch!", sagte der russische Reisende zu der polnischen Familie, als ob dieser Ort ihnen gehörte.

„Spasiba", antwortete Victorias Vater auf Russisch.

Es schien, als ob sie ganze Tage der Reise dort verbrachten, um neue Reisende kennenzulernen und mit ihnen über viele Themen zu diskutieren. Aufgrund der kleinen Auswahl an Gerichten auf der Karte besuchten leider nur wenige Reisende den Speisewagen. Victoria lauschte den Gesprächen und konnte in Wirklichkeit nur die Hälfte verstehen. Am meisten unterhielt sich ihr Vater mit den Russen. Sie rauchten immer sehr viele Zigaretten und jeden Tag war die Decke mit einem grauen Vorhang aus Rauch bedeckt. Nach einiger Zeit flüchtete die ganze Familie vor dem erstickenden, in der Luft hängenden Zigarettenrauch.

Immer, wenn sie zu den Speisewagen der ersten Klasse gingen, konnte man das Lachen und die laute Musik aus der zweiten Klasse hören, wo die internationalen Touristen reisten. Einige hatten ihre Abteile weit offen und Victoria konnte für einen Moment sehen, wie einer der Reisenden Gitarre spielte. Als er sie erblickte, lächelte er das Mädchen an und rief ihr etwas zu. Dann hörte Victoria das Lachen seiner Begleiter. Wahrscheinlich hatten die Ausländer nicht nur die malerische Landschaft vor dem Fenster genossen, sondern auch reichlich russischen Wodka.

Nach der Rückkehr in die Luxusabteile der ersten Klasse klopfte jemand diskret an ihre Tür. Es war ihr „Lieblingschinese", ein Steward in einer gestärkten und gebügelten blauen Uniform. Jeden Tag brachte er in einer bunten Thermoskanne frisch gebrühten Jasmintee. Sie waren sehr erfreut, dankten ihm „ Xie Xie!" auf Chinesisch und er sprach mit ihnen häufig über das Wetter auf Chinesisch, russisch und ein wenig in der Gebärdensprache. Er hatte immer ein freundliches Lächeln auf seinem Gesicht und beobachtete sehr sorgfältig seine Gesprächspartner. Diskret verschwand er, sobald das Gespräch begann, zu lange zu werden.

Im Nachbarabteil der ersten Klasse reisten auch russische Diplomaten, aber diese bekam man nie zu sehen, nicht auf dem Flur und auch nicht im Speisewagen. Über ihre Existenz informierte nur manchmal schwerer

Parfümgeruch, der sich durch die Wagons und Flure wie ein unsichtbarer Nebel verbreitete.

Der Zug schaukelte rhythmisch und am nächsten Tag in der Früh begrüßte die Reisenden der älteste und tiefste See der Welt – der Baikalsee. Dunkelblau und klar wie eine Träne, auch das „blaue Auge Sibiriens" genannt. Er sah aus wie auf einem Bild gemalt, mit am Ufer stehenden goldgelben Bäumen im Herbstwind. In der Ferne lagen die Berge und auf den Spitzen konnte man schon Schnee erblicken. Hier und da lag ein kleines Dorf mit ein paar hölzernen, bunt bemalten Häusern. Victoria beobachtete fasziniert dieses Wunder der Natur und malte Skizzen auf einem Papierblock. Der See war zum Greifen nah, weil die Eisenbahnschienen sehr nahe am See verliefen. Sie konnte vom Zugfenster aus sogar Hunderte von Farben der Steine erkennen, die am Ufer in durchsichtiges Wasser getaucht waren. Über die spiegelglatte Oberfläche des Sees glitten langsam einige Boote und ein kleines Schiff. Die Morgensonne strahlte heller und am Himmel zogen weiße, flauschige Wolken dahin und wieder veränderte der See seine Farben. Es waren Hunderte von Blautönen: von Blau über Türkis bis zu einem fast schwarzen Dunkelblau. Victoria würde am liebsten den Zug anhalten, am Ufer sitzen und stundenlang auf die dunkelblaue Oberfläche des Sees starren. Sicherlich würde sie dabei auch mit voller Konzentration ein magisches Bild malen. Für jetzt aber genügten ihr die Skizzen und die Erinnerungen an die schönen Farben der rauen Natur. Später, wenn der Zug den See verlassen hatte, würde sie in ihr Zugabteil zurückkehren, wo ihre ausgebreiteten Farben lagen und im rhythmischen Schaukeln des Zuges malen, natürlich nur wenn es ging.

Als sie die spektakuläre Aussicht betrachtete und vor sich hin träumte, hörte sie erneut ein leichtes Klopfen an der Tür. Sie öffnete die Tür und sah in das wie immer lächelnde Gesicht des chinesischen Stewards, der dort mit einer bunten Teethermoskanne in der Hand stand.

„Ni men hao!", wie üblich begrüßte er die Familie auf Chinesisch und reichte Victoria die Kanne.

„Ni hao!", antworteten die Familienmitglieder, sie konnten inzwischen einige grundlegende Wörter auf Chinesisch.

„Schöne Aussicht, oder? Der Zug wird in zwei Stunden in einer kleinen Stadt am Baikalsee anhalten. Die Passagiere dürfen dort aussteigen", sagte er.

„Großartig! Für wie lange?", fragte Victoria befriedigt.

„Nur eine Stunde. Allerdings sollten sie nicht zu weit weglaufen, weil der Zug wieder pünktlich losfahren wird."

Eine gute Nachricht. Bisher waren Victoria und ihre Eltern nur entlang der Bahnsteige sibirischer Städte spazierengegangen, nahe dem Bahnhof, gleichzeitig mussten sie auch dort immer auf die Uhr schauen und auf das laute Pfeifen des Zuges warten, das die Weiterfahrt ankündigte. Die Nachricht von einem längeren Aufenthalt zur Besichtigung des Juwels von Sibirien machte schnell die Runde und die Familie war glücklich. Es war, als ob ein unsichtbares Wesen Victorias Gedanken lesen konnte und genau wusste, wie sehr dieser Ort die junge Künstlerin verzauberte. Die Vorstellung von einem langen Spaziergang am See entlang und dem Einatmen frischer, kalter, sibirischer Luft erfüllte Victoria mit Optimismus und Vorfreude. Bald würde sie spazierengehen können, ohne das Schwingen und die Geräusche des Zuges. Endlich den Geruch des Sees, eines sibirischen Sees, und der Vegetation im Herbst atmen.

Sie stiegen auf einem kleinen Bahnhof aus, der sich jetzt in einen Minibazar voller russischer Frauen mit bunten, geblümten Kopftüchern verwandelt hatte. Einige von ihnen sangen laut russische Lieder oder boten den aussteigenden Touristen russische Volkskunst, Souvenirs aus Holz, zum Kaufen an. Am besten verkauften sich die traditionellen, bunt bemalten Holzbabuschkas. Diese sogenannten „Matrioszkas", die man öffnen konnte und in deren Innerem eine weitere kleinere Holzpuppe steckte und in dieser wiederum eine noch kleinere Holzpuppe und so weiter. Bis zu 8 waren ineinander gesteckt. Nur ein paar Schritte von dem Bahnsteig entfernt lag der Seestrand voller Sand und bunter Steine. Das kristallklare Wasser schimmerte in Tausenden von Farbnuancen in der Mittagssonne. Wenn man aus dem Zug stieg und das Licht sah, schien es, als ob es ein Sommertag war, in Wirklichkeit aber war es kalt. Am Rande des Strands lag der erste Schnee in diesem Jahr und auch die Felsen am Ufer des Sees waren an manchen Stellen mit Eis bedeckt.

Victoria atmete die kalte, frische Mittagsluft und spürte den frischen Duft des kristallklaren Sees. Sie war im Herzen Sibiriens, am spiegelglatten Baikalsee und fühlte sich, als ob dort die Zeit für immer stillstand. Gewiss schimmerte vor vielen Jahren seine tiefblaue Farbe auf die gleiche Weise wie heute, gab es damals vielleicht nicht so viele kleine Dörfer wie jetzt? Oder hatten sich damals Gegner des Zaren in den umliegenden Wäldern versteckt? Die raue Natur des Ortes faszinierte die Menschen seit vielen Jahren.

An diesem felsigen Strand schlenderten jetzt auch ausländische Touristen der zweiten Klasse entlang, laut lachend. Sie sprachen Englisch oder Französisch und machten Photos mit der blauen Oberfläche des Sees im Hintergrund. Einige zogen ihre Schuhe aus und testeten das eiskalte Wasser mit lautem Geschrei. Andere Touristen waren sogar bereit, im tiefsten See der Welt zu schwimmen, aber nachdem sie ein Stück hineingegangen waren, entschieden sie sich um. Das Wasser war eiskalt.

Victoria spazierte mit ihren Eltern am See entlang, starrte auf das kristallklare Wasser und dachte über die Vergangenheit dieses Ortes nach. Sie hatte zu wenig Zeit, um ihre Malausrüstung auszubreiten und fühlte in diesem Moment keine Hingabe, ihre kreative Lieblingsarbeit am vereisten Seeufer aufzunehmen. Jeder Augenblick hier berührte sie auch so im tiefsten Inneren ihre Seele, denn Künstler fühlen die Schönheit am intensivsten. Sie war an einem magischen Ort, voll schöner Natur und wusste, dass sie bald in das Luxusabteil zurückkehren und diesen Platz malen würde. In Hunderten von blauen Farbnuancen wollte sie die Schönheit dieses Ortes ausdrücken.

Auf dem Bahnsteig voller russischer Verkäuferinnen schlenderten langsam russische Diplomaten entlang und rauchten Zigarren. Es schien, als ob sie das erste Mal seit der Abreise aus Moskau ihre Luxusabteile verlassen hatten, um an die frische Luft zu gehen. Sie unterhielten sich miteinander und schenkten weder den Verkäuferinnen noch den dunkelblauen Tiefen des schönen Sees ihre Aufmerksamkeit.

Der Zug stand immer noch unmittelbar am Ufer des blauen Sees, aber die chinesischen Stewards winkten schon mit den Händen und luden die Reisenden zurück in den Zug ein. Viele Reisende spazierten noch auf dem felsigen Strand. Die Eltern von Victoria stiegen bereits in den Zug, aber Victoria blieb noch für einen Moment draußen. Sie schaute nochmal wie verzaubert auf den See und war nicht in der Lage, ihren Blick von dem blauen Juwel Sibiriens zu lösen. Ein kleines Schiff glitt langsam über den See und die Sonne zauberte in jedem Augenblick andere Farben auf der Oberfläche des Wassers.

Dann ging sie langsam zum Zug. Als sie einsteigen wollte, roch sie hinter sich das gleiche schwere Parfüm, dessen Duft manchmal im Flur der ersten Klasse lag. Sie drehte sich um und sah einen korpulenten Mann mittleren Alters. Er hatte einen strengen Ausdruck und sehr helle faltige Haut. „Ein russischer Diplomat", dachte sie und schaute auf seinen teuren Pelz und die dazu passende Pelzmütze. Er schaute auch wie nach einem plötzlichen Erwachen auf das Mädchen, blickte mit Interesse auf ihr lockiges Haar und sagte:

„Krasawica dziewczionka!" (was auf Russisch „hübsches Mädchen" bedeutete) und sein Gesicht verzog sich zu einem Lächeln.

Victoria verstörte dieses Kompliment eines Fremden, als er versuchte, sich weiter mit ihr auf Russisch zu unterhalten. Die junge Polin konnte die russische Sprache nicht so gut genug, um alles zu verstehen, aber sie kannte mit Sicherheit einen Satz mit drei Worten: „Ja nie panimaju" („Ich verstehe nicht"). Offensichtlich ähnelte die polnische Sprache von ihrem Klang her der russischen, aber es war nicht die gleiche Sprache. Der Russe hatte das verstanden, sprach aber trotzdem immer weiter und verfolgte Victoria in den schmalen Korridor der ersten Klasse. An einem gewissen Punkt lehnte sich Victoria Vater plötzlich aus dem Elternabteil, weil er wahrscheinlich ein lautes Gespräch gehört hatte. Er rief seine Tochter zu sich. Der russische Diplomat schien sehr interessiert an dem jungen Mädchen, immer wieder blickte er auf ihr Haar und wollte nicht aufhören, zu reden. Victorias Vater wünschte ihm nur einen guten Tag und schloss schnell hinter ihm und seiner Tochter die Türe.

„Was sagte er und was wollte er?", fragte Victoria.

„Ich weiß es nicht, aber es scheint, als ob er etwas getrunken hat, plapperte etwas, wahrscheinlich hat er dir nur Unsinn erzählt", antwortete ihr Vater.

„Ich habe ihn noch nie getroffen", sagte sie überrascht.

„Also, die Russen gehen wahrscheinlich selten aus ihren Kabinen heraus ", meinte ihre Mutter, als sie gerade aus dem kleinen Badezimmer zwischen den beiden Wagonabteilen kam.

„Ich frage mich, was sie essen, wenn sie nie den Restaurantwagon besuchen?"

„Wahrscheinlich kaufen sie sich Essen auf den Bahnhöfen, wie wir es jetzt gerade gekauft haben", sagte der Vater und ergriff mit seiner Hand das in Papier eingewickelte Sandwich.

Die Familie aß die gekauften Sandwiches aus frischem Brot, Salat und Schinken. Sie schmeckten köstlich und sie entschieden sich, an diesem Tag den Restaurantwagon nicht mehr zu besuchen.

Danach kehrte Victoria zu ihrem Abteil zurück. Sie saß auf einem Samtsessel und begann, mit einem Pinsel die Farben zu mischen. Sie blickte hin und wieder auf das in so vielen Farben schimmernde Wasser des Sees. Und wieder einmal, wie immer wenn sie malte, waren ihre Gedanken nicht mit Problemen beschäftigt, es war, als ob sie sich in ein auf dem See treibendes Schiff verwandelte. In das Bild kamen langsam die Formen des Sees, schimmerndes Wasser und sicherlich konnte jeder, der später das Bild betrachtete, auch einen Hauch eisigen Windes spüren. Das Bild erwachte zum Leben und sprach mit seiner Schönheit. Doch obwohl sie sich an diesem besonderen, magischen Ort befand, flogen ihre Gedanken, wie üblich, wieder Richtung Asien. Victoria erinnerte sich an ein Schwimmbad in der Botschaft und wie sie als kleines Mädchen seinen leeren Boden schrubbte. Es schien, dass einmal im Monat das Wasser gewechselt wurde und die Bewohner der Botschaft sich auch an der Reinigung des Schwimmbadbodens beteiligten. Damals schien ihr der Pool so riesig. Die Polin erinnerte sich auch, wie sie mit den anderen Kindern auf dem Boden herumlief und wie sie sich gegenseitig mit Wasser bespritzten. Nach einer gründlichen Reinigung füllte sich der Pool langsam mit kristallklarem, aber sehr kaltem Wasser. Die Kinder konnten für eine kurze Zeit in dem flachen, eisigen Wasser auf dem Boden des Pools entlanglaufen. Dann füllte sich das Schwimmbad über Stunden langsam mit transparentem, in der Sonne irisierendem, sauberen Wasser. Victoria mochte es, das Spiel der farbigen Lichter am Wasser zu beobachten. Doch unmittelbar, nachdem der Pool gefüllt war, konnte man nicht gleich baden. Alle mussten bis zum nächsten Tag warten, bis das Wasser warm wurde.

Sie verließen das Juwel Sibiriens, dieses Wunder der Natur, und fuhren weiter und weiter weg in das unbekannte Land der Ferne. In der Dunkelheit der Nacht bewegten sich die hellen Lichter des Zuges rhythmisch auf dem flachgebügelten See. Victoria konnte nicht schlafen und noch als sie in der nach Jasmin duftenden Bettwäsche lag, wollte sie aus dem Fenster blicken. Bereits jetzt fiel von Zeit zu Zeit der erste Schnee in diesem Jahr und bedeckte das wilde Sibirien mit einer dünnen, weißen Daunendecke, aber nur für einen Augenblick. In der Nacht wurde der Zug schneller, als er während des Tages fuhr, vielleicht, um die Pause an den Ufern des Sees aufzuholen. Die Polin war fast eingeschlafen bei dem rhythmischen Schaukeln des Zuges, als sie plötzlich ein Klopfen an der Tür und laute Gespräche im Korridor hörte. Als sie das Licht einschaltete und die Tür öffnete, erschien vor ihren Augen ein dunkelhaariger Fremder. Er sprach etwas in einer für sie unverständlichen Sprache, scheinbar auf Französisch. Leider war er offensichtlich ein wenig betrunken, denn er roch stark nach Alkohol und sprach dazu sehr chaotisch. Seine trüben Augen fokussierten das lockige Haar des Mädchens. Doch als er im Inneren des Wagonabteils das auf dem Tisch liegende Bild des Baikalsees sah, rief er plötzlich ganz nüchtern: „Magnifique!"

Die irritierte Victoria versuchte zu verstehen, was er meinte, aber dann gab ihr ein Blick auf das Bild die Antwort. Sie wusste aber immer noch nicht, wieso er zu ihr kam und was er wollte. Der Franzose fragte nach etwas, erst auf Französisch und dann auf Englisch, während er erst auf das Bild und dann auf Victoria blickte. Sie sah in seinen Augen wahren Genuss, als er das Bild ansah. Dann erschien plötzlich wie aus dem Nichts der chinesische Steward und entschuldigte sich für die Ruhestörung. Er begleite Victoria in ihr Zimmer und wünschte ihr noch eine gute Nacht.

„Moment! Aber was ist passiert?", fragte das Mädchen auf Russisch, und auch ihre Eltern erschienen noch einmal im Schlafanzug auf dem Flur.

„Nichts Besonderes", antwortete, wie immer lächelnd, der Chinese, aber sein Gesicht drückte etwas anders als Verlegenheit aus.

„Ein Passagier fehlt, er ist nicht in den Zug am Baikalsee gestiegen - Verspätung", mit sichtbarer Nervosität sprach der Steward weiter.

„Wir fragen, ob jemand ihn gesehen hat", fügte er hinzu.

„Wer war er und wie sah er aus?", redete Victorias Vater dazwischen.

„Ein Franzose, dunkles Haar, grauer Mantel", sagte der Steward mit Angst in seinen Augen.

Es stellte sich heraus, dass einer der reisenden Franzosen aus der zweiten Klasse nicht in den Zug eingestiegen war und jetzt wahrscheinlich versuchte, mit lokalen LKWs die Transsibirische Eisenbahn einzuholen? Seine von russischem Wodka berauschten Freunde hatten erst jetzt realisiert, dass er nicht unter ihnen war und hatten den Alarm ausgelöst. Sie suchten ihn vergeblich im Zug. Vielleicht war er so erstaunt von der Schönheit des Baikalsees, dass er vergaß, dass er nach China reisen wollte?

Auf dem Korridor der ersten Klasse versammelten sich mehr und mehr Reisende und unterhielten sich in verschiedenen Sprachen. Viele Leute konnten sich an den gesuchten Franzosen erinnern, aber niemand wusste, wie es passiert war, dass er es nicht in den Zug geschafft hatte. An einem gewissen Punkt des benachbarten Abteils lehnte ein russischer Diplomat, der gleiche, der vor ein paar Stunden Victoria angesprochen hatte. Er sah müde aus und sein Gesicht, das wie üblich einen bedrohlichen Ausdruck hatte, verriet Nervosität.

„Was ist hier los?", sagte er laut auf Russisch mit deutlicher Ungeduld.

Unmittelbar an seiner Seite erschienen zwei chinesische Stewards und entschuldigten sich für die Störung und geleiteten ihn dann zu seinem Abteil. Aber er starrte sie drohend an und zog beide Stewards in sein Abteil. Danach schloss er demonstrativ die Tür. Er wollte, genauso wie Victoria wissen, warum sein Schlaf so spät gestört wurde.

Nach ein paar Minuten war der Korridor wieder leer und Victoria kehrte in ihr Abteil zurück, ohne zu wissen, was mit dem fehlenden Passagier war.

Schon am nächsten Tag, nach dem malerischen, aber sich scheinbar endlos lang hinziehenden Sibirien erreichte der Zug endlich die durch starke Winde zerrissene Mongolei. An der Grenze wurde der russische Restaurantwagon entkoppelt, dann nahm ein Wagen mit mongolischer Küche seinen Platz ein. Leider erwies sich diese Küche, wie sollte man sagen, als kompliziert. Der Zug war lange an der Grenze gestanden und Victoria verging die Zeit zu langsam. Am meisten mochte sie es, wenn diese große Maschine sich wie ein langer Drachen aus Stahl vorwärts bewegte und sich die Reisenden mit jeder Minute, Stunde und jedem Tag dem China näherten. Draußen vor dem Fenster, auf dem Bahnsteig, spazierten die russischen Diplomaten in langen Pelzmänteln umher. Die Touristen aus der zweiten Klasse mischten sich unter die Menge der Anwohner und Reisenden aus anderen Zügen. Victoria wollte diesmal nicht spazierengehen, weil sie gerade ein sehr interessantes Buch las. Sie beobachtete gelegentlich den Bahnsteig durch das Fenster und versank in ihrer Phantasie. Plötzlich rannte auf dem Bahnsteig keuchend ein dunkelhaariger Fremder in einem grauen Mantel und die internationalen Touristen begrüßten ihn mit Geschrei. Die Touristen jubelten so laut, dass andere Reisende sofort den Bahnsteig verließen. Alle jubelten und lachten und freuten sich, den verlorenen Franzosen wiederzusehen. Nach einer Weile ging er zu dem russischen Diplomaten und unterhielt sich lange mit ihm. „Wahrscheinlich haben sie ihm geholfen", dachte Victoria und schaute nochmal auf den glücklichen Franzosen. Gleich danach stieg jeder in den Zug, denn ein lauter Pfiff kündigte die Abfahrt des Zuges an.

In der Mongolei dominierten nackte Steppenland-schaften und nur von Zeit zu Zeit zeigten sich runde, weiße Jurten, die traditionellen Wohnzelte der Mongo-len. Die Mongolen ritten auf kleinen, abgemagerten Pferden. Die Steppe zeigte sich roh, sonnenverbrannt und zerrissen. Am Vormittag war die Luft hier kalt, der Himmel wolkenlos und blau. Der mongolische Speise-wagon war immer leer, denn alles, was hier serviert wurde, schmeckte nach Talg und Schmalz, es schwam-men sogar größere Fettflecken im Tee.

All das, was in der Mongolei angeboten wurde, konn-te man weder essen noch trinken. Überall verteilte sich ein spezifischer, erstickender Geruch nach Talg und Fett, draußen und in den Wagons und rief bei den Rei-senden Übelkeit hervor. Vor allem während der Auf-enthalte des Zuges an mongolischen Bahnhöfen ver-mischte sich dieser starke Geruch mit dem Duft von Ziegen, die sich dort gerne unter die Passanten, die auf dem Bahnsteig herumschlenderten, mischten. Wahr-scheinlich fühlten sich die Ziegen überall großartig, sie liebten es, auf den Bahnsteigen zu spazieren, drängel-ten sich zwischen die Fußgänger und sprangen über das ausgebreitete Gepäck. Sie flohen nur dann, wenn sie einen schrillen Pfiff als Ankündigung für die Abfahrt des Zuges hörten.

Die eisigen Herbstmorgen in der Mongolei verwan-delten sich um die Mittagszeit in heiße, trockene und sonnige Tage. Die blendende Sonne machte Victoria

41

gute Laune. Im Schaukeln des Zuges durchquerte sie die asiatischen Steppen, beobachtete die wilden, verlassenen Felder und erneut stellte sie sich vor, dass sie ein Vogel wäre – ein Raubvogel- der über die trockene, raue Landschaft flog, ein freier Vogel und zu allem bereit. Jeden Tag kämpfte sie mit der Natur und jagte die Mäuse der Steppe. Der Vogel, der auf den kahlen Bergfelsen saß, fühlte in seinen Federn die starken Windstöße mit den feinen Sandkörnern aus der Wüste Gobi.

Ach ja, und sie dachte auch, dass es gut war, dass der Zug bald an seinem Ziel ankommen würde. Die sengende, andauernd brennende Sonne verwandelte die Landschaft der Mongolei in eine trockene, steinige Wüste und es war schwer, sich vorzustellen, dass es dort manchmal auch regnete. An den Abenden, nach den atemberaubenden Sonnenuntergängen in dem endlosen, nackten Raum der Steppe, kehrte bald knackige Kälte ein. In der Nacht bedeckte Frost die trockenen, dem Wind ausgesetzten Pflanzen.

Die mongolische Steppe, die wie eine Mondlandschaft aussah, war zu jeder Zeit des Tages faszinierend. Sie war rau und veränderte sich ständig: die Farben des Himmels, die Sonne, die Windstärke, die Wolken, die Lufttemperatur. Victoria skizzierte auf einem Block eine freistehende weiße Jurte in der Steppe, durch die das Sonnenlicht fiel, irgendwo am Horizont der blaue Himmel und die braune Steppe. Die einsame Jurte - nicht so sehr ein Symbol der Einsamkeit, sondern vielmehr ein Symbol der Unabhängigkeit. Im Inneren der

Jurte, stellte sie sich vor, war es wahrscheinlich voller Leben. Mongolische Großfamilien, die in der Mitte ihrer Jurte auf einem einfachen Holzfeuer kochten, eine beruhigende Suppe wärmte sie - vom Fleisch gerade gejagter Tiere. Sie stellte sich vor, dass sie sich am Abend Geschichten vom Großvater über erfolgreiche Jagden anhörten, Kinder und Erwachsene legten sich auf dicken bunten Decken und Fellen um das noch brennende Feuer herum und schliefen ein. Vielleicht hatten sie davon geträumt, wie sie auf kleinen Steppenpferden über endlos leere Felder galoppierten. Am eisigen Morgen rollte die Großfamilie die Jurte ein und zog mit ihrem ganzen Besitz an einen anderen, weit entfernten Ort irgendwo in den schönen Ebenen der Mongolei.

Im Herz der unendlichen, hügeligen Mongolei lag die flache Hauptstadt - Ulan Bator. Eine Kleinstadt im Vergleich zu russischen Städten. Ulan Bator hatte eine sozialistische Architektur - Plattenbausiedlungen und monumentale Statuen der Führer der Revolution mit Tausenden von Stufen. Gruppen von runden weißen Jurten erstreckten sich nur in den Vororten der Hauptstadt und ein Paar vergoldete Lama Tempel gaben diesem Ort ein asiatisches Aussehen.

Über die Bahnsteige Ulan Bators, neben unbeschwerten, verspielten Ziegen, liefen schlitzäugige, stark gebräunte, untersetzte Mongolen in traditionellen, farbenfrohen Kleidern. Ihre Beine steckten in dicken, staubigen Stiefeln. Sie sahen gesund aus, obwohl in ihrer Ernährung kein Obst und Gemüse vorkam. Ihre platten, sonnenverbrannten Gesichter strahlten mit einem breiten Lächeln der Zufriedenheit. Sie hatten vom Reiten krumme O - Beine, weil sie schon als kleine Kinder auf Pferden saßen. Das sah auch beim Gehen so aus, als ob sie noch im Sattel saßen. Victoria stellte sich vor, was die Mongolen fühlen konnten, wenn sie auf einem diese kleinen Pferde über die Steppe galoppierten - vielleicht die Freiheit? Abenteuer? Täglicher Kontakt mit der Natur? Manchmal war eine ganze Herde von Pferden ganz in der Nähe der Bahnlinie. Es sah aus, wie sie sich den Westen Amerikas vorstellte, nur die Kleidung der Reiter und die kleinen, abgemagerten Pferde unterschieden sich von ihrer amerikanischen Version. In der Nacht hing der runde Mond tief über der leeren Steppe und glänzte über der weitläufigen roten Ebene wie eine riesige, runde, helle Laterne.

Nach zwei Tagen Fahrt durch die sonnige Mongolei hielt der Zug endlich an der mongolisch-chinesischen Grenze an. Jetzt wurde ein chinesischer Speisewagen an den Zug angehängt und binnen Minuten platzte dieser aus allen Nähten und glückliche, verhungerte Reisende begeisterten sich für die Aromen der chinesischen Gerichte, voll frischem Fleisch und buntem Gemüse. Alle Tische waren sofort von Reisenden besetzt, sie unterhielten sich laut auf Englisch oder Französisch und bestellten immer wieder neue Flaschen des chinesischen Biers "Qing Dao". Unmittelbar nach dem Verlassen der spartanischen Mongolei erschienen den Passagieren bunte Landschaften, chinesische Dörfer mit üppigem Grün, Reisfelder und rotbraun fließende Flüsse. Ja, die dunkel rotbraunen Flüsse sahen fast überall so aus wie die Lehmerde in China.

In China war Sommer und es gab kein Zeichen des Herbstes, nicht wie in der Mongolei, wo es morgens immer frostig war. In China war es schon gegen Mittag sehr warm und manchmal hörte man auch durch das offene Fenster in den Bahnhöfen die lauten Geräusche der Zikaden, die sich in den Bäumen versteckt hielten.

Die einwöchige Reise ging endlich zu Ende und Victoria sah Peking. Sie saß am Fenster, nahm viele Gerüche wahr, hörte die Geräusche und betrachtete die Farben der chinesischen Stadt. Sie vermisste diesen Ort schon in Polen. Kann man einen Ort von den Erinnerungen oder eher von der Vorstellung her vermissen?

„Endlich bin ich in China angekommen, nach einer langen Reise", dachte sie und lächelte vor sich hin. Sie fühlte Erleichterung und Freude am Ende der Welt, im Herzen Asiens, in einem Land, das von den Chinesen „Zhong Guo" genannt wird: Das Reich der Mitte, das Land im Mittelpunkt.

Der Zug hielt am Pekinger Bahnhof und alle Reisenden schienen immer besser gelaunt zu sein. Es war Oktober, aber in Peking war es warm und sonnig wie im Sommer. Die Eltern standen neben einem Gepäckwagen und schauten auf dem Bahnsteig nervös hin und her. Sie aber stand einfach da und genoss die warme Sonne auf ihrem Gesicht. Endlich kam der chinesische Fahrer. Er fuhr langsam durch die überfüllten Straßen Pekings. Melodische Fahrradklingeln und die schiere Menge der schwarzhaarigen Köpfe der Chinesen beeindruckten sie. Die meisten trugen die gleichen dunkelblauen oder grünen Uniformen und die gleichen Mützen mit einem roten Stern. Fast alle Männer und Frauen hatten schwarze Schuhe aus Baumwolle mit weißen Sohlen an. Junge Mädchen trugen zwei dicke geflochtene Zöpfe und verheiratete Frauen oder ältere Frauen hatten gerade und kurz geschnittene Haare. Das Auto der polnischen Botschaft fuhr langsam durch die chaotischen Straßen von Peking. Der Fahrer hupte ständig und immer wieder sagte er etwas zu sich selbst mit einem finsteren Blick. Alle Radfahrer fuhren auf den gleichen schwarzen Fahrrädern durch die Straßen, ohne Rücksicht auf fahrende Autos. Andere fuhren direkt vor die Autos oder schnitten ihnen den Weg ab. Passanten überquerten die Straße, ohne auf die Radfahrer oder die vorbeifahrenden und laut hupenden Autos zu achten.

„Das ist Asien", dachte Victoria und war sehr erfreut über ihre neue Welt.

Die polnische Botschaft befand sich in der Nähe des Bahnhofs, etwa fünf Autominuten entfernt. Dieses Gebäude begrüßte seine Besucher mit einem offenen Metalltor, hinter dem sich ein halbrunder Platz erstreckte. Dem Haupteingang gegenüber standen elegante, flache Gebäude. Victoria dachte, das ist der schönste Ort auf

Erden - das Licht, die flachen Gebäude, von üppigen grünen Bäumen und Sträuchern umgeben. Überall standen Porzellantöpfe mit exotischen Blumen in intensiven Farben: rot, rosa, lila. In der Luft verbreitete sich der süße Geruch exotischer Blumen.

Victoria war glücklich, endlich frische Sommerluft zu atmen. Für einen Moment schien es ihr, als sei sie in einem Urlaubsort und nur hierhergekommen, um Urlaub zu machen. „Oder ist es nur ein Traum? Sicherlich... nun würde sie gleich aufwachen und müsste für die Schule aufstehen", dachte sie. Wie jeden Morgen sich dazu zwingen, ein paar Bissen zum Frühstück zu essen, die Tasche zu packen und aus dem Haus in einen kalten, nassen Morgen hinauszugehen.

Aber nein, es war kein Traum, sie war in Peking!

Die Botschaftswohnung stellte sich als großzügig und geräumig heraus. Ihr Zimmer hatte ein großes Fenster mit schweren, dunkelgrünen Samtvorhängen. Draußen vor dem Fenster erstreckte sich ein Garten voller grüner Bäume, Sträucher und bunter Blumen. Diese magische Welt war von einer hohen Mauer umgeben.

An jeder Ecke der Botschaft und an jedem stählernen Tor standen chinesische Soldaten in grünen Uniformen und Mützen mit einem roten Stern, um Tag und Nacht die Ausländer zu bewachen, die in ihr Land gekommen waren.

Nach dem Öffnen der großen Fenster hörte sie das Geräusch eines fernen Zugs und das lebendige Treiben der Stadt. Der Gesang der Vögel und das Zirpen der Zikaden, bevor die Sonne unterging und die Brise des warmen Windes, der sanft die Blätter eines Baumes in der Nähe des Fensters berührte. Sie war im Herzen der Stadt und gleichzeitig in einer Oase mit einem Garten voll ungewöhnlicher Bäume und Sträucher. Sie stand am Fenster, berauscht von den Aromen und Farben Pekings und hörte, wie der Wind flüsterte.

Im Geiste dachte sie darüber nach, wie man diese grünen Bäume und bunten Blumen malen könnte. Eines Tages würde sie eine berühmte Malerin sein und ihre eigene Bilderausstellung mit dem Titel: „Die Farben von Peking" eröffnen. Sie stellte sich vor, die Freude in den Augen der Besucher zu sehen. Die Eröffnungsfeier, ihre Vernissage voller fremder, elegant gekleideter Menschen und Journalisten. Nach und nach würde sie Interviews mit Fotos geben. Am nächsten Tag würde sie über sich selbst in der frisch gedruckten Zeitung lesen und mit kritischem Blick die Fotos betrachten.

Der Herbst in Peking, an dem fast jeden Tag die Sonne schien. An diesen sonnigen, wolkenlosen Tagen konnte man die Berge sehr nahe sehen, die rund um die Stadt lagen. Die gleichen Berge, die die majestätische Chinesische Mauer trugen. Jetzt lebte sie im Herzen von Peking, nur eine Autostunde von der Chinesischen Mauer entfernt - einem historischen Bauwerk mit tausendjähriger Kultur, das man angeblich auch aus dem Weltraum sehen konnte.

Neben der Botschaft befand sich der „Ri-Tan Park" (der Park der aufgehenden Sonne) mit dem Tempel der

Sonne, der während der Kulturrevolution (1966- 1976) zerstört wurde und von dem nur noch Fundamente geblieben waren. In den umgebauten Pagoden rund um das Fundament des Tempels versteckte sich ein kleines Restaurant, das von den Polen "Kapelle" genannt wurde. Spezialität in der "Kapelle" waren chinesische Teigtaschen (Jiao ze 饺子) mit Fleischfüllung, serviert mit Sojasoße oder Sojaessig. Fleischklößchen waren ein typisches Gericht der nördlichen Teile Chinas, wo die Menschen in den kalten Wintern viele Mehlspeisen und Teigwaren aßen. Der „Ri Tan Park" mit seinem Überfluss an grünen Bäumen und bunten Blumen hatte einen Teich voller Wasserlilien, eine weit ausgebreitete Fläche mit Lotusblumen und Goldfischen. Der Park war voller Ruhe und Harmonie.

Auf den Steinbänken saßen grauhaarige alte Männer, die sich unterhielten oder „Ma Jiang", ein chinesisches Brettspiel spielten. In den Zweigen der Bäume hingen Bambuskäfige mit singenden, bunten Vögeln. Im Zentrum des Parks befanden sich ein mittelgroßer Hügel aus Steinen und viele Grünanlagen. Auf der Spitze des Hügels war eine bunte chinesische Pagode gebaut. Um sie zu erreichen, musste man scheinbar endlose Steintreppen hinaufsteigen. Von der Spitze der Pagode aus hatte man dann einen faszinierenden Blick auf das weit ausladende Peking und konnte kilometerweit die für die Städte des Nordens typischen grauen Häuser- Hu Tongs sehen. Hu Tongs sind flache, eingeschossige Gebäude, die von hohen Mauern umgeben sind. In Hu

Tong Siedlungen befanden sich enge Gassen, wie ein Labyrinth. Dort konnte man sich in der Regel nur zu Fuß oder mit dem Fahrrad bewegen.

Peking – das Hu Tong Königreich. In kleinen, nach Stroh duftenden Geschäften kaufte man blaues und weißes Porzellan und Kochtöpfe. Die Chinesen starrten neugierig auf Victorias lange, lockige Haare und am meisten auf ihre intensiv blauen Augen. Manchmal zeigten sie auf ihre Nase und sagten, „da bi zi" – was „große Nase" oder auch Ausländer bedeutete. Trotz ihrer „Andersartigkeit" spürte Victoria ein Gefühl der Vertrautheit. Die Menschenmenge von schwarzhaarigen Köpfen wurde ihre Welt, in die sie zurückgekehrt war. Die Fahrradklingeln, der Geruch nach Knoblauch und anderen exotischen Gewürzen, die warmen Sonnenstrahlen und die auf Bambusstöcken einfach auf der Straße trocknende Kleidung, die engen „Hu Tong" Gassen - in dieser Welt fühlte sie sich wohl.

„Peking ist zweifellos mein Platz auf dieser Erde", dachte sie und lächelte in sich hinein.

Die Oktobertage waren warm und sonnig. Der mit azurblauem Wasser gefüllte Pool wartete auf Freiwillige und bei der warmen Temperatur konnte man den ganzen Tag mit kurzen Ärmeln gehen. Die Botschaft sah aus wie ein tropischer Garten, voll von üppigen Bäumen, Sträuchern und duftenden exotischen Blumen. Sie spazierte auf den schattigen Wegen des Gartens und zählte die Tage bis zur nächsten Woche, wenn sie in eine russische Schule gehen sollte. Jeden Tag kamen ihr neue Ideen für kleine Aquarelle von Blumen. Sie malte auf Bänken sitzend oder zu Hause auf der Terrasse. Victoria war fasziniert von rotem Hibiskus, weißen Lilien, rosa oder weißem Oleander und anderen bunten Blumen, aber jedes Mal kehrte sie wieder zurück zu den Lotusblüten. Von Lotus konnte sie ihre Augen nicht abwenden. Diese großen Blumen faszinierten sie mit ihren dutzenden rosa Schattierungen und ihrer runden Form. Sie liebte es, zu beobachten, wie sie majestätisch da standen, in schlammiges Wasser eingetaucht. Manchmal bewegten sich die Lotusblumen langsam hin und her im Wind. Die runden grünen Lotosblätter sahen aus wie kostbar geschmückte grüne Teller, auf denen unberührte Wassertropfen, schimmernd wie flüssiges Silber, lagen.

In ein paar Tagen musste sie anfangen, in der russische Schule zu lernen. Der bloße Gedanke daran verursachte ihr Bauchschmerzen. Sie konnte die russische Sprache nicht besonders gut und hatte keine guten Noten in diesem Fach. Aber sie durfte keine andere Schule – die französische, englische oder chinesische wählen, weil Polen als sozialistisches Land stark mit der Sowjetunion verbunden war.

An den Vormittagen traf sie niemanden. Die Kinder waren in der Schule und die Erwachsenen auf der Arbeit. Die Zeit verging mit dem Auspacken ihrer Koffer, der Möblierung der Wohnung mit ihrer Mutter zusammen und dem Lesen ihrer Lieblingsbücher. Fast jeden Tag während der Spaziergänge durch den Botschaftsgarten nahm sie ihre Malausrüstung mit und besuchte einen Ort, wo es große Töpfe mit Lotusblüten gab. Sie setzte sich auf eine schattige Bank, den großen Porzellantöpfen mit diesen schönen Blumen gegenüber, und starrte lange auf die runden, fleischigen Blätter und die rosa schattierten Blüten. Zarte, ovale Lotusblumen in stehendes, schlammiges Wasser getaucht, in Dutzenden von auffälligen rosa Farben. Angefangen von einem intensiven Pink über schmutziges Rosa bis zu hellem, fast weißem Rosa. Sie versuchte, mit häufigem Mischen ihrer Farben alle Schattierungen der Farben der Blumen zu erfassen, um den gewünschten Effekt zu erzielen. Die Lotusblumen kontrastierten schön gegen das üppige Grün der Blätter. Stundenlang malte sie kleine Aquarelle. Erst wenn die Sonne immer intensiver schien, ging sie zurück in die Wohnung und fuhr mit dem Auspacken der Koffer und Kartons fort.

„Schöne Lotosblumen", sagte die Mutter, als Victoria ihr ihre Arbeit zeigte.

„Morgen werde ich wieder in den Garten gehen, ich möchte noch größere und noch schönere Blumen finden."

„Ja sicherlich, aber langsam müssen wir anfangen, über die Vorbereitung für die Schule nachzudenken. Am ersten Tag brauchst du zumindest Schreibzeug", hielt ihr die Mutter vor.

„Also - ja später - welches Aquarell gefällt dir am besten?", fragte Victoria mit verträumten Augen und dachte immer noch an die neu gefundene Welt der Lotusblüten.

Manchmal am Nachmittag wurde das Mädchen zum "Friendship Store" zum Einkaufen geschickt. Dies war ein Kaufhaus für Ausländer in der Nähe der Botschaft. Neben den chinesischen Produkten verkaufte es auch europäische Lebensmittel. Das Angebot des Ladens war sowieso sehr breit: von Möbeln, Teppichen über Porzellan, Kleidung und vieles Andere, bis hin zu Milch und Brot.

In dem Laden mischten sich die Nationalitäten: hellhäutige und stark geschminkte hübsche Russinnen, Pakistani in traditioneller flatternder Kleidung, blasse Engländerinnen, elegant gekleidete Französinnen und Afrikanerinnen mit bunten Turbanen auf dem Kopf. Sie hörte so viele verschiedene Sprachen und riet, welche Nationalitäten sie auf dem Weg getroffen hatte. Im Erdgeschoss befand sich ein Supermarkt mit Lebensmitteln, in der ersten Etage die Kleidung mit dem Stand für Kaschmirpullover, da konnte man den Geruch von Mottenkugeln riechen. Auf der letzten Etage wurde handbemaltes Porzellan, chinesische Möbel und Schmuck verkauft. Victoria fühlte sich wie hypnotisiert. Es war ihr Reich der Kunst. Sie betrachtete wertvolle Kreationen aus Edelsteinen oder Goldringe und hatte das Gefühl, „Alice im Wunderland" zu sein. Sie ging langsam von Raum zu Raum, die alle voll von Kunst waren. Sie konnte sich kaum noch an die leeren Regale und langen Schlangen in den polnischen Läden erinnern. Sie liebte es, da zu stehen und chinesische Malerei und Kalligraphie zu betrachten, die auf langen Rollen aus Seide geschrieben war. Die Bilder zeigten meistens Pagoden, teilweise in den Bergen oder durch Wolken verdeckt und Bilder mit Wasser, zum Beispiel einen Teich mit orangenen Goldfischen. Alles war mit gedämpften Farben und viel Schwarz gemalt. Großformatige Bilder wurden auf Rollen aus Seide gemalt. Sie wusste, sie würde irgendwann die Techniken der chinesischen Malerei lernen und nahm sich fest vor, eines Tages ein Bild auf einer echten Rolle aus Seide zu malen.

Am letzten Nachmittag vor Schulbeginn ging sie in den Laden, um Brot und ein paar andere Dinge für das Abendessen zu kaufen. Wie gewohnt, ging sie ein paar Minuten über schattige Straßen mit grünen Bäumen durch den Botschaftskomplex, um das große Gebäude des „Friendship Store" zu erreichen. Sie kaufte zuerst die Dinge auf dem Einkaufzettel, der von der Mutter geschrieben war, und wanderte dann durch die anderen Etagen, beobachtete alles um sich herum. Wie immer stand sie am längsten fasziniert auf der obersten Etage vor dem Stand mit chinesischer Malerei und Kalligraphie. Dann vergaß sie die Zeit und schwelgte in ihren Träumen.

Mit einem Blick auf die Uhr wachte sie wieder auf. Sie ging langsam auf den majestätischen Marmortreppen in den ersten Stock, wo es einen Supermarkt, ein Blumengeschäft und einen Süßigkeitenstand gab. Sie dachte noch, dass sie morgen unbedingt zu dem Laden zurückgehen musste, um alles nochmal genau anzusehen.

Victoria wollte gerade den Laden verlassen, als sie in einem engen Flur neben dem Supermarkt aus der entgegengesetzten Richtung einen schlanken dunkelhäutigen Jungen kommen sah. Er trug Jeans und ein T-Shirt, alles in blau, und ging auf sie zu, gleichzeitig starrte er sie unter dem Rand der typisch chinesischen, marineblauen Mütze mit einem roten Stern an. Der Fremde hatte ein schmales Gesicht, große Augen, war athletisch gebaut und sein Gang war langsam und federnd wie bei einer Katze. Victoria bemerkte sogar seine langen Wimpern in einem Bruchteil einer Sekunde, als sie in die unglaubliche Tiefe seiner sehr dunklen Augen sah. Er strahlte etwas Geheimnisvolles aus, war sehr gut aussehend und blickte sie immer intensiver an. Das Mädchen senkte die Augen. Als sie in dem schmalen Flur weitergegangen war, sandte der Fremde ihr einen Blick voller Interesse und lächelte dann. Einen langen Moment konnte sie die Augen nicht von ihm abwenden und es schien, dass diese wenigen Sekunden ewig dauerten. Das Gefühl, ihre üblicherweise rosigen Wangen wurden immer heißer und begannen, richtig rot zu brennen. Sie wollte sich nicht umzudrehen, um dem graziösen „Katzengang" des Fremden nachzuschauen. Sie tat es doch, drehte sie sich um, aber er war schon um die Ecke gegangen.

„Der blaue Traum", dachte sie und versuchte, sich an seine Erscheinung zu erinnern. Die regelmäßigen Gesichtszüge, die dunkle Haut, die ausdrucksvollen Augen und der anmutige „Katzengang".

Es schien, als ob seine durchdringenden Augen sie immer noch ansahen. Sie spürte noch seinen bezaubernden Blick auf sich gerichtet. Zum ersten Mal, es war das erste Mal, dass jemand sie mit einer solchen Leidenschaft, Interesse und Sinnlichkeit ansah. Sie konnte das Gefühl nicht verstehen, aber unbewusst wusste sie, dass dies ein wichtiger Moment war - eine kurze Minute und vielleicht sogar nur ein paar Sekunden, Rätsel, Abenteuer, Versprechen - niemand hatte sie bisher so interessiert. Ein exotischer Passant in einem Geschäft im Herzen von Peking? Einen Moment lang wollte sie sich sofort umdrehen und gehen, nach ihm suchen. Auch das Gefühl, eine intensive und unerwartete Anziehungskraft. Sie wollte herausfinden, wie er hieß und woher er kam. Aber ihre Schüchternheit erlaubte ihr nicht, dem Fremden zu folgen. Was könnte passieren, wenn er wirklich mit ihr gesprochen hätte? Sie wäre nicht in der Lage, ein einziges Wort zu sprechen. Sie sprach Englisch, aber nicht so gut, vielleicht konnte er Chinesisch, was sie noch nicht begonnen hatte zu lernen? Sie stand am Ausgang und berührte ihre heißen Wangen. Dann ging sie mit einem geheimnisvollen Lächeln auf dem Gesicht durch die schattigen Straßen in ihr neues Zuhause in der Botschaft zurück.

Die russische Schule

Am nächsten Tag begann der Unterricht in der russischen Schule. Nach dem unberührten Frühstück ging sie durch den duftenden Garten zum Haupttor. Trotz des frühen Morgens schien die Sonne schon hoch am Himmel, aber die Pflanzen und Blumen waren noch mit wie Silber schimmerndem Morgentau bedeckt. Die Luft fühlte sich klar und frisch an. In der Ferne hörte man der Zuggeräusche und lautes Fahrradklingeln. Victoria wäre am liebsten nach Hause zurückgekehrt, um Malsachen zu holen und zu ihrer Lieblingsbank gegenüber den Lotustöpfen zu gehen und den ganzen Vormittag zu malen. Aber leider waren die süßen Ferien und die Morgenspaziergänge in der Botschaft zu Ende.

Am Haupteingang der Botschaft stand schon eine Gruppe von Kindern aller Altersstufen, die auf den kleinen Bus warteten. Mit dem Bus sollten die Kinder und Jugendlichen zur russischen Schule fahren. An diesem Morgen spürte Victoria, wie ihr Magen drückte. Sie stieg langsam in das Fahrzeug, angerempelt von Kindern aller Altersgruppen.

„Meine Name ist Victoria", stellte sie sich schüchtern vor.

„Ich bin Jarek, ich glaube, wir sind in der gleichen Klasse?", sagte ein dunkelhaariger Junge.

Dann stellten sich die jüngeren und älteren Kinder vor. Jarek sollte mit ihr in die gleiche Klasse gehen und half ihr beim Eingewöhnen. Er hatte einen fröhlichen Ausdruck im Gesicht, kastanienbraunes, dickes Haar und leuchtend grüne Augen. Er lächelte sie an und versprach, er würde versuchen, ihr mit Russisch zu helfen, auch wenn er darauf bestand, dass er leider selber nicht der Beste in dieser Sprache war. Sie setzte sich auf den Sitz neben ihm. Natürlich war sie vor dem ersten Tag in der neuen Schule nervös, aber für einen Moment hatte sie mit einem Blick auf Pekings Straßen alles vergessen. Der kleine Bus fuhr langsam durch die Straßen im Botschaftsviertel und durch die Fahrzeugscheiben konnte man laufende oder Tai Ji Quan trainierende Chinesen beobachten. Durch die schattigen Straßen voller verkrüppelter Bäume schien die Sonne. Neben einem Baum stand ein dünner, silberhaariger alter Mann, nur mit der traditionellen schwarzen Hose und schwarzen Schuhen mit weißer Textilsohle gekleidet. Er war halb nackt und seine abgemagerte, gelblich blasse Brust stand im Kontrast zu dem Hintergrund der grünen Allee. Sein linkes Bein streckte er auf einen Baum und machte Spagat. Seine Augen waren geschlossen und anscheinend meditierte er.

„Erstaunlich!", sagte Victoria.

„Er steht jeden Morgen einfach so da und meditiert", sagte Jarek.

„Und jeden Tag macht er Spagat an dem Baum ...",
sagte ein kleines Mädchen hinter Victoria.

„Erstaunlich!", wiederholte Victoria.

„So trainieren die Chinesen immer morgens, du
kannst mehr davon im Ri Tan Park sehen, gehe einfach
Morgens einmal dorthin", sagte ein anderer Junge.

Andere Kinder starrten auch fasziniert auf den sportlichen Großvater und fragten sich selbst, wie man in
diesem Alter so unglaublich sportlich sein konnte. Auf
der Straße herrschte lautes Chaos, es bewegte sich eine
unglaubliche Menge an Leuten. Viele langsam fahrende
Autos hupten die vorbeifahrenden Radfahrer oder die
die Straße überquerenden Fußgänger an. Ein paar Meter von dem Baum entfernt wurde eine tragbare Garkü-
che aufgebaut, wo eine ältere chinesische Frau in
heißem Öl in einem Wok die aus Mehl und Hefe beste-
henden Teigstreifen – You tiao genannt - briet. Hin und
wieder warf sie die Teiglinge in das heiße Öl und nahm
die fertigen Teigstreifen mit Stäbchen heraus. Die Teigstreifen hatten längliche Formen und sahen aus wie
formlose baumelnde Fische. Die Chinesen aßen You
tiao, eine Art Frühstücksbrot am Morgen. Viele Passanten kauften You tiao bei der Chinesin und unterhielten
sich laut beim Einkaufen. Der Geruch der Teigstreifen
und chinesischen Gewürze verteilte sich auch im ganzen Bus durch ein kleines offenes Fenster und führte
bei einigen Schülern zu Appetit und bei einigen zu
Übelkeit. Trotz des Lärms und der ständigen Gerüche
des Morgens stand der alte Mann immer noch mit ge-

schlossenen Augen und voller Frieden auf einem Bein. Kein Ton war in der Lage, ihn aus der Meditation zu wecken. Vielleicht befand er sich in Wirklichkeit zu dieser Zeit in der beruhigenden Welt grüner Gärten und buddhistischer Tempel?

Langsam fuhren sie aus dem Botschaftskomplex auf eine breite Ringstraße Pekings, wo es auch einen breiten getrennten Weg nur für Radfahrer gab. Massen der schwarzhaarigen Einwohner Pekings auf Fahrrädern (wahrscheinlich eilten sie zur Arbeit oder zur Schule) erfüllten die Straße und sahen aus wie ein dunkler reißender Fluss. Doch auf der Straße fuhren nur wenige Autos und einige überfüllte Busse. Nach ein paar Minuten Fahrt war der Bus vor der sowjetischen Botschaft angekommen. Das riesige, schwarz-goldene, üppig mit Ornamenten verzierte automatische Tor begann, sich langsam zu öffnen. Eine hohe Betonmauer umschloss die Botschaft. Gleich hinter dem Tor befand sich ein großer, halbrunder Platz, an dem auch Busse mit Kindern aus anderen sozialistischen Ländern wie Bulgarien, Jugoslawien, Tschechoslowakei, Mongolei usw. hielten. Es schien, als ob man in einem Schlossgarten oder einem „Miniaturland" war. Das Hauptgebäude der Botschaft war so monumental wie die Gebäude, die Victoria in Moskau und den sibirischen Städten gesehen hatte. In der Mitte des Platzes befand sich ein großer, kreisförmiger Brunnen voll mit sprudelnden Wassermassen.

Vom Hauptplatz aus mussten die Kinder kurz geradeaus durch eine schattige Allee laufen, bis sie die Schule erreichten – ein graues, wie ein Bunker aussehendes Gebäude. Nur die saftigen, wild wachsenden Grünanlagen konnten einem Mut machen, dieses graubraune Gemäuer zu betreten.

Victoria hatte einen Kloß im Hals, als sie überall nur russische Sprache hörte. Sie hatte diese Sprache zwar in Polen gelernt, aber es war nie ihr Lieblingsfach. Jarek führte sie in ein großes Klassenzimmer mit Holzbänken und einer erhöhten Plattform für die Lehrer. Dann zeigte er ihr den Platz neben sich. In der Klasse mischten sich die Nationalitäten: Russen, Bulgaren, Tschechen, Jugoslawen und ein einziger Mongole, der in der ersten Reihe der Klasse saß. Sein gebräuntes Gesicht leuchtete mit der gleichen Zufriedenheit und dem Lächeln wie auf den anderen mongolischen Gesichtern, die Victoria sah, als sie mit der Bahn die Mongolei durchquerte.

„Keine Sorge, du lernst Russisch im Laufe der Zeit", sagte Jarek, als er die Schüchternheit seiner neuen Schulfreundin bemerkte.

„Aber ich kann nicht wirklich gut Russisch sprechen und bis jetzt habe ich fast nichts verstanden."

„Ich werde dir helfen. Wenn du jetzt neben mir sitzt, werde ich für dich ein wenig übersetzen. Glaub mir, am Anfang war es bei mir das gleiche. Ich saß in der Klasse wie auf einem "türkischen Basar" und dann ist irgendwie alles von selber gekommen. Eines Tages konnte ich alles verstehen und plötzlich konnte ich auch Russisch sprechen. Mit dir wird es das gleiche sein, glaub mir."

„Ich hoffe es, die Russen sprechen echt schnell."

„Leider musst du geduldig sein", sagte er leise und warf einen Blick auf die Lehrerin, die gerade das Klassenzimmer betrat.

Victoria versuchte, sich zu beruhigen und nicht zu viel über alles nachzudenken. Lernen brauchte Zeit und sie war doch gerade erst hier angekommen. Heute konnte sie vielleicht nur wenige russische Worte verstehen, die ähnlich wie im Polnischen waren. Aber das wird sich definitiv mit dem Zeit ändern. Jarek war doch sehr sympathisch, saß neben ihr und war schon lange Zeit in Peking.

Eine zierliche Blondine mit langen falschen Wimpern betrat das Klassenzimmer und fing an, mit einer würdevollen, melodischen und warmen Stimme zu sprechen. Sie war ganz in beige gekleidet und ihren flauschigen Pullover schmückten Blumenmotive, die mit glänzenden Perlen bestickt waren. Sie hatte lange, sorgfältig lackierte korallenfarbige Nägel und ihre vollen Lippen waren mit Lippenstift in der gleichen Farbe wie die Nägel geschminkt. Lange, hellgoldene Haare hingen in sanften Wellen über ihren Schultern. Der süße Duft ihres Parfüms breitete sich im ganzen Klassenzimmer aus. Die Lehrerin erschien Victoria wie eine echte Barbiepuppe! Victoria verstand nur, dass sie jetzt der Klasse vorgestellt werde und deshalb aufstehen sollte. Nachdem sie aufgestanden war, richteten sich gleich alle Augen ihrer Klassenkameraden auf sie und starrten sie neugierig an.

Als Victoria so in der Klasse stand, traf plötzlich etwas Leichtes ihren Hinterkopf. Die Klasse war zunächst wie erstarrt, dann brachen alle in unkontrolliertes Gelächter aus. In Victorias langem offenem Haar hing ein kleiner weißer Papierflieger, auf dem etwas in kritzeliger Schrift geschrieben war. Barbies grüne Augen starrten jetzt drohend auf die Schüler, dann begannen die schönen korallenfarbenen Lippen zu sprechen, diesmal in einem anderen, ein Paar Stufen tieferen Ton als vorher. Dann deutete sie streng auf einen dunkelhaarigen Bulgaren mit langen zerzausten Haaren. Den Blick auf den Boden gerichtet begann er, etwas vor sich hin zu stammeln. Jarek entwirrte das Flugzeug aus Victorias langen Haaren und fing an, die Kritzeleien zu entziffern. Danach wollte niemand in der Klasse mehr lachen. Später fand Victoria heraus, dass „das Gekritzel" in einer sehr gewundenen, schwer zu verstehenden Sprache von der Sympathie des bulgarischen Jungen zu ihr berichtete.

Glücklicherweise war der erste Tag in der russischen Schule, mit Unterricht und Pausen, schnell vergangen. Als sie alleine auf dem Pausenhof stand und auf die Glocke wartete, (Jarek war mit anderen Jungs auf dem Schulhof Fußballspielen gegangen) hatte sie nicht mehr dieses Gefühl von Einsamkeit. Sie fühlte sich gut und beobachtete mit Neugierde die Leute in ihrer neuen Klasse. Da waren hübsche Russinnen mit makelloser, schneeweißer Haut und dicken, braunen oder aschblonden Zöpfen, manchmal mit hellen, großen Schleifen gebunden. Oder übertrieben geschminkte und modisch gekleidete Jugoslawinnen (einige hatten sogar modische bonbonfarbene Stulpen und goldene Schuhe angezogen und das alles in der Schule!), dunkelhaarige Bulgaren und einen einzelnen sportlichen Jungen aus der Mongolei, der sich in jedem Unterricht meldete.

Nach der Rückkehr in die Botschaft atmete sie erleichtert auf und ging schnell durch den Garten, der wie immer voller Ruhe und Töpfen mit Lotusblumen war, ihr neues kleines Königreich. Nach dem Essen setzte sich Victoria alleine auf die Terrasse, hörte die fernen Geräusche der Stadt, roch die Düfte des Gartens und dachte über den ersten Tag in der Schule nach. Dann gingen sie und ihre Mutter in einem kleinen Porzellangeschäft einkaufen, das, unter den Hu Tongs versteckt, in der Nähe der Botschaft war. Wie üblich, erweckten die beiden Ausländerinnen bei den Chinesen Aufsehen durch ihr Aussehen. In dem Laden versammelte sich neben Victoria und ihrer Mutter wie immer eine Menge Zuschauer und die Verkäuferinnen sprachen laut und zeigten auf das Mädchen mit den üppigen Locken und der sommersprossigen Nase.

Am zweiten Tag wurde alles einfacher, da Jarek ihr alles über die Klasse, die Schule und die Lehrer erzählte, als er morgens wie üblich neben ihr im Bus saß. In die Klasse gingen am meisten Russen, zwei Tschechinnen, ein Tscheche, ein Mongole, zwei Bulgaren und eine Jugoslawin. Er hatte mit einem geheimnisvollen Ausdruck in den Augen über die Jugoslawin gesprochen und Victoria gesagt, dass er glaube, dass Victoria und die Jugoslawin sicherlich in Zukunft befreundet sein werden, aber er sagte nicht, warum er so dachte. „Nur, du wirst sehen", fügte er hinzu. Dann sprach er über die Schulleitung, die Ausländer offenbar gerne mochte. Eine Mathematiklehrerin - eine ältere Dame -, die sehr streng war, aber sehr gut Lehren konnte. Schließlich erzählte er ihr von der Geschichtslehrerin, die es nicht erlaubte, über historische Themen zu diskutieren. Jarek sprach auch über den verrückten Sportlehrer, der ständig neue Herausforderungen für die Schüler erfand. Zum Beispiel schwierige Aufgaben wie lange Läufe an der Wand der sowjetischen Botschaft entlang. Victoria nahm Jareks Geschichten mit zunehmender Anspannung im Bauch auf, was wie üblich ein wenig Nervosität bedeutete. Die Polin war so beschäftigt mit dem Gespräch mit ihrem neuen Klassenkameraden, dass sie nicht einmal für einen Moment beobachten konnte, wie der chinesische Alte wieder im Spagat am Baum stand. Der Weg zur Schule verging sehr schnell und vor dem Unterricht ging Victoria zu der strengen Mathematiklehrerin. Sie hatte kurze, schwarz gefärbte Haare und eine dunkle Brille. Ihre blasse Haut stand in starkem Kontrast mit dem glänzenden schwarzen Haar. Durch ihre Brille starrte sie Victoria mit aufmerksamen hellgrauen Augen an. Die Mathematikerin warf einen kurzen Blick auf das wie gewohnt offene lange lockige Haar von Victoria. Dann schlug sie vor, dass das Mädchen künftig die Haare zu einem Pferdeschwanz oder Zopf binden sollte, um sich selbst und die anderen in der Klasse nicht abzulenken. In einer Sekunde sah Victoria einige genervte und auch triumphierende Blicke der russischen Schülerinnen, die alle zusammengebundene Haare hatten. Dann begann sofort der Unterricht.

In einer der Pausen kam eine große, gut gebaute Blondine mit Brille auf sie zu und schlug auf Polnisch vor, ihr beim Russischlernen zu helfen. Victoria sah sie angenehm überrascht an.

„Sprichst du Polnisch?", fragte die Polin.

„Ja, ich kenne die Sprache von polnischen Freunden, die leider schon aus Peking abgereist sind. Ich heiße Irene und komme aus Jugoslawien."

„Das ist toll! Danke für das Angebot! Russisch ist nicht gerade meine starke Seite."

„Ach, du lernst bestimmt schnell, du wirst sehen, bei mir war es das Gleiche, an Anfang habe ich nichts verstanden", fügte die Jugoslawin hinzu.

„Wirklich?", fragte Victoria.

„Klar! Es kommt mit der Zeit, du wirst selbst nicht wissen, wann es passiert, aber dann wirst du plötzlich fließend Russisch sprechen können, im Ernst!"

„Das gleiche hat mir Jarek gesagt. Warst du gestern nicht in der Schule?"

„Nein, ich war ein paar Tage erkältet, aber ich habe schon von Jarek von dir gehört. Ich bin froh, dass wir uns getroffen haben und dass wir in die gleiche Klasse gehen."

„Ich auch!", sagte die Polin und lächelte ihrer neuen Bekannten zu.

In diesem Moment begann ihre Freundschaft mit Irene. Irene besaß typische Führungsqualitäten, sie sprach laut und meldete sich in fast jedem Unterricht, auch wenn sie sich hinsichtlich der richtigen Antwort nicht ganz sicher war. Victoria war sehr beeindruckt. In den Pausen führte das jugoslawische Mädchen Victoria herum und zeigte ihr die Klassen und den Platz vor der Schule. Sie kannte fast jeden in der Schule und sprach fast mit jedem ein paar Worte in verschiedenen Sprachen. Irene sprach bulgarisch, weil die Sprache dem Serbischen sehr ähnlich war. Sie konnte auch Polnisch, Englisch und ein paar Worte Französisch von ihren Freunden im Internationalen Klub. Eines Tages sprach sie sogar ein paar Worte auf Mongolisch zu dem einzigen mongolischen Jungen in der Klasse und wahrscheinlich in der ganzen Schule.

Außerdem war sie Klassensprecherin und auch eine Autorität für die Lehrer. Sie kümmerte sich um die Schüler wie eine Mutter, manchmal schmerzhaft ehrlich. Die Jugoslawin hatte Victoria auch erzählt, dass sie viele Freunde aus verschiedenen Ländern hatte, die auf andere Schulen in Peking gingen, und dass sie sich unbedingt mit Victoria außerhalb der russischen Schule im Internationalen Klub treffen müssten. Der Klub befand sich in der Nähe des „Friendship Store" und somit in der Nähe der polnischen Botschaft. Die ganze internationale Jugend traf sich dort. Victoria hörte die Geschichten von den Freunden im Klub und riss ihre blauen Augen weit auf. Irene hatte Polin versprochen, dass sie bald zusammen dahin gehen würden. Mit einem Augenzwinkern sagte Irene, dass sie Victoria eine etwas andere Welt als die russische Schule zeigen würde.

Die russische Schule und die sowjetische Botschaft, die die größte in ganz Peking war, lagen hinter einer majestätischen, hohen Betonmauer. Einmal drinnen, war es schwer zu erkennen, ob man in der Sowjetunion oder in China war. Die Russen konnten sich in Peking nicht frei bewegen. Ihre einzige Möglichkeit war, einmal in der Woche in der Stadt in das Geschäft „Friendship Store" zu gehen oder manchmal am Wochenende an organisierten Führungen zu den chinesischen Tempeln und Kaiserpalästen teilzunehmen. Die Russen hatten alles vor Ort: Lebensmittelgeschäfte, einen See, einen Park, mehrere Pools, Spielplätze, Sportklubs, Kino - mit einem Wort, alles, was sie zum Leben brauchten, war hinter den Mauern. Im Gegensatz zu den Russen hatten die Polen und andere Nationalitäten die Freiheit, die chinesische Welt außerhalb der Mauern zu erkunden und zu entdecken.

China wurde wieder lebendig, sobald der kleine Bus zurück in die polnische Botschaft zurück fuhr. Auch hier wippten wieder schwarzhaarige Köpfe auf Fahrrädern und die Sonne vergoldete den wolkenlosen blauen Himmel, beleuchtete die hellgrauen Hu Tongs. Die Chinesen transportierten alle möglichen Dinge auf Fahrradträgern: große Körbe mit Gemüse, gefrorenes Fleisch, schlaff herunterhängende und unmöglich stinkende gesalzene Fische. Manchmal saßen auch Kinder oder kleine, alte, schwarz gekleidete Damen mit ihren Miniaturfüßen auf der Fahrradstange.

Nach den Hausaufgaben spazierte Victoria durch die Gassen der Botschaft oder sie machte „Entdeckungsreisen" hinter die Botschaftsmauern. Sie beobachtete zum Beispiel kleine chinesische Kinder mit einem Loch in der Hose, die hockten sich einfach auf der Straße hin und verrichteten dort ihr Geschäft. Die kleinen Kinder liefen schon von einem frühen Alter an mit solchen offenen Hosen herum, auch in den kalten Wintern. So lernten sie früh, zur Toilette zu gehen und brauchten überhaupt keine Windeln. Oder kleine, alte, immer schwarz gekleidete Damen mit ihren Minifüßen. Diese schreckliche Tradition der bandagierten Füße existierte im alten China vom 10. bis zum 20. Jahrhundert. Kleine Füße galten damals als Symbol der Schönheit und als erotischstes Element am weiblichen Körper. Je kleiner, je schöner, desto besser war die Aussicht für ein Mädchen, einen reichen Mann zu heiraten. Den kleinen Mädchen bandagierte man die Füße, damit die Füße so klein blieben und nicht mehr wuchsen. Der große Zeh wurde nicht gebrochen, aber die restlichen Zehen waren unter dem Fuß fest bandagiert. Im Laufe der Zeit brachen die Zehen von dem Gewicht des Körpers und dem Druck der Bandagen. Die verstümmelten Frauen kämpften ihr ganzes Leben mit unglaublichen Schmerzen. Sie konnten nicht mehr normal laufen und vor ihrem Ehemann flüchten. Nur reiche Frauen konnten sich Sänften als Transportmittel leisten.

Außerdem hatten Mädchen und Frauen kein leichtes Leben in China. Die Familien wollten nur Söhne, weil sie wussten, dass ihre Töchter eines Tages heiraten würden, eine neue Familie gründen und das Haus verlassen würden. Die Frauen kämpften nicht nur mit Füßen voller Wunden, sondern oft auch mit den Intrigen der Schwiegermütter und der Unzufriedenheit ihres Mannes, wenn sie keine Söhne gebaren. Ihr größtes Ziel im Leben war die Geburt von so vielen Söhnen wie möglich, um den Fortbestand der Familie zu sichern. Mit verstümmelten Füßen verbrachten sie oft das ganze Leben in ihre Häuser eingesperrt. Wenn sie unfruchtbar waren, konnte der Mann sie zurück zu ihrer Familie schicken. Oft verbrachten sie die Zeit in der Gesellschaft von Rivalinnen - anderer Ehefrauen, Konkubinen oder Mätressen, die der Ehemann haben durfte. Ein wohlhabender Ehemann hatte normalerweise mehrere Konkubinen. Die Position der ersten Frau war in der Regel immer nach der Geburt eines Sohnes gestärkt, aber die chinesische Frauen verbrachten damals ihr ganzes Leben in der Gnade ihres Mannes und ihrer Schwiegermutter.

Die chinesischen Straßen waren voller Leben. An den Kreuzungen standen Stände mit duftenden gebrannten Kastanien oder Schaschliks mit Fleisch unbekannter

Herkunft. Von Zeit zu Zeit lief eine kleine Oma schwankend durch die Gassen und schob einen Bambuskarren, darauf ein Kühlschrank, abgedeckt mit dicken weißen Bettlaken. Sie schrie mit lauter Stimme: "Ping guarrrrr!", was „Eis am Stiel" bedeutete. Eis, das aus frischem süßem Wasser gemacht war. Victoria fragte sich jedes Mal, wenn sie den lauten Ruf der alten chinesischen Frau hörte, wie eine solch zierliche Person eine solch laute Stimme haben konnte. Zu jeder Zeit überflutete der Klang der läutenden Fahrradglocken das Straßenleben. Sie lief durch die Straßen oder die Gemüsebasare in der Nähe der Botschaft und beobachtete Tausende von Farben und roch Tausende von Düften. Sie konnte nicht unbemerkt bleiben. Chinesische Verkäufer riefen sofort: „Wai guo ren!" (Ausländer) und zeigten mit dem Finger auf die blauen Augen, die sommersprossige Nase und das lockige, lange Haar. Manchmal kaufte sie exotische Früchte oder Gemüse, um sie zu probieren, und viele von ihnen erwiesen sich als köstlich. Dann ging sie nach Hause. Auf dem Weg besuchte sie wieder den „ Friendship Store", ihr „verzaubertes Land" und versuchte, die Staatsangehörigkeit der ihr begegnenden Fremden zu erraten. Am Ende sah sie sich, wie üblich, im obersten Stockwerk des Ladens chinesische Gemälde und Skulpturen an. Dort verrann die Zeit, ohne dass sie es merkte. Dann träumte sie davon, Bilder mit der chinesische Technik Guo Hua (der traditionellen chinesischen Malerei) zu malen. Eines Tages kaufte sie das Tagebuch. Es war aus dunkelblauer Seide mit gestickten bunten Pagoden und chinesischen Bäumen. Jede Seite war mit Pastellskizzen von chinesischen Pagoden und Gärten geschmückt. Sie hatte sich entschieden, dass sie sofort ihre Erfahrungen aufschreiben musste, um sie nach Jahren zu lesen und sich an die magischen Momente in Peking zu erinnern.

Nach der Rückkehr ins Haus saß sie häufig auf der schattigen Terrasse und skizzierte gerade gesehene Szenen aus chinesischen Basaren oder malte kleine bunte Aquarelle von soeben gekauften exotischen Früchten. Ihr Zimmer ähnelte schon jetzt einem Atelier. Auf dem Fußboden lagen unfertige und fertige Skizzen und Gemälde in verschiedenen Größen und trockneten auf ausbreiteten Zeitungen. Alle paar Tage, zur Freude der Eltern, dekorierte sie die Wände der Wohnung mit immer neuen, handgemalten Bildern.

In den folgenden Tagen, wie von Jarek vorhergesagt, freundete sich Victoria schnell mit der Jugoslawin an. Sie saßen nebeneinander auf der Schulbank und Irene übersetzte der Polin oft die Texte und Befehle der Lehrer. Am meisten Schwierigkeiten hatte sie mit Russisch und Geschichte, da man in diesen Fächern eine Menge lesen und den Inhalt der Texte verstehen musste. Und jeder in der Klasse musste manchmal vor der ganzen Klasse darüber sprechen. Nach ein paar Tagen fragte die Geschichtslehrerin Victoria über das letzte Thema ab, aber Victoria lächelte nur schüchtern und war noch nicht in der Lage, vollständige Sätze zu formulieren.

Aus unerklärlichen Gründen bereitete es den Klassenkameraden eine große Freude, eine etwas auf Russisch stammelnde Polin zu sehen. Die Schüler grinsten mit einem schlauen Ausdruck im Gesicht oder lachten laut bei jedem Wort, das falsch ausgesprochen wurde. Irene verteidigte als Einzige das polnische Mädchen und erklärte der Lehrerin, dass Victoria erst seit ein paar Tagen in diese Schule ging und noch Zeit und Praxis brauchte, bis sie in der Lage sein würde, frei und flüssig russisch zu sprechen.

Auch an diesem Tag fand in den letzten zwei Stunden für die ganze Klasse Kunstunterricht statt. Zusammen mit Irene ging sie in ein geräumiges Klassenzimmer im zweiten Stock. Die Kunstlehrerin trug hochgebundene Haare und hatte ordentlich geschminkte rote Lippen. Sie begrüßte Victoria freundlich und schrieb dann mit quietschender Kreide auf die Tafel: Thema „Das Bild meiner Träume". Die Schüler mussten ein Bild von ihren Träumen malen, von vielen Träumen oder einem der Träume. Dann, im nächsten Unterricht, sollten sie das Bild vorstellen und darüber erzählen. Victoria spürte sofort, wie ihr kreativer Geist zu wachsen begann und sie Flügel bekam. Sie fühlte sich glücklich, weil sie sich noch einmal ihrer Lieblingsbeschäftigung widmen konnte, der kreativen Malerei. Darüber hinaus konnte sie malen, was sie wollte und wie sie wollte.

„Großartig, dies ist genau das, was ich nicht kann", sagte Irene irritiert und fügte dann noch hinzu:

„Sie gibt uns immer solche schwierige Themen. Ich

kann nicht zeichnen oder malen.“

Victoria lächelte nur geheimnisvoll, während sie ihre Freundin ansah und dann gab sie ihr nebenbei einen bei ihr liegenden Bleistift.

„Ich kann dir helfen, dir etwas einzufallen lassen, Malerei ist wahrscheinlich meine Stärke“, sagte sie und ihr Gesicht verzog sich zu einem verträumten Lächeln.

Die Lehrerin antwortete ruhig auf die Fragen der Schüler, mit denen diese sie bombardierten und erklärte, dass sie beispielsweise ihren Lieblingsplatz, Beruf oder Reiseziele vorstellen oder über Träume nachdenken sollten. Danach sollten sie versuchen, das alles zu malen. Später setzte sie sich an den Tisch und stürzte sich in das Lesen eines aufgeschlagenen Buches.

„Was nun?“, sagte Irene mit missbilligendem Gesicht.

„Vielleicht solltest du an einen Lieblingsplatz denken oder an den Beruf, den du in Zukunft haben möchtest“, schlug Victoria vor.

„Ich frage mich nur, wie soll ich London und ein Wirtschaftsstudium malen?“, sprach die Jugoslawin weiter.

„Oh, London! Grüne Parks, der Big Ben, die Königin…“, mit ihrem geistigen Auge stellte sich Victoria die britische Hauptstadt vor.

„Wenn wir dieses Bild zu Hause zu beenden dürften, dann würde ich dir helfen, ganz bestimmt“, flüsterte die Polin und zwinkerte der Freundin deutlich zu. Dann begann sie, mit Pinseln die blaue Farbe zu mischen.

Auf dem schneeweißen Blatt Papier entstand langsam

ein Bild der Träume, voll von erstaunlichen Farben, Formen und Akzenten. Dort war der Himmel, die Sonne, das Wasser, eine schöne Buddhastatue, die Lotusblumen. Während andere Schüler versuchten, sich etwas einfallen zu lassen, indem sie auf ihren Stühlen kippelten oder aus dem Fenster schauten, malte Victoria einfach. Präzise mischte sie die Farben und erweckte auf dem Papier ihre Träume zum Leben. Irene saß gebannt daneben und verfolgte mit wachsender Faszination die Arbeit der Freundin.

„Du kannst wunderschön malen!", sagte sie spontan und laut mit großen Augen.

Die gerade lesende Lehrerin hob fragend die Augen und ging zu dem polnischen Mädchen. Einen Moment lang war sie sprachlos. In ihren Augen sah Victoria die Bewunderung, die gleiche Bewunderung, die sie schon öfter in den Augen anderer Menschen gesehen hatte, die neugierig und fasziniert auf ihre Bilder sahen.

„Priekrasno!", sagte die überraschte Lehrerin, was „sehr schön" auf Russisch bedeutete.

Dann standen alle anderen Schüler ohne Erlaubnis auf und gingen zu der Bank, auf der Victoria saß und betrachteten neugierig ihre Arbeit.

„Wo hast du so schön malen gelernt?", fragte die Lehrerin sichtlich zufrieden.

Victoria schüttelte nur den Kopf und sagte, sie wisse es nicht, aber sie male schon so lange Zeit. Von diesem Moment an hatte sie den Respekt nicht nur der Kunstlehrerin, sondern auch ihrer Klassenkameraden gewonnen. Und sicher, zumindest an diesem Tag, erinnerte sich niemand mehr an den Geschichtsunterricht, als Victoria in der Mitte des Klassenzimmers stand und versuchte, auf Russisch zu antworteten.

Der Internationale Klub

Am nächsten Tag in der Schule schlug Irene ein Treffen im Internationalen Klub vor, welcher sich in der Nähe der Botschaft befand. Es war ein Ort in Peking, wo Ausländer sich trafen, Billard und Tischtennis spielten oder im Sommer ein Bad im Pool nahmen. Natürlich befanden sich da auch Restaurants und Cafés, alles, was die Leute brauchten, um eine angenehme Zeit zu verbringen.

„Nimm das Russischbuch mit, da können wir Hausaufgaben machen. Ansonsten werde ich dich meinen Bekannten vorstellen", sagte Irene.

„Wann und wo genau ist das? Wo treffen wir uns?", fragte Victoria

„Ich werde dich um 16.00 Uhr vor dem Tor des Botschaft treffen", sagte die Jugoslawin, zwinkerte ihr zu und lächelte glücklich.

Victoria konnte sich nicht mehr auf den Unterricht konzentrieren, weil sie über ihre Kleidung für das Treffen nachdenken musste.

"Irene hat sicherlich viele Freunde, auch Jungs", dachte sie und zählte die Stunden bis zu dem Termin.

Pünktlich um 16.00 Uhr stieg die blonde Irene aus

einem silbernen Auto mit einem chinesischen Fahrer. Sie ging zum Tor und sagte:

„Meine Freunde kommen aus vielen Ländern der ganzen Welt und wir sprechen Englisch miteinander."

„Aber ich spreche kein Englisch", sagte Victoria und schloss die Metalltür mit dem Schlüssel.

„Kein Problem, du wirst im Laufe der Zeit Englisch lernen, wie denkst du, habe ich Polnisch gelernt?", sagte sie optimistisch und zog Victoria an der Hand in Richtung der Hauptstraße.

Sie gingen eine Weile durch die schattigen, grünen Alleen des Botschaftskomplexes, streiften gelegentlich lange gewellte Zweige von Trauerweiden, die in der Nähe des Bürgersteigs wuchsen. In Peking war es immer noch sehr warm und von Zeit zu Zeit zirpten sogar noch die Zikaden. Nach einem kurzen Spaziergang erschien vor den Augen der jungen Mädchen das Gebäude des Internationalen Klubs. Am Haupteingang vor den Treppen standen traditionelle, große chinesische Steinlöwen – das Schutzsymbol der chinesischen Häuser und Paläste. Ein männlicher Löwe hatte eine runde Kugel unter der Pfote und ein weiblicher ein kleines Löwenbaby. Gleich nach dem Haupteingang gab es ein Restaurant mit runden Tischen, gedeckt mit schneeweißen Tischdecken. In der Luft verbreitete sich der köstliche Geruch der chinesischen Gerichte. Vor dem Restaurant wandten sie sich nach links und folgten dem langen, geraden Gang weiter. Endlich kamen sie zu einem großen Saal mit Pendeltüren, dort standen Billardti-

78

sche und Tischtennisplatten. In dem Raum waren eine
Menge Jugendliche, sie spielten Tischtennis oder Billard. Einige saßen auf breiten Ledersesseln und unterhielten sich. Beim Anblick von Irene wandten sich manche aus verschiedenen Richtungen um und riefen:

„Hallo Irene, wie geht es dir heute?"

„Gut und euch?", antwortete Victorias Begleiterin zufrieden.

Irene küsste ihre Freunde dreimal auf die Wangen
und stellte ihre neue Freundin Victoria vor: großen Pa-
kistanis oder lächelnden, modisch gekleideten Japane-
rinnen, dann einer großen Engländerin und Tischtennis
spielenden Afrikanern in bunten Turnschuhen. Victoria
stand wie gebannt da und starrte schüchtern auf die
vielen neuen Gesichter. Der Gedanke, dorthin zu fliehen „wo der Pfeffer wächst", durchzuckte sie. Ihre
Schüchternheit überwältigte sie jetzt und sie fühlte
sich dumm, weil sie die Sprache nicht verstand. Aber es
war zu spät. Irene sprach und gestikulierte mit immer
neuen Freunden. Victoria stand neben ihr und sah mit
erschrockenen Augen, dass ein dunkelhaariger Junge
mit weißen Zähnen zu ihnen kam und sich vorstellte -
Mustafa. Er war groß und sehr dünn, sein schwarzes
Haar hatte die Farbe von Teer. Er roch stark nach Parfum. Wie üblich in solchen Momenten, wenn sie Jungs
kennen lernte, wurde Victoria rot und wollte auf einmal auf die Toilette gehen, als Irene begann, mit ihm zu
sprechen. Wahrscheinlich erzählte sie ihm laut die Geschichte von Victorias Ankunft in Peking und dem Ken-

nenlernen in der russischen Schule. Mustafa stellte Irene dann viele Fragen und die beiden warfen sich immer wieder mysteriöse Blicke zu und schauten auf die junge Polin (die Polin mit zunehmend intensiveren Farben auf ihrem Gesicht). Schließlich übersetzte Irene auf Polnisch, dass Mustafa ein Pakistani sei und dass er Victoria gerne kennen lernen möchte und dass er sie hübsch finde. Diese Worte brachten sofort noch mehr rosa Farbe in ihr schon errötetes Gesicht. Trotzdem, für eine Flucht war es zu spät und Mustafa hatte Victoria schon einen Tischtennisschläger gegeben und lud sie mit einem breiten Lächeln auf dem Gesicht zum Spiel ein.

„Irene, aber ich bin nicht die Beste im Tischtennis", protestierte die Polin mit einem flehenden Blick auf ihrem Gesicht.

„Versuche es bitte, es ist nicht so schwierig, er wird es dir beibringen", sagte die Jugoslawin und ging zu anderen Freunden.

Victoria versuchte, um das Spiel herumzukommen und blickte immer wieder mit flehenden Augen zu Irene, aber in diesem Moment hatte diese angefangen, sich mit einem großen blonden Jungen zu unterhalten und die beiden begannen, Englisch zu sprechen.

Trotz ihrer Schüchternheit begann sich Victoria langsam in dieser internationalen Welt gut zu fühlen. Der neue Tischtennispartner spielte mal, mal schickte er ihr geheimnisvolle Blicke und lächelte sie aufmunternd an. Ab und zu beobachtete sie ihn heimlich. Er war gut aussehend und hatte schlanke Hände mit langen

Fingern, klassische Gesichtszüge und große schwarz-
braune Augen, umgeben von einem glänzenden, langen, schwarzen Pony, der von Zeit zu Zeit auf seine
Stirn und Wangen fiel. Der Pingpongball sprang rhythmisch mit einem Klopfen auf den Tisch und bisher unbekannte Gesichter von Irenes Freunden lächelten sie
an, lächelten eine langhaarige neue polnische Zuwan-
derin an.

Victoria sah in diese bunte, fröhliche Welt. Obwohl
sie immer noch eingeschüchtert war, fühlte sie sich
jetzt wie einen Teil davon. Irene lachte immer wieder
im Gespräch mit immer neuen modisch gekleideten
Jungen oder Mädchen. Zwei Afrikaner kamen gerade
mit einem Kassettenrecorder und fingen an, zu bekannter Musik von Michael Jackson zu tanzen. Die beiden
Tänzer lächelten und tanzten den „Moon Walk" von
Michael Jackson, wie professionelle Tänzer.

Bald darauf betraten zwei identisch schöne Blondinen
den Raum und begrüßten Irene. Die beiden waren sehr
modisch gekleidet, hatten „Baggy Pants" und neonfar-
bene Jacken an. Sie trugen modisch geschnittene kurze
blonde Haare und an ihren Ohren funkelten große,
bunte Ohrringe. Dann kamen zwei schöne und genauso
modisch gekleidete Jungen zu den Blondinen und um-
armten sie zärtlich. Danach unterhielten sich alle mit
Irene. Victoria beobachtete fasziniert, wie frei diese
beiden europäischen Schönheiten sich verhielten.

Irene erzählte ihr, dass die Zwillinge aus Frankreich
kamen und Marie und Ella hießen und sie alle zu einer

Party schon an diesem Samstag einluden. Die Blondinen begrüßten Victoria mit freundlichen Blicken und nacheinander küssten sie sie dreimal auf beide Wangen.

„Möchtest du am Samstag zu einer Party gehen?", fragte Irene begeistert.

„Ob ich möchte? Ja, das ist keine Frage, die Frage ist, ob ich kann und ob meine Eltern mich lassen."

„Ich war noch nie auf einer Party und ich vermute, das kann möglicherweise ein Problem für meine Eltern sein", fügte sie hinzu.

„Ich werde mit deiner Mutter sprechen, sicherlich erlaubt sie dir, zur Party zu gehen", sagte, wie üblich zuversichtlich, die neue „Reiseleiterin".

Die Pendeltür hatte sich hin und wieder geöffnet und geschlossen und mehr und mehr junge Menschen aus verschiedenen Ländern waren hereingekommen. Europäer und Inder, Asiaten und Afrikaner - es war für sie wie ein bisher unbekannter Film. Victoria hatte noch nie so viele verschiedene Nationalitäten zusammen in einem Raum gesehen. Sie unterhielten sich auf Englisch oder Französisch, manchmal auch auf Chinesisch. Sie wollte noch länger bleiben und weiterhin die neu entdeckte bunte Welt erleben, aber leider musste sie zurück in die Botschaft. Mustafa küsste sie dreimal zum Abschied auf die Wange und blickte auf geheimnisvolle Weise in ihre kornblumenblauen Augen. Er versicherte sich noch einmal, dass er sie am Samstag auf der Party sehen würde. Victoria verließ die Räume des Klubs glücklich und voller Eindrücke, dachte über die bevorstehende Party nach und plante, wie sie ihre Mutter überzeugen könnte. Mit Irene Hausaufgaben zu machen hatte natürlich nicht funktioniert und die Polin musste zu Hause auf Russisch „improvisieren". Sie dachte, wie viel schon passiert war, seit sie hierhergekommen war. Ihre intensiven Gefühle wirbelten wie bunte Schmetterlinge am Himmel und sie glaubte, sie hatte noch nie so viel Spaß in so kurzer Zeit gehabt. Eine gewisse magische Kraft sagte ihr schon früher, dass Peking „die Stadt" war, so exotisch und fremd und doch gleichzeitig so freundlich. Endlich blickte sie optimistisch in die Zukunft. Jeder Tag hier war etwas Besonderes. Sie hatte eine neue Herausforderung und vielleicht sollte sie bald einige neue Sprachen lernen, damit sie in der Lage war, sich mit ihren neuen Freunden zu unterhalten?

Am nächsten Tag in der Schule verbrachte sie jede Pause mit Gesprächen mit Irene und arbeitete einen Plan aus, wie man Victorias Mutter überzeugen konnte. Ihre Einwilligung für den Ausgang der Jugendlichen war leider eine harte Nuss. Bisher hatte Victoria keine Partys gefeiert. Doch das Vertrauen in Irene und ihre sympathische Art und Weise siegte noch einmal. Es gelang Irene, Victorias Mutter zu überzeugen. Die Bedingung war aber, früh nach Hause zurückzukehren. Sie versuchten, zumindest eine Stunde länger zu gewinnen mit dem Argument, dass die Party noch nicht richtig begonnen haben würde, wenn Victoria nach Hause gehen musste, aber leider ohne Erfolg.

Am Samstag funkelten wie üblich im Herbst am Fenster helle Sonnenstrahlen. Die Vögel sangen laut hinter dem offenen Fenster und luden die Menschen zum Spazierengehen ein. Allerdings verbrachte Victoria den ganzen Tag in der Badewanne und vor dem Spiegel, wo sie interessante, nette, böse, süße Mienen übte oder neue Versionen ihres Lächelns austestete. Anschließend probierte sie Kleidung für die Party an. Waschen und Trocknen der Haare, leichtes Makeup, Posen vor dem Spiegel. All diese Aktivitäten dauerten in der Regel weniger als einer Stunde, jetzt dauerten sie mehrere sehr lange Stunden. Schließlich entschied sie sich für eine hellblaue Hose und eine gleichfarbige Bluse. Die Augen schminkte sie zart mit schwarzem Kajal und ihre Lippen mit einem hellrosa Lippenstift.

So gekleidet ging sie, von den kritischen Blicken ihrer Eltern begleitet, am Abend vor das glänzende Tor der Botschaft, wo jeden Moment Irene in einem silbernen Auto mit einem chinesischen Fahrer erscheinen musste. Auch der am Tor stehende chinesische Soldat in grüner Uniform und mit einer Mütze mit einem roten Stern gekleidet schickte ihr jetzt Blicke voll Bewunderung entgegen. Die optimistische Jugoslawin kam wie gewohnt pünktlich im Auto vor das Tor. Dieses Mal war sie ein wenig überschminkt, ihre blonden Haare, in der Regel in einem Pferdeschwanz gebunden, flossen jetzt frei über ihre Schultern.

„Super Optik! Siehst du gut aus!", sagte Victoria.

„Danke! Du auch, du wirst sehen, es wird eine super

Party", sagte Irene auf Polnisch mit einem leichten ausländischen Akzent.

„Aber mein Englisch?"

„Nicht darüber nachdenken, Spaß haben!", überzeugte sie die Jugoslawin.

Sie fuhren durch die grünen Alleen des Botschaftskomplexes, dann die pulsierende Hauptstraße entlang mit den schwarzhaarigen Köpfen der Chinesen auf ihren Fahrrädern. Als sie an der französischen Botschaft angekommen waren, wo die Party stattfand, klopfte Victorias Herz schon mit aller Kraft und ihre Wangen glühten vor Aufregung. Ihre Begleiterin zwinkerte Victoria mit einem Auge zu und beobachtete mit Erstaunen Victorias „natürliches Make-up" auf den Wangen.

Nur wenige Augenblicke danach traten sie in die „Zauberwelt" ein, die Musik spielte laut. Der Saal war voll mit tanzenden Teenagern, trendig und farbenfroh gekleidet. Die meisten hatten die damals modische stachelige Frisur der 80er Jahre. Es lief Lionel Ritchies Song „All Night Long". Sie beobachteten gerade die Gruppe der Tanzenden, als die französischen Zwillinge herankamen. Beide waren schön und sehr elegant gekleidet. Die eine in Kobaltblau und die andere in der Farbe Rosa. Beide hatten flache, schwarze Lackschuhe mit Riemen an. Victoria würde alles für so ein wunderbares Paar Schuhe geben, wahrscheinlich waren die nur in Paris zu kaufen. Es wurde traditionell dreimal auf die Wange geküsst und ein kurzes Gespräch geführt und dann nahmen sie sofort ohne Fragen die zwei Neuankömmlinge auf die Tanzfläche mit, wo viele Jungen und Mädchen tanzten. Als sie tanzte, berührte jemand zart ihre Schulter. Sie drehte sich um und sah den grinsenden Mustafa. Er zeigte beim Lachen seine weißen Zähne und warf seinen langen schwarzen Pony zur Seite.

„Wie geht es dir?", flüsterte er in ihr Ohr.

„Sehr gut!", sagte die Polin auf Englisch und schaute ihn glücklich an.

Der dunkelhaarige Mustafa war in ein hellgraues Hemd und eine Hose in der gleichen Farbe gekleidet. Er schaute Victoria mit seinen glänzenden schwarzen Augen an. Wahrscheinlich hatte er sich, wie gewohnt, vorher eine Flasche Parfum übergegossen. Der Geruch des Parfüms wehte durch den Raum und mischte sich mit den Düften der anderen tanzenden Jungen und Mädchen. Dann tanzten sie zusammen auf der Tanzfläche zu dem Song von Michael Jackson „Wanna be starting something" und später zu Kool & the Gang „Fresh" und auch vielen anderen Liedern. Irene hatte sie aus den Augen verloren. Der dunkelhaarige Begleiter stellte in den Tanzpausen Victoria viele seiner Freunde vor: eine schöne Fatima aus Somalia und ihr Schweizer Freund, Mary aus Chile, die langhaarige Masako aus Japan, Will aus Tansania und viele mehr. Sie war nicht sofort in der Lage, sich alle Namen zu merken, aber sie konnte sich jetzt an viele neue lächelnde Gesichter erinnern. Die Freunde von Mustafa gingen vor allem auf die pakistanische Schule, in der sie in englischer Sprache unterrichtet wurden. Die zweitgrößte Schule für Ausländer in Peking war die französische Schule, wo natürlich die Zwillingsschwestern und die anderen französisch sprechenden Jugendlichen hingingen.

Victoria und Mustafa tanzten lange Zeit, ein wenig albern, und beobachteten andere Leute. Am besten tanzten die Afrikaner, Breakdance, Michael Jacksons Moonwalk und alles andere mit sehr viel Rhythmusgefühl. Nach einer Weile nahm Mustafa sie mit in einen schattigen Garten mit lauten Zikaden. Unter den Trauerweiden erhielt sie einen ersten schüchternen Kuss. Magisch und zart wie ein Traum, nach intensivem Parfum duftend und mit dem Geschmack von Zitronenlimonade. Sie standen da im Mondlicht und hörten die Zikaden, Grillen und Musik, die aus dem Raum schallte. In der Dunkelheit des Gartens sah Victoria in der Nähe auch andere Schatten von sich küssenden Paaren. Sie fühlte sich wie verzaubert von dem duftenden Garten, der warmen Brise und dem schwarzen Pony, der über ihr Gesicht strich. Zu diesem Zeitpunkt schien alles so einfach. Es gab keine Schwierigkeiten und Ängste, es gab es nur einen magischen Garten, Musik und Küsse. Aber nach der Rückkehr in den Raum hörte der magische Moment auf, zu existieren, und als sie auf die Uhr sah, war es leider schon eine Stunde zu spät. Gestresst begann sie, Irene zu suchen, deren Fahrer die zwei Mädchen nach Hause fahren sollte. Aber Irene war nirgends zu sehen.

„Super", sagte sie zu sich selbst und war natürlich nicht begeistert von dem Gedanken an ihre ungeduldigen Eltern.

„Hast du Irene gesehen?", fragte sie Mustafa und dann auch andere, die ihnen begegneten.

Leider wusste niemand, wo Irene war. Dann irrten sie ein wenig in dem schattigen Garten umher und schließlich erschien vor ihren Augen die blonde Mähne ihrer Freundin.

„Irene, ich muss jetzt nach Hause gehen!", sagte sie.

„Oh, nein, jetzt schon? Jetzt ist die coolste Zeit, wie spät ist es?", sagte Irene entmutigt und umarmte ihren strahlenden Begleiter.

„Ich weiß, ich würde auch viel lieber noch bleiben, aber ich kann mir vorstellen, was zu Hause auf mich wartet. Dann werde ich drinnen auf dich warten", sagte sie und lies Irene in den Armen ihres Begleiters zurück.

„Ich werde in ein paar Minuten kommen", sagte die Jugoslawin widerwillig.

Victoria kam zurück in den Saal. Mustafa ging auf die Toilette und dann fühlte sie Augen auf sich ruhen... in der Ecke des Saals stand ein schlanker, dunkelhäutiger Junge mit der chinesischen Kappe mit dem Roten Stern und schaute sie an.

„Woher kenne ich diese riesigen Augen?", dachte sie und erinnerte sich plötzlich an den wiegenden Gang in der Passage des „Friendship Store". „Oh ja, er ist es...". Er war hübsch! Schlank, groß und hatte große, ausdrucksvolle Augen. Gekleidet war er genau so wie damals, ganz in Marineblau. Genau wie damals schien es, als ob seine schwarze Rehaugen sprechen könnten.

Er stand an die Wand gelehnt und blickte quer durch den Raum auf die Tanzfläche, ab und zu auch auf die langhaarige Polin. Sie wandte sich für einen Moment ab und suchte Irene, dann sah sie wieder seine glühend heißen Augen.

„Schaut er mich immer noch an?", dachte sie etwas beschämt. Auf der anderen Seite verspürte sie Begeisterung und sein durchdringender Blick ließ sie große Freude empfinden. „Er kam erst jetzt hierher", dachte sie weiter „und ich muss nach Hause gehen". Aus ihren verträumten Gedanken riss sie plötzlich Irenes Stimme. Die Freundin war bereit, zu gehen und Mustafa lächelte sie zum Abschied an. Dann winkten sie noch den mit Tanzen beschäftigten Französinnen zu und gingen zum Ausgang. Vorher aber schaute Victoria nochmal zu ihm - „Mr. Blue", so hatte sie ihn spontan genannt. Er stand an der gleichen Stelle, aber jetzt mit einem an ihm „hängenden" dunkelhaarigen Mädchen.

Sie wollte wirklich noch bleiben, tanzen und ab und zu Mr. Blue beobachten, aber sie musste zurück in die Realität und zur polnischen Botschaft. Nach mehr als einer Stunde Verspätung hatte sie viele Fragen der Eltern zu beantworten wie: „Wir warten und machen uns Sorgen" oder „wieso bist du zu spät? Wir können nicht schlafen", etc. Nachdem die „berühmten Platte" aufgehört hatte, legte sich Victoria mit Musik und Kopfhören ins Bett. Sie fühlte sich glücklich und dachte an die Tanzfreunde, Mustafa und die heißen Küsse, denen geheimnisvollen Blick von Mr. Blue. Dieser Blick war so faszinierend, dass sie absolut nicht schlafen konnte. Sie wusste nicht, wieso, konnte ihre Gefühle nicht verstehen. Sein Blick hatte in ein paar Minuten Geschichten erzählt. Dieses Gefühl schien stärker als sie zu sein. Ein prickelndes Geheimnis. Sie wollte ihn kennenlernen, fragen, wie er hieß und woher er kam, und wollte ihn wiedersehen, anschauen und anschauen.

Ein fauler Sonntag begrüßte ihre verschlafenen Augen mit strahlendem Sonnenschein, sofort nach dem Öffnen der grünen Samtvorhänge durch ihre Mutter zusammen mit der Information, dass es fast Mittag sei, und dass sie sich beeilen sollte, denn sie gingen direkt in ein Restaurant zu einem chinesischen Mittagessen.

Nach dem Aufwachen wirbelte in ihrem Kopf noch die Veranstaltung des gestrigen Abends. Sie nahm Walkman-Kopfhörer, die sie jede Nacht im Schlaf benutzte, und legte die Musik der gestrigen Party auf. „Fresh", hörte sie den Hit von „Kool & the Gang".

Sie schritt Grimassen vor dem Spiegel und tanzte wieder, „Wanna be starting something" von Michael Jackson und dann musste sie sich schnell anziehen, weil die Eltern schon an der Tür warteten.

Oh freudiger Wochenendausflug! Herrliche Momente für den Gaumen. Die Familie besuchte an den Wochenenden verschiedene Restaurants in Peking, Tausende von duftenden Gewürzen und Jasmintee. Am Anfang wurden sie immer mit heißen Tüchern begrüßt, die für das Reinigen der Hände vorbereitet waren.

Während des chinesischen Essens wurden erst die kalten Vorspeisen gebracht, danach warme Hauptgerichte mit Reis und erst am Ende eine sehr leichte „Wassersuppe mit Gemüse", die immer das Essen beendete (und nicht, wie bei den Europäern, das Menü eröffnete). Süße Desserts gab es nicht. Chinesen aßen keinen Nachtisch, nur frisches Obst der Saison. Essen, chin. „che fan", war sehr wichtig für das chinesische Volk. Victorias Lieblingsgerichte waren die Peking Jiaoze Teigtaschen mit Fleisch, die man mit Sojasoße oder Sojaessig aß. Ein weiteres Lieblingsessen von ihr war auch ein würziges Huhn mit Erdnüssen (Gong Bao Ji Ding) sowie scharfe Sichuan Nudeln, Dan Dan Mian genannt.

Die berühmte Pekingente, die im Restaurant in der Qianmen Straße serviert wurde, war die beste in Peking. Wahrscheinlich konnte kein Ausländer Peking besuchen, ohne diese Spezialität zu genießen? Pekingente war nicht nur eine Delikatesse, sondern auch eine Tradition und Legende! Ihren Geschmack genossen sogar die Kaiser der Ming-Dynastie.

Die Qianmen Straße 前门大街 (was Eingangstor bedeutet) befand sich direkt hinter dem Tor mit dem gleichen Namen. Vor vielen Jahren trennte das Tor die Verbotene Stadt und andere kaiserliche Paläste von der Stadt, in der das chinesische Volk lebte. Sie lag im südlichen Teil des Tian An Men 天安门 Platzes (des Platzes des Himmlischen Friedens, im Herzen von Peking). Im nördlichen Teil des Platzes befand sich der Kaiserpalast, die Verbotene Stadt, wo der Kaiser im Winter residierte (im Sommer wohnte er in einem anderen Palast außerhalb der Stadt, 颐和园 Yi He Yuan genannt).

Auf der Qianmen Straße gab es einen unbeschreiblichen Auflauf. Den ganzen Tag über befand sich dort eine große Anzahl von Chinesen, weil dort die Geschäfte die ganze Woche rund um die Uhr geöffnet waren. Zwischen einstöckigen Lebensmittel- und Kleidungsgeschäften waren auch alte Antiquariate versteckt, die stark nach Mottenkugeln rochen. Dort konnte man wahre Schätze finden: teure Pelze, kostbares Porzellan, antiken Schmuck und manchmal sogar antike, reich bestickte Mandarinkostüme der Peking-Oper. Victoria liebte Ausflüge zu diesen Orten. Sie fühlte sich dann wie auf einer Zeitreise. Genauso hatte sie sich die damalige Welt in Peking vorgestellt. Beim Betrachten die Malereien auf Porzellanvasen dachte sie über den Glanz der damaligen Zeit und die vielfältige Kunst nach. Victoria stellte sich reiche Mandarins vor oder ihre schönen Konkubinen, in Seidenkleider gekleidet, mit teurem Schmuck und kunstvoll frisierten Haaren. In diesen Antiquariaten wurden auch Rollen mit wertvoller Seide verkauft, silberne Haarkämme, die mit Edelsteinen bedeckt waren und sogar silberne Hülsen, um die langen Fingernägel der Hofdamen zu schützen.

Das junge Mädchen stellte sich auch die armen Chinesen in ihren traditionellen Strohhüten vor, die auf überfüllten Straßen jeden Tag die Stadt durchquerten und Sänften mit reichen Aristokraten trugen. Sicherlich gab es auch damals in Peking schon tausende Gerüche und nicht nur angenehme.

Aber bevor sie diese Antikläden besuchten, gingen Victoria und ihre Eltern erst zu einem großen, überfüllten Restaurant. Gleich hinter der Eingangstür auf der linken Seite gab es eine verglaste Küche, wo an einer Reihe von Haken gebratene Enten hingen. Anscheinend wurde der köstliche Geschmack der Pekingente durch eine spezielle Mast der Tiere erreicht, aber Victoria wollte lieber nichts davon wissen. Das Innere des Restaurants war mit reichen Malereien von Fischen, Vögeln und Blumen sowie zahlreichen Spiegeln geschmückt. Die Spiegel waren so angebracht, dass sich die Lebensmittel darin spiegelten. Dies brachte, nach der Lehre des Feng Shui, Wohlstand. An reich geschnitzten Holztischen saßen Chinesen und Ausländer. In der Luft verbreitete sich der köstliche Geruch von gebratener Ente und anderen chinesischen Gerichten. Schlanke Kellner mit Wespentaille zeigten der polnischen Familie einen Platz und gleich darauf reichte man den Gästen heiße Tücher, um die Hände abzuwischen. Sie bestellten natürlich Pekingente. Am Nebentisch saßen chinesische Gäste, die beim Essen laut schmatzten und gleichzeitig die schneeweiße Tischdecke befleckten. Von Zeit zu Zeit hatte auch immer wieder jemand laut gerülpst, aber das hatte anscheinend niemanden gestört. Jeder verhielt sich so, als ob er nichts gehört hätte.

„In China ist eine befleckte Tischdecke ein gutes Zeichen, das bedeutet, es hat geschmeckt. Jedes Land hat seine Bräuche", sagte Victorias Vater und lachte, als er sah, wie seine Tochter angewidert schaute.

Nach einer kurzen Verzögerung, näherte sich in weiß gekleidet der Koch. Er hatte auf einem kleinen Wagen mit einem großen Teller eine süß duftende, von der Glasur glitzernde gebratene Ente mitgebracht. Zur gleichen Zeit brachte ein weiterer Kellner kleine Maispfannkuchen, geschnittene Zwiebelsprossen, in kleine Streifen geschnittene Gurken und dunkelbraune Hoisin Sauce an ihren Tisch. Dann schwang der Koch in einem schwindelerregenden Tempo ein scharfes Messer und es sah aus wie die Bewegungen beim Kung-Fu. Er schnitt die ganze knusprige Haut der Ente ab und reichte sie vorsichtig auf dem Teller angerichtet.

„Knusprige Entenhaut ist eine Delikatesse, der beste Teil der Pekingente für die Chinesen", sagte Victorias Vater und nahm mit dünnen Stäbchen etwas von der dunkelbraunen Haut der Ente.

Danach schnitt der Koch genauso schnell von dem verbleibenden Entenfleisch kleine Stücke ab, legte sie auf einen separaten Teller und servierte sie. Am Ende lächelte er den Gästen freundlich zu, wünschte guten Appetit und verschwand hinter der Küchentür. Die kleinen Maispfannkuchen bestrich man erst mit dicker, dunkelbrauner Hoisin Sauce, die ein bisschen wie flüssige Schokolade aussah. Dann belegte man sie mit Fleischstücken, Zwiebelstückchen und dünnen Scheiben geschnittener Gurken. Man rollte den Pfannkuchen ein und aß ihn mit den Händen. Ah, was für eine Gaumenfreude! Die Familie genoss den köstlichen Geschmack dieses bekannten Pekinger Gerichts. Satt und glücklich tranken sie noch duftenden Jasmintee und besuchten anschließend die magische Welt der Qianmen Antiquariate.

Nach dem Sonntagsessen fuhr die Familie häufig zu einem Park, in dem die Chinesen neugierig die Europäer anstarrten und auf ihre langen europäischen Nasen und blauen Augen zeigten. Die größte Sensation waren immer die sehr hellblonden Haare von Victorias Mutter. Auch hier kleine chinesische Kinder liefen im Park mit hinter offenen Hosen herum und so gleichzeitig lernten, zur Toilette zu gehen. Ältere Leute saßen auf Steinbänken, führten Gespräche oder hörten dem Singen der Vögel zu, die in runden Bambuskäfigen gefangen waren. Sie hängten die von zu Hause mitgebrachten Bambuskäfigen an die Zweige der Bäume. Unter den ausladenden Bäumen standen Steintische, auf denen ältere Leute auch Ma Jiang - ein traditionelles chinesisches Spiel spielten und grünen Tee aus von zu Hause mitgebrachten Thermoskannen schlürften.

Während des Sonntagsspaziergangs im Park entschied Victoria, dass sie die chinesische Sprache lernen wollte, und danach Kalligraphie und chinesische Maltechniken studieren. Sie plante Chinesisch sprechen lernen und lernen, die chinesischen Zeichen zu schreiben, um diese ganze exotische Welt um sich herum besser zu verstehen. Vielleicht konnte sich ihr Traum, eine Künstlerin zu sein, nach dem Studium verwirklichen? Immerhin, ihr Name war Victoria, 胜利 Sheng Li auf Chinesisch, was „Sieg" bedeutete. Das war ihr Plan von Anfang an, seit der Ankunft in China und in der Tat bereits seit einem frühen Alter. Der einzige Plan, den sie für die Zukunft hatte. Andere Jugendfreundinnen hatten noch viele Fragen, was als Nächstes kommen würde, wo sie studieren wollten und für welchen Beruf sie sich entscheiden sollten. Victoria wusste schon seit der Kindheit, dass sie malen wollte. Schon als ganz kleines Mädchen war sie sehr geschickt bei Handarbeiten. Sie liebte es, den Raum zu schmücken und dekorieren zu spielen. Sie konnte auch stundenlang sitzen und weiße Karten mit bunten kreativen „Kritzeln" bemalen.

Manchmal hörte sie, wie ihre Mutter sich mit zum Nachmittagskaffee eingeladenen Freundinnen unterhielt:

„Um eine berühmte Künstlerin zu werden, muss man nicht nur Talent haben, sondern auch Glück, es ist keine einfache Sache", sagte eine Freundin.

„Es ist besser, einen praktischen Beruf zu wählen, der sofort Geld einbringt", fügte eine weitere hinzu.

„Dies ist ihr Traum und sie hat wirklich Talent", antwortete ihre Mutter.

„Ja, natürlich hat sie Talent, aber du weißt, in diesen Zeiten muss man einen so genannten Plan B haben", meinte, weiterhin skeptisch, die andere Freundin.

„Das ist ihre Traumberuf", so beendete ihre Mutter

liebevoll das Dauerthema.

Die Eltern wussten genau, wie sehr Victoria es liebte, zu malen und sie unterstützen sie in Allem. Sie drängten sie nicht in einen „praktischen Beruf", der sofort Geld einbrachte. Selbstverständlich war es wichtig, in der Lage zu sein, Geld zu verdienen, aber ein solches Talent konnte man nicht vergeuden. Vielleicht erschienen anderen Leuten Victorias Pläne anmaßend, aber sie interessierte sich nicht für die Meinung anderer Leute.

Seit der Ankunft in Peking war nun schon einige Zeit vergangen. Victoria fühlte sich hier wie zu Hause. Die asiatische Stadt im Zentrum des „Landes der Mitte", das neue Zuhause der Polin, die in Warschau geboren war? Hu Tongs, die Tempel, das chinesische Essen, die breiten Straßen voller Fahrradfahrer. Jeden Tag erkundete sie die Stadt von neuem. Chinesen sprachen in einer anderen Sprache und waren freundlich zu ihr, obwohl sie so anders aussah als sie und in einer anderen Kultur geboren war. Die internationalen Freunde kamen ihr im Laufe der Zeit immer näher. Sie war kein Einsiedler mehr so wie damals in Warschau, musste nicht, wie damals, in der Schule alleine dastehen. Jeder Tag hier war anders und jeder Besuch im Klub bedeutete, neue Freunde und Kulturen aus der ganzen Welt kennenzulernen.

Die Tage verflogen mit Lernen in der Schule und zusätzlich hatte sie jetzt zweimal wöchentlich privaten Chinesischunterricht. Der Lehrer Mr. Li kam in ihre

Wohnung in der Botschaft. Sie lernte neue Wörter und auch chinesische Kalligraphie, die mit Spezialpinseln und schwarzer Tinte auf teurem Transparentpapier gemalt wurde. Sie hatte auch einen Steinstempel mit ihrem Namen in chinesischen Schriftzeichen, der verwendet wurde, um das Schriftstück nach Beendigung zu stempeln.

Kalligraphie, die chinesischen Zeichen zu schreiben, war zu einer Art Meditation geworden und hatte eine geheimnisvolle, beruhigende Wirkung. Jeder Strich und jeder Punkt musste eine bestimmte Form haben, die man durch eine durchgehend richtige Haltung des Pinsels und Druck zum richtigen Zeitpunkt mit der entsprechenden Kraft erreichte. Chinesisch lernen machte Victoria sehr viel Spaß. Sie war stolz darauf, ein besseres Verständnis für die Chinesen zu haben. Außerdem motivierten die Chinesen Ausländer sehr zu sprechen, sie schwärmten von jedem chinesischen Wort, das mit einem ausländischen Akzent gesprochen wurde. Auch die Kenntnis eines einzigen Satzes auf Chinesisch rief ein Lächeln hervor und den Wunsch, das Gespräch fortzusetzen.

Victoria verliebte sich auf den ersten Blick in die Kalligraphie. Bereits während der Ausflüge in den „Friendship Store" betrachtete sie die bemalten Schriftrollen und wusste schon damals, dass sie irgendwann lernen würde, chinesische Zeichen mit schwarzer klebriger Tinte zu schreiben. Tinte, die man in einen Reibstein füllte.

Nachmittags wartete sie sehnsüchtig auf die Ankunft des Lehrers Mr. Li und noch lieber war ihr das Ende der Stunde, denn dann konnte sie die Zeichen mit einen chinesischen Pinsel üben. Sie ließ etwas Wasser in die Vertiefung des Reibsteins tropfen und rieb den Tintenblock in dem kleinen See, bis die Flüssigkeit die richtige Konsistenz hatte. Dann tauchte sie den Pinsel hinein und schrieb chinesische Zeichen. Dieses Ritual nach jeder Lektion war die Belohnung für gut erlernte Wörter.

„Sheng Li geht zügig voran", erzählte der Lehrer immer wieder ihren Eltern, was sie noch mehr motivierte, Chinesisch zu lernen.

Treffen

Immer häufiger traf sie sich mit Irene bei ihr zu Hause. Diese lebte in einem Gebäudekomplex in einem anderen Stadtteil - Sanlitun, wo es viel Grün und Geschäfte für Ausländer gab. Die Freundinnen bereiteten sich zusammen für den Unterricht vor, aßen das von einem chinesischen Kindermädchen zubereitete Mittagessen und dann brachte der Fahrer sie in den Klub. Dort trafen sie viele Freunde und natürlich auch Mustafa.

Eines Nachmittags lud Mustafa Victoria und Irene zu sich nach Hause ein, um ihnen seine Zwillingsschwestern vorzustellen. Die Schwestern besuchten nie den Klub oder Partys, weil sie gut erzogene islamische Mädchen waren und ihre Zeit in der Schule und zu Hause verbrachten. Nur selten gingen sie irgendwo alleine hin, zum Beispiel, um einzukaufen. Sie blieben auch ausschließlich in weiblicher Gesellschaft. Ihre Ehepartner waren schon seit langer Zeit bestimmt, die pakistanische Familienplanung für Töchter fing schon bei der Geburt an. Bei der Auswahl eines geeigneten Kandidaten schaute sich die Familie die finanzielle Lage der Auserwählten und ihre Ausbildung an. Es gab keine unabhängigen Entscheidungen. Auch Mustafas Lebenspartnerin war bereits ausgewählt und wartete irgendwo in Pakistan auf ihn. Er erklärte ihr dies sofort, nachdem Victoria die Frage gestellt hatte, warum diese hübschen Schwestern nie im Klub oder auf Partys zu sehen waren.

Die Zwillingsschwestern waren genauso schön und schlank wie Mustafa. Beide trugen traditionelle pakistanische Kleider, die aus einer langen Tunika und Hosen in Pastellfarben bestanden. Um den Hals flatterten bei jeder Bewegung transparente Chiffonschals. Ihr langes, welliges, rabenschwarzes, seidiges Haar war in Zöpfen gebunden. Sie hatten sehr schlanke Hände und an den Handgelenken klirrten bei jeder Bewegung viele dünne goldene Armbänder. Ah, sie waren sehr schön! Alle tranken süßen Minztee und aßen einen Karottensalat mit Mandeln und Honig. Sie lächelten schüchtern und blickten mit Interesse auf die europäischen Mädchen. Offenbar konnten die beiden sehr gut kochen und versprachen, Victoria und Irene bald zum Abendessen einzuladen, sobald ihre Eltern auf Dienstreise gingen. Sie hatten eine chinesische „Nanny", die sich jeden Tag um den Haushalt kümmerte. Die Zwillinge sprachen ein wenig Chinesisch und wussten auch, wie man einige chinesische Gerichte kochte. Beindruckend! Außerdem waren sie sehr gut in der Schule und planten, in den Vereinigten Staaten zu studieren. Die chaotische Victoria schaute auf die beiden Mädchen und dachte, dass sie nichts kochen konnte. In der Schule war sie auch eher durchschnittlich. Ihre täglichen Träumereien erlaubten ihr nicht, sich gut zu konzentrieren. Manchmal kam eine Frage des Lehrers und sie schaute gerade aus dem Fenster und dachte, dass sie sehr weit weg war in der bunten Welt der Träume.

Mustafa saß Victoria gegenüber und beobachtete jede ihrer Bewegungen, was Victoria natürlich aus der Fassung brachte und ihr Gesicht erröten lies. Zum Abschied flüsterte er ihr ins Ohr, dass er sich morgen Nachmittag mit ihr im Klub treffen wollte. Morgen hatte Irene leider keine Zeit. Vielleicht sagte Irene das, weil sie wusste, dass Mustafa sich allein mit Victoria treffen wollte?

Am nächsten Tag saß Victoria nach der Schule an ihrem Schreibtisch und konnte sich überhaupt nicht auf die Hausaufgaben konzentrieren. Sie betrachtete mit kritischen Augen kürzlich gemachte Fotos von Peking, dann ihre Bilder, und dann begann sie, noch ein neues Buch zu lesen. Sie schminkte sich ein wenig vor dem Spiegel und rannte aus dem Haus. Gleichzeitig kündigte sie ihrer Mutter an, dass sie ein Paar Hefte für die Schule kaufen musste. Es war ihr ein wenig unangenehm, alleine zum Klub zu gehen, denn bis jetzt war sie dort immer mit Irene hingegangen. Jetzt war sie nur auf sich selbst angewiesen und ihr Herz schlug ihr bis zum Hals. Einen Augenblick lang wollte sie zurück nach Hause gehen und die unendlichen Hausaufgaben beenden, aber auf der anderen Seite wünschte sie sich, mit ihrem neuen Freund das erste Mal alleine Zeit zu verbringen. Sie wartete am Eingang des Klubs in der Nähe der Steinlöwen auf ihn. Die Zeit zog sich endlos hin. Sie mochte es nicht, auf etwas oder jemanden zu warten und wollte schon gleich wieder zurück zur Botschaft gehen, als am Eingang ein weißes Auto vorfuhr. Mustafa lehnte lächelnd am Fenster und winkte Victoria mit der Hand zu. Dann sagte er auf Englisch nur zwei Worte: „Steig ein!"

Schüchtern stieg sie in das weiße Auto und er küsste sie zur Begrüßung auf die Wange. Sie war sehr beeindruckt. Sie hatte keine Ahnung, dass Mustafa in solch einem jungen Alter schon den Führerschein hatte. Sie fuhren die begrünten Straßen des Botschaftskomplexes entlang, ab und zu an chinesischen schwarzhaarigen Fahrradfahrern vorbei. Im Auto verbreitete sich um Mustafa wie immer eine unsichtbare Wolke eines starken Männerparfüms. Sie sprachen überhaupt nicht, hörten nur laute Musik aus dem Radio, Michael Jacksons Hits und dann sang Cindy Lauper "Girls just wanna have fun". Mustafa schaute sie von Zeit zu Zeit unter seinem langen schwarzen Pony an und schickte ihr sein geheimnisvolles Lächeln an sie. Die Autofenster waren weit geöffnet und warmer Wind wehte durch Victorias offenes Haar. Nach einer langen Fahrt gingen beide zurück in den Klub. Das Auto wurde in der dunkelsten Ecke des Klubparks geparkt.

„Gehen wir jetzt in den Klub?", fragte Victoria.

„Warte einen Moment", sagte der dunkelhaarige Freund und fing wortlos an, sie zu küssen.

Worte waren nicht nötig, nur Küsse und Musik. Es

schien, als ob dieser Moment für die Ewigkeit war. Sein parfümierter Pony berührte die roten Wangen des helläugigen Teenagers. Er umarmte sie fester, zog sie enger zu sich heran und die unbequeme Position auf dem Autositz störte die beiden überhaupt nicht. Seine schlanken Finger wanderten langsam hin und her auf dem Rücken und den Händen des Mädchens, wie Ameisen. Sein Atem wurde schneller und schneller. Der Geruch des Parfüms berauschte Victoria wie eine Droge. Dem Mädchen wurde heiß und langsam driftete sie in die bisher unbekannte Welt der sinnlichen Empfindungen ab. Die Zikaden wurden wie gewohnt laut, so laut, dass sie mit ihrem Zirpen die Musik aus dem Radio übertönten.

Nach einiger Zeit öffnete sie für einen Moment ihre Augen und sah, dass es langsam dunkel wurde, sehr dunkel. Sie schaute auf die Uhr, sie hatte sich richtig verspätet.

„Ich muss nach Hause gehen", sagte Victoria und schaute Mustafa mit leuchtenden Augen an.

„Jetzt schon? Bleib noch eine Minute", er strich sich die glänzenden Haare aus seinem Gesicht.

„Ich kann nicht, ich habe mich schon sehr verspätet."

„Dann treffen wir uns morgen zur gleichen Zeit, in der Nähe der Steinlöwen?", fragte er. Victoria nickte.

Sie verabschiedeten sich mit einem Sturm von Küssen und verabredeten sich für Morgen. Dann lief Victoria schnell zur Botschaft. Sie erreichte das Haus außer Atem, ohne Hefte, aber mit roten Wangen und ebenso erröteten Lippen. Das wurde natürlich von ihrer Mutter, die schon in der Tür stand, bemerkt. Es war sehr spät, dunkel und darüber hinaus roch das Mädchen intensiv nach maskulinem Parfüm!

Sie fing an, sie nach ihrem Unterricht zu befragen.

„Hast du schon alle Hausaufgaben für morgen gemacht?", fragte die Mutter und schaute mit forschendem Blick auf Victorias zerwühlte Locken.

„Noch nicht", das Mädchen senkte den Blick zu Boden.

„Noch nicht? Und du weißt, es ist schon spät, und du musst dich zur Zeit mehr für die Schule vorbereiten, nicht wahr? Und was ist das für ein intensiver Parfumgeruch?", die Mutter roch an Victorias Haar.

Victoria konnte alles hören, was ihre Mutter sagte, aber ihre Gedanken waren woanders, in der zauberhaften Welt des Internationalen Klubs in dem weißen Auto, auf den überfüllten Straßen von Peking. Sie spürte die heißen Küsse auf ihrem Gesicht und roch für einen Moment ihr parfümiertes langes Haar.

Am nächsten Tag versuchte Victoria, die gleiche Ausrede wie gestern zu benutzen, leider ohne Erfolg, und musste den ganzen Nachmittag allein im Zimmer Hausaufgaben machen und die neuen chinesischen Zeichen üben. Ihre Mutter ging selber in den Laden, um die Hefte zu kaufen. Die Gedanken des Mädchens schwirrten um das weiße Auto, aber sie konnte leider nicht drinnen sitzen und küssen. Sie starrte auf die Uhr und übte dieses Mal ohne Begeisterung die chinesischen Zeichen, indem sie sie in Reihen in ein spezielles Heft schrieb. Sie seufzte am offenen Fenster, wo man die Geräusche des belebten Peking hören konnte. Ihr wurde verboten, jemanden anzurufen, auch nicht Irene. Das Telefon schwieg. Mustafa rief nicht an. In ihren rebellischen Gedanken sprang sie über den Metallzaun und rannte davon, während gleichzeitig die flatternden Zweige der Trauerweiden ihr Gesicht streiften. Wirklich, sie wollte es tun. Sie konnte leicht aus dem Fenster ihres Zimmers im Erdgeschoss springen. Sie kannte auch eine geheime Stelle am Zaun, die mit Büschen verdeckt war, wo es vielleicht einfach wäre, durch den Zaun zu flüchten, ohne gesehen zu werden. Der Plan fiel leider ins Wasser, weil genau zu dieser Zeit ihre Mutter mit den gekauften Heften kam.

Es vergingen ein paar Tage. Die nächsten Tage waren mit Besuchen beim Zahnarzt, ärztlichen Untersuchungen und Besuchen bei Freunden ausgefüllt. Es blieb keine Zeit für einen Besuch im Klub. Sie telefonierte nicht mit Mustafa und Irene sah sie nur in der Schule.

Langsam verwandelte sich das warme Peking in eine herbstliche Stadt mit kühlen Abenden und goldenen, von den Bäumen fallenden Blättern. Es wurde schneller dunkel und die Zikaden hörten auf, zu zirpen. Nach einer anstrengenden Woche kam schließlich das ersehnte Wochenende und die Familie trat eine lange geplante Reise zur Chinesischen Mauer an. Zusammen mit anderen Leuten von der Botschaft brachen sie auf, um den öffentlichen Teil der Mauer - Badaling zu besuchen. Badaling war sorgfältig für die Touristen restauriert worden.

Sie fuhren mit einem komfortablen Bus. Gleich nach den Toren der Stadt erschienen braune, frisch gepflügte Felder und nicht allzu hohe Berge. Ab und zu waren auch schattenhafte, kleine Dörfer und Herbstbäume in goldenen Farben zu sehen. Die hohen Berge, wo sich die Mauer befand, konnte man von der polnischen Botschaft aus sehen, aber nur bei klarem Himmel. Dann schienen sie so nah, als ob sie sie mit den Fingerspitzen berühren konnte. Das von Bergen umgebene Peking schien ganz in der Nähe zu sein, aber sie mussten noch eine Stunde fahren.

Victoria saß am Fenster und betrachtete die chinesische Landschaft. Sie konnte sich das alte China vorstellen und skizzierte schon ein neues Bild in ihrem Kopf. Sie sah ein paar freistehende Landhäuser. Neben den Häusern wurden Berge von hellgrünem Chinakohl gestapelt und für die kommenden Wintermonate vorbereitet. Kleine Kinder mit laufenden Nasen spielten auf dem Hof vor dem Haus und auf einem gepflügten Feld lief eine kleine schwarze Katze. Der Bus überholte bis zum Rand mit Gemüse beladene Lastwagen. Nach einer Stunde erschien vor ihren Augen in all ihrer Pracht die Chinesische Mauer. Ja, sie sah aus wie ein grauer mächtiger Drache, der sich durch die Berge wand. Majestätisch und von überall wachsenden goldenen und roten Bäumen und Sträuchern geschmückt. Der für Ausländer zugängliche Teil war etwa 5 km lang. Die ganze Mauer war riesig, etwas über 8500 km lang und erstreckte sich von der Wüste Gobi bis zum Gelben Meer. Leider waren die meisten Teile zerstört und nicht für Touristen geöffnet.

Auf dem Parkplatz wuselten Menschenmassen von Chinesen und Ausländern. Sie reihten sich ein in die Warteschlange und kauften Karten von einer Verkäuferin, die mit gelangweiltem Blick aus dem Fenster ihres Kassenhäuschens schaute.

Endlich, nachdem sie ihre Tickets mit einem Bild der „Great Wall of China" bekamen, stiegen sie auf die Mauer und schon nach einem kurzen Anstieg hatten sie einen faszinierenden Blick. Die Berge in vielen Rot- und Goldtönen und die Mauer wand sich wie ein grauer Drache. Die Mauer sah an manchen Stellen wie der Horizont aus und an einigen Stellen hatte man den Eindruck, dass Hunderte ihrer Stufen geradewegs in den stahlblauen Himmel führten. Victoria liebte diesen fantastischen Blick und plante bereits, ihr nächstes Bild zu malen. Sie kletterten den steilen Weg hinauf, stiegen Hunderte von Steinstufen empor und ruhten sich dann aus, während sie den Blick auf die Mauer, die Berge und den offenen Raum voll herbstlicher Natur genossen.

Leider wurde dieser magische Moment ständig von den Menschenmassen gestört. Die Neugierigen umringten Victoria und ihre Eltern und starrten sie an. Sie starrten, wie üblich, vor allem auf Victoria und ihre blonde Mutter. Hin und wieder zeigte jemand mit dem

Finger auf Victorias sommersprossige Nase, ihre hellen Augen und ihr lockiges Haar oder auf das sehr helle Haar ihrer Mutter. Dann fragten die Chinesen, aus welchem Land sie kämen. Die neugierigen Chinesen bekamen irgendwann keine Antwort mehr. Nach so vielen Fragen tat Victoria schließlich so, als ob sie kein Chinesisch verstünde. Sie sagten: „Su Lian Ren", was „die Russen" bedeutet. Nach einer Weile war die ganze Familie es leid, die ständigen Fragen zu beantworten und zu erklären, woher sie kamen und versuchte, von den Chinesen Abstand zu halten. Trotz ihrer demonstrativen Gleichgültigkeit gegenüber den Chinesen waren diese noch neugieriger und beobachteten jeden Schritt der Ausländer und stellten sich vor das Objektiv ihrer Kamera. Müde vom Klettern auf der Mauer oder vielleicht vielmehr auf der Flucht vor der Menge der Zuschauer begab sich die Familie zu einem nahe gelegenen Restaurant, um ein köstliches chinesisches Mahl einzunehmen. Wie immer mit duftendem Jasmintee und bunten Gerichten, anfangen mit Pekingente, gefolgt von knackigem Gemüse mit Saucen bis zu leichten Suppen.

Nach dem Mittagessen fuhren sie mit dem Bus noch bis zu den Ming Gräbern und zum Goldenen Schlafenden Buddha, dem Tempel Fo Si Wo. Beide Orte waren nicht weit von der Badaling entfernt. Hier verfolgten sie die anderen Touristen nicht mehr wie an der Chinesischen Mauer und so verbrachten sie einen ruhigen, sonnigen Nachmittag mit dem Besuch des Tempels und

Spaziergängen durch die schattigen Gärten. In dem halbdunklen Tempel Fo Si Wo roch es intensiv nach Räucherstäbchen. Der riesige 6 Meter lange Buddha aus Bronze und Gold „schlief" und stützte den Kopf mit einer genauso riesigen, goldenen rechten Hand. Obwohl der Rauch des Weihrauchs zunehmend die Augen und den Hals von Victoria irritierte, wollte sie nicht nach draußen gehen. Sie fühlte einen unaussprechlichen Frieden und gute Energie, die durch alle Ecken des Tempels floss. Lange Zeit starrte sie auf den Buddha und versuchte, sich jedes Detail einzuprägen. Das Fotografieren im Tempel war verboten. Wie auch immer, sie hatte einfach in den Augen ihre „Spezialkamera", präzise und anspruchsvoll. Ihre Augen hatten sich auf die für sie auffälligsten Details fokussiert. Alle Bilder, die sie malte, waren keine Kopien von gesehenen Dingen oder Landschaften. Alle ihre Bilder hatten sicher etwas ganz Besonderes, etwas so schwer und schön zu fassendes wie eine unsichtbare Wolke teuren Parfüms. Ihre Bilder hatten eine Seele und spiegelten ihre Stimmungen wider.

„Ich werde ihn malen, sobald wir nach Hause zurückkehren", dachte sie, und genoss den Gedanken, mit einer großen Menge Goldfarbe zu malen.

Am Abend kehrten sie müde vom Klettern auf der Mauer und von den langen Spaziergängen in den Gärten des Tempels in die Botschaft zurück. Trotz ihrer Müdigkeit ging Victoria voller Energie und Inspiration kurz nach der Ankunft zu Hause an die Arbeit. Sie band ihr Haar zu einem großen Knoten, zog eine Schürze an und rollte die Ärmel ihrer Bluse hoch. Dann mischte sie mit dem Pinsel verschiedene Farben und begann zu malen. Sie lief immer wieder ein Stück von der Staffelei weg und betrachtete das Resultat ihrer Arbeit von der anderen Ecke ihres Zimmers.

Sie malte ein riesiges Bild von der grauen chinesischen Mauer, welche durch die roten und goldenen Berge des Herbstes floss. Dann, spät in der Nacht oder besser gesagt, bis zum Morgengrauen, malte sie den schlafenden Buddha auf schwarzem Hintergrund. Mehrere Aufforderungen ihrer Mutter, dass sie schlafen gehen sollte, ignorierte sie und malte das Bild bis zum Morgen. Victoria befand sich in Trance. Sie war nicht müde oder hungrig oder schläfrig. Sie erinnerte sich an die vor kurzem gesehenen Bilder der Chinesischen Mauer und des Tempel. Präzise, Schritt für Schritt, erstellte sie das Bild, bis zum Ende ohne Halt, ohne Rast. Bis zu diesem Moment, als ihr Gesicht sich zu einem zufriedenen Lächeln verzog, als sie auf ihre Arbeit blickte. Dann, erst am Morgen, ging sie schlafen und schlief fast den ganzen Sonntag.

An einem Nachmittag der folgenden Woche verabredete sich Victoria wieder mit Irene, um in den Internationalen Klub zu gehen. Es war schon eine Weile vergangen ohne dass sie Kontakt mit Mustafa gehabt hatte. Dieses Mal war Irene mit dem Fahrrad direkt in den Klub gekommen. Victoria ging durch die schattigen Alleen des Botschaftskomplexes, jetzt mit fallenden Blättern in Gold und Rot. Von Zeit zu Zeit wehte ein leichter Herbstwind und man konnte in der Luft den kommenden Winter spüren. Als sie durch den Eingang des Klubraums trat, bemerkte sie sofort in einer Ecke sitzend Mustafa, aber neben ihm saß eine dunkelhaarige Schönheit und die beiden sprachen angeregt miteinander.

„Hallo zusammen!", sagte sie und ging zu der mit dem Rücken zum Eingang stehenden Irene.

Aus den Augenwinkeln beobachtete sie, was Mustafa tat, und er tat so, als ob er sie nicht sehe. Irene hatte der Polin sofort eröffnet, dass er eine neue Freundin aus Peru hatte. Victorias Freundin wusste alles immer als Erste, war immer auf dem neuesten Stand. Die Jugoslawin wartete auf eine Reaktion von Victoria und wahrscheinlich erwartete sie viele Tränen in den Augen ihrer Freundin oder etwas Ähnliches, aber Victoria lächelte nur traurig und sagte:

„Warum?"

„Er dachte, weil du nicht zum Treffen gekommen bist, dass du dich von ihm trennen willst", sagte Irene.

„Und anscheinend wartete er lange Zeit auf dich", fügte sie hinzu.

„Meine Mutter verbot mir, irgendwohin zu gehen oder jemanden auch nur anzurufen. Ich höre oft, dass ich mehr lernen muss und dass ich die Schule ernst nehmen sollte", sagte die langhaarige Polin traurig.

„Es wäre wichtig gewesen, mich sofort anzurufen", fügte die Jugoslawin hinzu und schaute Victoria direkt in die Augen.

Victoria war ein wenig überrascht, aber tatsächlich war sie nicht zu der Verabredung gekommen. Sie konnte ihn nicht anrufen. Jetzt fühlte sie, wie ihr die Tränen in die Augen schossen, aber sie beschloss, keine Gefühle zu zeigen. Ihre Kehle schmerzte und sie war unglaublich traurig und wütend auf ihre Eltern. Dennoch sprach sie weiter mit anderen Freunden über deren Fortschritte beim Lernen der chinesischen Sprache. Dann fingen zwei Kolumbianer an, laut Chinesisch zu sprechen und imitierten übertrieben den chinesischen Akzent. Nach einer Weile lachten alle zusammen und Victoria spielte tapfer die Rolle des fröhlichen Mädchens. In diesem Moment tat Mustafa so, als ob sie ihm gerade aufgefallen wäre. Er ging zu ihr und fragte höflich, wie sie sich fühle.

„Fein", log Victoria natürlich und war nicht in der Lage, ihm etwas zu erklären. Neben ihm stand nämlich eine dunkelhaarige Schönheit und blickte sie mit dem kalten Blick des Siegers an.

Sie spürte seinen starken Parfümduft und einen Moment lang sah sie ihm gerade in die glänzenden schwarzen Augen. In seinen Augen war aber nicht mehr der Funke des Staunens und der Bewunderung bei ihrem Anblick. Jetzt sahen seine Augen anders auf sie als vor ein paar Tagen - gleichgültig. Sie sprachen kurz und höflich über alles Mögliche. Schließlich versuchte er, ein Gentleman zu sein, aber man konnte sehen, er wollte direkt nach dem Grund fragen, wieso sie nicht zu dem damaligen Termin gekommen war. Vielleicht konnten sie doch noch zusammen romantische Momente verbringen und natürlich, sie könnten sich weiterhin gegenseitig genießen. Mustafa sah tief in die blauen Augen der Polin und dann verabschiedete er sich, ohne noch etwas zu fragen. Er ging mit der dunkelhaarigen Schönheit weg, die offenbar schon ungeduldig war. Durch das offene Fenster hörte sie noch das Quietschen der Reifen des weißen Toyotas. Irene schickte ihr einen beruhigenden Blick und zuckte die Achseln. Victoria kämpfte tapfer mit den Tränen.

Erst nach der Rückkehr nach Hause fiel sie auf ihr Bett, schluchzte und erinnerte sich an die Party, das weiße Auto, die Küsse und den Besuch in seinem Haus, wo sie seine sympathischen Schwestern kennenlernte. Die ganze Zeit, immer und immer wieder, hörte sie ein Lied- Cindy Lauper „Time After Time", das einen Ansturm von Tränen verursachte. Die Landschaft vor dem Fenster wurde sehr herbstlich und dunkel, und Victoria war nun ein trauriger Teil dieses Bildes. In ihrer Phantasie fielen tote Blätter, die bald von kaltem Regen aufgeweicht wurden. In Gedanken an ihren ersten „Freund" setzte sie sich hin und fing an, ein Bild von einen Herbstlandschaft voller goldener bzw. brauner fallender Blätter und voll Melancholie zu malen. Sie konnte nicht einmal erklären, warum sie nicht zu dem Treffen kam und warum sie nicht angerufen hatte. Dann dachte sie, dass ihn das vielleicht gar nicht interessierte und er deshalb so schnell eine neue Freundin gefunden hatte. Victoria hörte dann ein anderes Lieblingslied „Purple Rain" von Prince und dann begann sie, richtig zu weinen, aber auch zu malen. „Was für ein tolles Lied! Unglaublich! Das trifft genau die Stimmung der Verzweiflung", hatte sie über Prince und seine Konzerte gedacht. Dann ging sie an ihre Arbeit. Sie fühlte sich immer noch in einem Dilemma gefangen, aber sie war auch froh, denn diesen Moment konnte sie in einem Bild einfangen. Und immer noch hörte sie „Purple Rain". Sie war wieder in ihrer magischen Welt aus Bildern und Musik. Es half, ihren ersten Mann zu vergessen. Als sie ihre Pinsel berührte und die Farben anrührte, fühlte sie eine Welle magischer Kräfte. Langsam driftete sie ab in die Welt der Farben von Peking.

Sie ließ sich nicht vom Gefühl ihrer Traurigkeit überwältigen. Hier war sie doch so glücklich und hatte viele internationale Freunde. Das gleiche hörte sie so tröstlich von Irene. Sie wusste, dass eine Welt ohne Mustafa existierte und ebenso wunderbar war, denn Peking war die Stadt, in der alles möglich war und wo ihre Träume wahr wurden. Sie wiederholte diese Gedanken jeden Tag und langsam vergas sie die Trauer, die sie gequält hatte.

Am nächsten Tag lag sie bequem auf dem Bett und griff nach ihrem Tagebuch:

„Ich entdecke Peking und seine Geschichte und die Stadt ist überraschend schön. Die chinesische Mauer beeindruckte mich, aber ein vielleicht noch magischerer Ort war für mich

der Tempel des schlafenden Buddhas. Dort fühlte ich mich unglaublich und unerklärlich glücklich. Ich fühlte mich, als ob der schlafende Buddha mich beobachtete oder meine Gedanken las. Ich malte ihn kurz nachdem ich nach Hause zurückkehrte in Schwarz und Gold. Oh, und ich habe natürlich auch die chinesische Mauer gemalt, es hat mich den ganzen Abend und fast die ganze Nacht gekostet, aber ich bin glücklich. Leider fand Mustafa eine neue Freundin aus Peru, weil ich nicht zu einem Treffen kam. Offenbar dachte er, dass ich mit ihm Schluss machen möchte, was nicht wahr ist. Ich war sehr traurig, aber jetzt habe ich aufgehört, an ihn zu denken. Na ja, vielleicht erinnere ich mich manchmal an unseren letzten Tag in dem weißen Auto, aber immerhin dauert nichts ewig."

Der Winter in Peking

Der Wintermorgen in Peking begrüßte seine Bewohner mit heller Sonne auf blauem, wolkenlosem Himmel und mit unerträglich kalter und trockener Luft. Jeden Tag wehte ein starker Wind aus der Wüste Gobi und bedeckte alles mit grauem Sand. Das rabenschwarze Haar der Chinesen wurde nach jedem Aufenthalt im Freien mit einer dünnen, grauen Staubschicht bedeckt. Dieser starke, kalte Wind peitschte die Gesichter der Passanten und verursachte nach ein paar Minuten in den Gesichtern eine gesunde Röte. In der Wohnung in der Botschaft gab es eine „Trockenperiode". In jedem Zimmer stand eine Porzellanschüssel mit Wasser, das leider sehr schnell verdunstete. Victorias natürliche Locken waren jetzt gerade und elektrisierten sich jedes Mal, wenn sie einen Pullover oder eine Jacke darüber zog. Nach einem Bad musste sie die Haut mit einer dicken Schicht Körperlotion eincremen. Viele Chinesen trugen im Winter grüne oder dunkelblaue Militärmäntel, in die Papier eingenäht wurde. Diese sehr warmen Mäntel waren tonnenschwer, doch es störte die Chinesen nicht, mit solch einer Kleidung ganz normal Fahrrad zu fahren. Die Fahrradsaison in Peking dauerte das ganze

Jahr, auch bei zweistelligen Minustemperaturen. Zu diesen Mänteln trugen sie oft schwarze Cordschuhe mit weißen Sohlen, die eine runde Form hatten, weil auch in sie Papier eingenäht war, damit sie mehr wärmten. So warm angezogen konnten die Chinesen mit weißen medizinischen Masken vor den Gesichtern (die vor Staub schützten) tapfer mit dem ständig wehenden Wind kämpfen. Schnee gab es selten in Peking und in der Regel schmolz er noch am selben Tag.

Pekings Straßen dufteten auch im Winter nach tausend Gerüchen. An den Ecken der Straßen standen kleine Barbecuestände mit Fleischspießen von unbekannter Herkunft oder kleine Bambuswagen mit chinesischem Süßigkeiten - roten Paradiesäpfeln, überzogen mit glänzendem Karamell auf Holzstäbchen - sogenannten Tang Hu Lu. Kleine Straßenbars boten lange weiße Nudeln in heißer Suppe oder andere Köstlichkeiten an, einfach so auf der Straße. Nicht alle Lebensmittel auf den Straßen Pekings ermutigten zum Essen. Einige sahen für Ausländer schrecklich aus, nicht nur wegen ihres Aussehens, sondern auch wegen des Geruchs. Zum Beispiel alle Arten von braunen Silage Gurken oder fermentiertes Gemüse. Dieses sah aus, als ob es wochenlang im Kühlschrank gelegen hätte. Auch stinkender, gesalzener Fisch, die kleinen Körper gerösteter Tauben (diese aß man mit Knochen) und jede Art gebratener Insekten riefen eher keinen Appetit hervor. Auf jeden Fall gab es Leute, die sagten, dass die Chinesen alles essen würden außer Flugzeugen, Schiffen und Autos. Bei

Minustemperaturen hatten die Passanten auf der Straße viel Appetit. Victoria konnte den zugleich süßen und sauren Paradiesäpfeln nicht widerstehen. Die kleinen, sauren Äpfel rochen himmlisch, waren mit durchsichtigem Zuckerguss bedeckt und auf einen Holzstab gesteckt. Sie funkelten so schön mit ihrem intensiven Rot in den blendenden Strahlen der Wintersonne.

Winter in Peking bedeutete auch vermehrt Besuche im Klub und eine größere Anzahl an Partys. Lange Zeit wollte Victoria den Klub nicht mehr mit Irene besuchen. Sie sagte, dass sie viele „chinesische Hausaufgaben" hätte, was in der Tat wahr war. Sie lernte mehr und mehr chinesische Zeichen systematisch auswendig. Die Russische Schule ließ ihr auch nicht viel freie Zeit. Aber der wahre Grund für die Vermeidung von Ausflügen in den Klub war, dass sie fürchtete, dort Mustafa mit seiner neuen attraktiven peruanischen Freundin zu begegnen. Victoria war nicht in ihn verliebt, aber diese unerwartete Trennung schmerzte wie ein Schlag ins Gesicht im falschen Moment. Das Vergnügen vorher war genug, um danach unter der Trennung zu leiden. Trotzdem, die Zeit heilte die Wunden. Sie hörte allmählich auf, immer und immer wieder "Time After Time" und "Purple Rain" zu hören. Dagegen tauchte sie ein in das Erlernen der chinesischen Kalligraphie. Jedes Mal, wenn sie sorgfältig geschrieben hatte, oder besser gesagt, die chinesischen Zeichen auf halbtransparentes Spezialpapier gemalt hatte, erfuhr sie ein Gefühl der Erleichterung und des inneren Friedens. Es war wie eine Art Meditation. Dann gab es nur einen Pinsel, Tusche und ein Blatt Papier. Die Zeichen konnte sie stundenlang schreiben und jedes Mal fühlte sie sich einfach nur glücklich, erfüllt und friedlich, wie ein glatter, transparenter See. Wieso hatte sie diese wunderbare Methode nicht vorher entdeckt? Aber vorher war sie sich ihrer Träumen nicht so sicher, so wie jetzt.

Irene holte die Freundin immer wieder von zu Hause ab und in der Freizeit gingen sie gemeinsam, wie schon früher, zum Klub. Die Polin lernte neue Freunde kennen. Mustafa war nicht zu sehen oder vielleicht besuchte er den Klub, aber zum Glück zu anderen Zeiten. Sie spielte Tischtennis und sprach immer besser englisch. An einem Nachmittag traf sie ein japanisches Mädchen namens Masako. Masako sprach sehr wenig Englisch, aber ganz gut Chinesisch. Sie ging mit ein paar anderen Freunden auf die chinesische Schule. Sie hatte eine wunderbare Persönlichkeit, lächelte sehr oft und verströmte eine optimistische Aura um sich. Ihre langen, glänzenden, rabenschwarzen Haare kräuselten sich bei jeder Bewegung und glitzerten wie schwarze Seide. Schon nach ein paar Tagen hatte sie einige Leute zu sich nach Hause eingeladen, darunter auch Irene und Victoria.

Die Wohnung der Japanerin war in der Nähe des Internationalen Klubs in einem für Ausländer vorgesehenen Wohnkomplex. Vor der Tür standen ordentlich aufgeräumt makellose Schuhe.

„In japanischen Häusern ziehen wir die Schuhe aus",

sagte Masako.

„Wir werden etwas Japanisches essen und dann den Film „Police Academy" auf Video anschauen, ok?", fragte sie.

Die eingeladenen Jugendlichen zogen höflich ihre Schuhe aus und betraten den polierten, glänzenden Boden. Die Wohnung war groß und luftig wie die anderen Häuser der Diplomaten. Streng und einfach eingerichtet - japanische, glänzende Reinheit. Es gab auch antike chinesische Möbel und sicherlich sehr teuren blauweiße Porzellanvasen. An der Tür hatte eine Aiyi (chinesisches Kindermädchen und Haushaltshilfe) die Gäste mit einem breiten Lächeln auf dem Gesicht begrüßt. Dann aßen alle ein wenig Nudeln in einer Suppe mit Algen. Zum Nachtisch gab es etwas Süßes - Bohnencookies, aber Victoria schmeckte das nicht, es schmeckte wie Medizin. Sie konnte es nicht schlucken. Irene blickte auch auf ihre polnische Freundin und kämpfte selber mit diesem Geschmack. Victoria ging auf die Toilette. Glücklicherweise hatte nach ihrer Rückkehr die chinesische Aiyi bereits die Teller eingesammelt und alle saßen auf dem Boden vor einem großen Fernseher und schauten die amerikanische Komödie „Police Academy" an. Ein paar Stunden lachten alle zusammen. Masako war von der europäischen Kultur fasziniert. Sie sagte, sie träume davon, Paris und London zu besuchen und am liebsten um die ganze Welt zu reisen. Erfreut bewunderte sie Victorias lange, lockige Haare und ihre blauen Augen. Victoria kam dagegen gar nicht heraus

aus der Bewunderung für das kräftige, schwarze, glänzende Haar der Japanerin.

Als Victoria nach Hause zurückgekehrt war, griff sie nach ihrem Tagebuch:

„Winter in Peking - heute ist es eisig und trocken und es war wundervoll, die Zeit im Klub zu verbringen, auch Masako in ihrem Haus zu besuchen. Masako Haus ist so sauber, dass man vom Boden essen könnte. Mit Irene planen wir gerade noch eine Party und er ist schon an diesem Samstag! Mustafa habe ich nicht gesehen und das ist wahrscheinlich besser so. Ich will mich nicht noch einmal daran erinnern - an den Ausflug in dem weißen Toyota. Es war so lange her, aber ...ich bin gespannt, was er tut, und ich wünschte, wir hätten seine Zwillingsschwestern noch mal getroffen. Sie sind nie im Klub und in den Läden ebenfalls selten. Wie gut erzogene Mädchen verbringen sie die Zeit zu Hause, lernen oder nähen ihre wunderschönen Klamotten, ob das nicht manchmal langweilig ist? Aber auf der anderen Seite, sie kennen oder wollen nichts anderes. Ihre zukünftigen Ehemänner sind seit langer Zeit ausgesucht, genauso wie die Frau von Mustafa, die er anscheinend noch nicht ein einziges Mal gesehen hat. Er hat nur ein Foto gesehen, das ist wahrscheinlich nicht das gleiche. Auf der anderen Seite ist es in einem gewissen Sinne spannend, das Unbekannte und die exotische Hochzeit mit schönen Farben von Gold und seidenen Kleidern, exotische Musik erklingt. Vielleicht finden sie, dass das Brautpaar sich zum ersten Mal in seinem Leben sehen soll und gleich fühlen wird, dass sie für einander gemacht sind. Wie in einem Mär-

chen, aber wenn nicht, was dann?"

Am nächsten Nachmittag hatte Victoria eine Privatstunde bei dem chinesischen Lehrer Mr. Li. Sie sprachen über die große Feier des bevorstehenden chinesischen Neujahrsfestes - oder in anderen Worten von der Feier des Frühlings. Sie redeten über die Tatsache, dass dies eine Familienfeier war, genauso wie für Europäer Weihnachten. Viele Chinesen kehrten um diese Zeit in ihre Heimatregionen zurück, um dort zu feiern. Oft reisten sie sogar ein paar Tage, um ihre Heimatstadt oder ihr Dorf zu besuchen. Dann trafen sie sich mit ihrer Familie und feierten einige Tage lang. Vor dem Fest waren alle Züge und Busse bis zum Bersten gefüllt. Dann folgten zwei Wochen feiern: Essen, Trinken und Feuerwerkskörper abschießen.

Nach dem Chinesischunterricht schlug der Lehrer vor, dass Victoria morgen ihn und seine Familie besuchten könnte, um chinesische Maultaschen – Jiaoze zubereiten zu lernen. Ein traditionelles Gericht des Frühlingsfestes in Peking. Das chinesische Neujahrsfest wurde nach dem chinesischen Kalender berechnet und fiel jedes Jahr auf einen anderen Tag, ungefähr Ende Januar, Anfang Februar. Dieses Mal sollte es schon in 3 Tagen sein.

Bereits am nächsten Tag fuhr Victoria mit dem Bus, um Mr. Li zu besuchen. Sie stieg in einen überfüllten Bus voller Chinesen in schweren Jacken und Mänteln. Außerdem roch es dort nicht so gut, eigentlich hatte man einfach den Drang, sofort auszusteigen. Sie stand in der Menschenmenge und musste leider die eklige abgestandene Luft voller Pupse und gammeligen Atems ertragen. Der alte Bus fuhr sehr langsam und Victoria schien es eine Ewigkeit zu dauern. Sie betrachtete die für das Frühlingsfest dekorierten Straßen voller Radfahrer, roter Laternen und Plakaten oder Schildern mit goldenen chinesischen Zeichen auf rotem Grund. Glücklicherweise war ein kleines Fenster in dem Bus offen und durch dieses strömte ein wenig frische, eiskalte Luft herein. Die Chinesen sahen sie mit Interesse an und manchmal sagten sie spontan, wie üblich, die bekannte Worte: "Wei guo ren" - ein Ausländer. Victoria gab vor, nichts zu verstehen. Dann musste sie sich energisch durch die in den Bus gequetschte Menschenmenge zwängen, weil sie bereits an der zweiten Haltestelle ausstieg.

Mr. Li lebte mit seiner kleinen Familie in einem dreistöckigen Plattenbau, ähnlich anderen sozialistischen Gebäuden.

„Ni men hao!", begrüßte Victoria ihren Lehrer, seine Frau und seine Tochter. Diese Begrüßung bedeutete wörtlich auf Chinesisch: "Ich wünsche Ihnen gut."

„Ni hao, ni hao, ni hao!", die drei standen schon an der Tür und luden die Ausländerin lächelnd in ihre Wohnung ein. Victoria nahm ihre lange Daunenjacke ab und gab sie der Frau des Lehrers.

„Schau mal, was für schönes Haar", sagte Frau Li zu ihrer Tochter und schaute auf die offenen langen Locken Victorias. Die Tochter des Lehrers war ein paar Jahre jünger als Victoria, vielleicht war sie 14 oder 15 Jahre alt. Sie beobachtete die Ausländerin voller Faszination.

Familie Lis winzige Wohnung bestand aus drei einfachen und praktischen Zimmern. Gleich hinter der Eingangstür befand sich Diele und Wohnzimmer in einem. Da war bereits ein runder Tisch vorbereitetet, auf dem alle Zutaten lagen, die für die Zubereitung der Maultaschen benötigt wurden: eine Blechschüssel mit Hackfleisch, das mit Zwiebelsprossen, Knoblauch und Sojasauce vermischt war. Auch Mehl lag sorgfältig auf dem Tisch verstreut. Gleich daneben stand eine Schüssel mit kaltem Wasser. Sojasauce und Sojaessig fanden auch auf dem Tisch Platz. In der winzigen Küche wurde zuvor ein Topf mit kochendem Wasser vorbereitet. Der lächelnde Lehrer, seine Frau und seine Tochter im Teenageralter begrüßten die Polin herzlich. Sie sprachen die ganze Zeit nur chinesisch und manchmal fehlten Victoria die richtigen Worte. Die chinesische Familie fragte sie über Polen, das polnische Wetter und polnische Gerichte aus. Victoria sprach darüber, was ihr selbst am meisten gefallen hatte: der Schnee im Winter, die polnische Ostsee und Bigos - ein traditionelles Jagdgericht aus Sauerkraut und verschiedenen Arten von Fleisch. Dann sprach Mr. Li über die Vielfalt der chinesischen Küche und ihre Geschmacksrichtungen. Der Lehrer erzählte, dass trotz vieler Gemeinsamkeiten wie beispielsweise einer großen Menge an Gemüse, dem schnellen

Braten in heißem Öl in einem Wok, dem Verwenden von Sojasauce oder Hoisin Sauce usw. es zwischen den Regionen Chinas große Unterschiede gab. In China entstanden etwa neun verschiedene Küchen: Peking, Kanton, Shanghai, Sichuan, Hunan, Fukien, Xinjiang, Nyonya und Chaozhou. In Peking aßen die Bewohner wegen der rauen Klimas im Winter viele Mehlspeisen, Nudeln und sogenannte Mantou - gedämpfte Brötchen. Im Süden Chinas, im Gebiet von Guangzhou, aß man viel Reis, Gemüse und Meeresfrüchte. Der Geschmack der kantonesischen Küche war mild, was auch half, in dem heißen, feuchten Klima zu leben. Die Küche von Shanghai war süß und hatte auch viele Meeresfrüchte. Die schärfste in ganz China war die Küche Sichuans, angeblich aßen die Bewohner dort sogar ein scharfes Frühstück. Die Küche Fukiens war berühmt für ihre Auswahl an Suppen.

Der Lehrer machte selbst den Teig für die Jiaoze - Maultaschen, der nur aus Wasser, Mehl und ein wenig Salz bestand. Jeden Schritt erklärte er auf Chinesisch. Danach formten alle zusammen die Maultaschen in ihre spezielle Form, saßen rund um den Tisch und unterhielten sich fröhlich. Die vorbereiteten Maultaschen wurden kurz in Wasser gekocht, dann aßen sie sie alle mit ein wenig Sojaessig oder Sojasoße. Die Jiaoze waren sehr lecker und Victoria bekam noch welche zum Mitnehmen für ihre Eltern. Die Polin konnte nicht alles verstehen, aber sie fühlte sich hier wohl und sehr willkommen. Sie war mit Sicherheit für sie eine interessante Ausländerin mit heller, sommersprossiger Haut und blauen Augen. Dieses Anderssein interessierte die Chinesen sehr. „Exotische Europäerin", wahrscheinlich dachten sie das über die Polin. Die Vorstellung, für andere „exotisch" zu sein, erschien der Europäerin Victoria komisch und in Gedanken konnte sie ein wenig lachen.

Sie kehrte nach Hause zurück, glücklich und ein bisschen müde von den langen Gesprächen auf Chinesisch. Nach zwei Stationen in dem diesmal nicht ganz so vollen aber genauso seltsam riechenden Bus stieg sie in der Nähe der Botschaftsanlage aus und ging nach Hause. Eiskalter Wind voller Staub peitschte nochmal ihr Gesicht und verwirbelte ein paar aus der Kapuze hängende Haarsträhnen. In ihrem Kopf wirbelten noch die neuen chinesischen Wörter, die sie gerade gelernt hatte. Sie dachte daran, wie willkommen sie sich in der Wohnung von Mr. Li gefühlt hatte, als ob sie ein Teil seiner Familie war.

Zu Hause schrieb Victoria wieder in ihr Tagebuch:

„Heute ist es das erste Mal in meinem Leben, dass ich ein chinesisches Haus besucht habe, ein sehr bescheidenes Haus, aber voller Zuneigung für mich, eine Ausländerin aus dem fernen Europa. Ich habe bereits gelernt, oder besser gesagt, gesehen, wie man typisches Peking Jiaoze macht. Sie sind köstlich! Ich fühle, dass mein Lehrer und seine Familie ebenso fasziniert sind von der europäischen Kultur wie ich von der asiatischen. Sie hörten aufmerksam zu, als ich von Polen er-

zählte und sicherlich wären sie bereit, Warschau oder Krakau zu besuchen. Ich lernte viele neue Wörter auf Chinesisch und die muss ich einfach gleich aufschreiben, damit ich sie nicht vergesse. Ich freue mich auf das chinesische Neujahr! Manchmal habe ich dieses unglaubliche Gefühl, dass ich schon immer in eine andere Welt gehörte. Eine exotische Welt, denn genau hier fühle ich mich so wohl und jetzt weiß ich auch, dass Peking ein besonderer Ort für mich ist."

Das chinesische Neujahr kam näher. Die roten Laternen und Plakate, mit denen Pekings Straßen jetzt geschmückt waren, gaben der mit Staub aus der Wüste Gobi bedeckten Stadt ein festliches Aussehen. Überall hingen rote Plakate oder standen Symbole des Drachens aus Goldpapier. Rot war eine Glücksfarbe für Chinesen und der Drache war das stärkste Symbol im chinesischen Horoskop. Das nächste Jahr würde das Jahr des Drachens sein. An den Türen der Häuser hingen daher auch Plakate mit roten und goldenen Quadraten mit dem Zeichen des Glücks 福 FU. Dieses Zeichen sollte Reichtum und Wohlstand im neuen Jahr bringen. An manchen Häusern war das Zeichen kopfüber aufgehängt, was für die Bewohner Pekings noch mehr Glück bedeutete, als wenn die Zeichen normal hingen.

„Es wird ein sehr gutes Jahr", sagte das chinesische Volk in dem Glauben, dass der Drache das stärkste Zeichen im chinesischen Horoskop war. Auf den Straßen konnte man immer mehr Reisende mit Taschen oder mit wie zufällig übergehängten Bündeln sehen, die mit

Sicherheit eine weite Reise in ihre Heimatorte antraten. Alle Hotels und der International Friendship Store waren mit Tausenden von roten Laternen geschmückt. Am Eingang der Gebäude standen Mandarinenbäumchen voll mit glänzenden, orangenen Früchten, dem Symbol für Wohlstand im neuen Jahr.

„Du wirst sehen, in zwei Tagen werden in der ganzen Stadt unglaubliche Feuerwerkskörper knallen", sagte Jarek, der seit mehr als 3 Jahren in Peking lebte.

„Es ist die größte Feier hier und die Leute horten schon Feuerwerkskörper", sagte er noch mit einem Augenzwinkern.

Irene riet ihr jedoch, vorsichtig zu sein, denn „das Abfeuern von Feuerwerkskörpern ist manchmal gefährlich", fügte sie hinzu. Dann erzählte sie die Geschichte von einem Freund, der Feuerwerkskörper auf dem Balkon verschoss und sich dann verbrannt hatte und im Krankenhaus gelandet war. Dennoch, das chinesische Neujahr, ohne Feuerwerksschießereien gab es das nicht.

Doch bevor der „Knallkörperwahnsinn" und das chinesische Neujahrsfest anfingen, wartete auf das Mädchen noch die nächste Party. Victoria musste nach San Li Tun fahren, dem Stadtteil, in dem Irenes Wohnung lag, und wo sich auch andere Häuser für Ausländer in Peking befanden. Ein paar Blocks von Irenes Wohnung entfernt fand die Party eines kolumbianischen Freundes statt. Da Victoria nicht in einem überfüllten Bus mit einem nicht zu identifizierenden Geruch fahren wollte und das Taxi zu teuer war, entschloss sie sich, mit dem Fahrrad zu fahren. Bei dem eisigen Wind war das nicht die beste Idee, aber sie überzeugte ihre Eltern und bestand darauf, dass Fahrradfahren doch ein zusätzlicher gesunder Sport war.

Victoria radelte auf einem großen Fahrrad, dick angezogen mit Daunenjacke mit Kapuze auf dem Kopf und mit einem Schal umwickelt. Kalter Wind peitschte gnadenlos ihr Gesicht und manchmal wünschte sie, dass sie jetzt in dem verstopften, stinkenden, aber warmen Bus stehen oder sitzen würde. Sie kämpfte mit dem staubigen Wind, aber umdrehen und nach Hause fahren kam nicht in Frage. Victoria sah aus wie eine gebündelte, formlose Tasche auf dem Rad. Nur die hervorstehenden Strähnen der braunen Locken zeigten, dass sie eine ausländische Herkunft hatte. Die Chinesen neben ihr strampelten sich auf den Fahrrädern ebenso ab und waren in schwere Wintermäntel gehüllt. Weiße, medizinische Masken hatten sie vor ihre Gesichter gebunden. Von Zeit zu Zeit schaute jemand sie an, wahrscheinlich bewunderte er ihren Mut und fragte sich, was eine Ausländerin auf dem Fahrrad bei minus 7 Grad Celsius machte. Später war ihr endlich warm, aber der Wind schien noch stärker zu werden. Manchmal musste sie für einen Moment anhalten, um zu Atem zu kommen und die ihr Gesicht bedeckenden widerspenstigen Haarsträhnen wegzustreichen. Endlich kam sie in den von Bäumen geschützten Bereich des Ausländerkomplexes, der Wind schien ein bisschen weniger zu wehen.

Als sie schließlich Irenes Wohnung erreichte, hatte sie ein dunkelrotes Gesicht, Sand in den Augen und im Mund, verfilzte Haare, aber zumindest war ihr jetzt heiß! Trotz der Strapazen der Reise war sie stolz auf sich und beschloss, ab sofort überall nur noch mit dem Fahrrad hinzufahren, egal zu welcher Zeit des Jahres, so wie die Chinesen. Irene schaute bereits aus dem Fenster im zweiten Stock und beim Anblick ihrer in einen dicken Mantel gewickelten Freundin winkte sie fröhlich mit der Hand und rief, dass sie sofort herunterkommen werde.

„Oha, du bist aber rot!", sagte Irene.

„Wirklich? Probiere du mal, dich 10 km bei dem Wind abzustrampeln", sagte die Polin ironisch.

„Komm schnell rein, das Fahrrad war keine gute Idee", forderte die Jugoslawin sie auf.

„Ganz im Gegenteil! Das ist einfach nur Spaß! Von jetzt an werde ich überall nur noch mit dem Fahrrad hinfahren!"

Irene schüttelte den Kopf und schaute lächelnd auf ihre Freundin. In der warmen Wohnung trank Victoria heißen Tee, im Badezimmer wischte sie sich das staubige Gesicht und die verschmierte Wimperntusche ab. Die Aiyi schlug Abendessen vor, aber die Mädchen eilten zur Party.

Zwei Blocks entfernt von Irenes Wohnung öffnete ein schöner dunkelhaariger Teenager die Tür. Er trug ein buntes, tief aufgeknöpftes Hemd und sprach Englisch mit spanischem Akzent. Aus den Tiefen seiner Wohnung hörte man laute Musik.

„Hola Arturo!", sagte Irene, diesmal auf Spanisch.

„Hola Chickas, tretet ein!", fügte der Junge einladend hinzu und lächelte die beiden Mädchen an.

Die Jugoslawin stellte Victoria ihm und seinen vielen Freunden aus spanischsprachigen Ländern in Südamerika vor. Viele bekannte Freunde aus dem Klub tanzten schon auf der Tanzfläche, zum Beispiel die Französinnen und Masako und Mustafa! Sie sah ihn, er stand in der Ecke des Raumes in der Nähe des mit Getränken und Snacks gedeckten Tisches. Neben ihm war natürlich seine neue Freundin, die peruanische Schönheit. Die Schönheit trug ihr schwarzes Haar offen, sie hatte eine rote Bluse und eine Hose in der gleichen Farbe an. Es war schwer, sie nicht zu bemerken. Im ersten Moment wollte Victoria sich umdrehen und gehen, aber Arturo ergriff plötzlich ihre Hand und zog sie auf die Tanzfläche in die Menge der tanzenden Jugendlichen. Arturo sicherlich besaß ein ungezügeltes Temperament, er tanzte und alberte auf eine spezielle Art herum. Von Zeit zu Zeit stieß er die anderen Jungs an wie aus Versehen, die dann automatisch in den Armen ihrer Tanzpartnerinnen landeten. Dieser „Spaß" irritierte erst die Tanzenden, aber nach einiger Zeit hatte es doch jedem gefallen. Alle stießen sich gegenseitig an und lachten laut. Dann schob einer der Jungen Arturo auf Victoria, dann küsste der Kolumbianer die Polin zärtlich auf die Wange, quasi durch Zufall. Victoria mochte seine verrückte Art und sie lachte auch mit den anderen über sein verrücktes Wesen. Irene tanzte in einer anderen Ecke des Raumes und schickte ihrer Freundin immer wieder einen aufmunternden Blick. Die Jugoslawin wollte, dass ihre polnische Freundin bald wieder einen Freund fand.

Arturo schaute jetzt die langhaarige Polin an und in seinen Augen sah sie zweifellos Interesse. Dann dämpfte man das Licht und der DJ legte ein langsames Lied von Phil Collins auf „One more night". Arturo umarmte Victoria zärtlich und zog sie an sich. Sie tanzten langsam, der Kolumbianer streichelte sanft ihre locker fließenden Haare. Sie sah ihn lange an und schon war sie an ihm interessiert. Arturo drückte seinen Körper mehr und mehr gegen ihren und da stand plötzlich Mustafa neben ihnen. Er schubste Arturo von Victoria weg und stieß ihn gegen die Wand.

„Hände weg von ihr", sagte er mit einem gefährlichen Funkeln in den Augen.

„Was?", Arturo schaute ungläubig auf den Pakistani.

„Hey man, what's up? Sie ist nicht mehr deine Freundin", fuhr der Kolumbianer fort.

Überrascht sah Victoria den Jungen an, gleichzeitig blickte sie durch den Raum auf der Suche nach der schönen Peruanerin. Sie war aber nirgendwo zu sehen. Dann gab es einen weiteren Austausch zwischen den Rivalen, den die laute Musik übertönte und plötzlich stürzte Mustafa sich auf Arturo. Sie fingen an zu kämpfen. Durch die tanzende Menschenmenge drückte sich Irene. Mehrere Jungen packten die Hände von Mustafa und Arturo. Victoria stand schockiert da und schaute, was als nächstes passieren würde und dann die peruanische Schönheit betrat den Raum und schaute befremdet auf den Kampf. Ein Mädchen neben ihr flüsterte ihr etwas ins Ohr. Und dann, es schien, dass die dunklen Augen der peruanischen Schönheit tödliche Blitze auf Mustafa schleuderten und ihn mit ihrem Blick töteten. Sie drehte sich auf dem Absatz um und lief zum Ausgang. Mustafa riss sich von den ihn haltenden Jungen los und warf sich in Richtung der Tür.

Für einen Moment standen Arturo, Irene, Victoria und andere Leute da und schauten regungslos, was passieren würde. Mustafa ergriff seine Freundin Hand, und folgte ihr weiter Richtung Tür. Die meisten jungen Leute hörten auf zu tanzen und jeder beobachtete interessiert die Eifersuchtsszene. Mustafa und die Peruanerin unterhielten sich intensiv und dann verschwanden beide hinter der Tür, ohne sich von jemandem zu verabschieden.

Victoria warf Irene einen fragenden Blick zu. Dann brachen sie zusammen mit Arturo in unkontrolliertes Gelächter aus.

„Irene, ich verstehe nicht, was will Mustafa?"

„Er ist immer noch eifersüchtig auf dich."

„Was? Immerhin ist er jetzt mit dieser Peruanerin zusammen."

„Ja, aber anscheinend erträgt er es immer noch nicht, wenn ein anderer Junge dich anhimmelt."

„Du bist schon mit ihm durch, für immer, oder?",

fragte die Jugoslawin.

„Sicher, es war einmal, schließlich ist Arturo ein Cooler", fügte Victoria lächelnd hinzu.

„Er ist ein wenig, wie soll ich sagen, verrückt! Du weißt, pass auf", sagte Irene mit einem Augenzwinkern.

Arturo hatte irgendwie alles verstanden oder tat zumindest so, als ob er das Gespräch verstanden hätte und zog mit einen triumphierenden Lächeln Victoria zurück auf die Tanzfläche. Trotz seinem durch den Kampf zerknitterten bunten Hemd funkelten seine dunklen Augen vor Freude. Victoria war von seiner Begeisterung angesteckt und folgte ihm auf die Tanzfläche. Sie tanzten eine sehr lange Zeit. Dann kamen noch eine Menge anderer Freunde von der pakistanischen Schule. Die Party dauerte fast bis zum Morgengrauen. Beide Mädchen blieben bis zum Schluss, denn Victoria verbrachte die Nacht in Irenes Wohnung. Müde vom Tanzen, aber glücklich, kehrten sie in Irenes Wohnung zurück. Als sie bereits im Bett lagen, sagte Irene:

„Ich muss die etwas sagen...im Sommer verlasse ich Peking."

„Was? Oh nein, warum?"

„Meine Eltern wollen, dass ich im Ausland studiere, denn unser Aufenthalt in Peking ist zu Ende."

„Könnt Ihr nicht euren Aufenthalt verlängern?"

„Nein, wir werden uns doch Briefe schreiben, nicht wahr?"

„In welcher Sprache? Polnisch?"

„Ein wenig polnisch, etwas englisch und einige auf

Russisch", fügte die Jugoslawin lächelnd hinzu.

Victoria ging traurig schlafen, weil sie an die Nachricht von der Abreise der Freundin dachte oder besser gesagt, nicht nur einer Freundin, sondern auch „einer Mutter und einer Lehrerin in einem". Dank ihr lernte die Polin so viele internationale Freunde kennen und einfach durch Konversation hatte sie auch Englisch gelernt. Irene würde Peking bald verlassen. Sie dachte an die Ausflüge zum Klub, die Partys. Gefühle von Traurigkeit und Vergänglichkeit würgten in ihrer Kehle. Auf der anderen Seite wusste sie, dass alle Ausländer hier nur für eine Weile herkamen. Früher oder später müssten alle hier weg. Sie kannte keine Ausländer, die dauerhaft hier lebten. Selbst diejenigen, die eine chinesische Frau hatten, verließen diese Stadt meist nach einiger Zeit und gingen ins Ausland.

Am nächsten Tag auf dem Weg zurück in die Botschaft kämpfte sie wieder mit dem Wind voller kratziger Sandkörner und Staub aus der Wüste Gobi. Unausgeschlafen und müde fuhr sie über staubige Pekinger Straßen voller Fußgänger. Trotz der Müdigkeit fühlte sie sich aber glücklich und dachte über das bevorstehende chinesische neue Jahr und die gestrige Party nach. Wie immer beim Radfahren war sie in einer Traumwelt. Sie träumte davon, eine berühmte Malerin zu sein, auf lange Reisen durch China und auch andere Länder und die ganze Welt zu gehen. Sie träumte von schönen Orten, die sie kennenlernen und malen würde.

Für einen Moment war sie abgelenkt und starrte auf

ein rot dekoriertes Gebäude auf der gegenüberliegenden Straßenseite. Als sie wieder auf die Straße sah, tauchte plötzlich vor ihrem Fahrrad eine chinesische Frau in einem schweren grünen Mantel auf, die gerade die Straße überquerte. Victoria versuchte zu bremsen, um sie nicht umzufahren und bog nach links ab. Doch sie bemerkte nicht, dass sich von hinten ein schnellerer Fahrer näherte. Die beiden stießen zusammen, verloren ihr Gleichgewicht und fielen auf die Straße. Vom Gewicht der zwei großen schwarzen Fahrräder überwältigt war sie nicht in der Lage aufzustehen. Im Gegensatz dazu stand der chinesische Fahrer sofort auf, während Victoria weiter auf der nur für Radfahrer gedachten Straße lag. Der Chinese beeilte sich nicht, ihr wieder auf die Füße zu helfen, stattdessen begann er, vor sich hinzusprechen und beschwerte sich. Sie war aber nicht in der Lage, etwas zu verstehen, denn er sprach sehr schnell und mit schwerem Pekinger Akzent. Nach einigen Momenten bemerkte er allerdings, dass das auf der Fahrbahn liegende Mädchen eine Ausländerin war. Ihre Kapuze war vom Kopf gerutscht und ihre widerspenstigen braunen Locken kamen auf der Daunenjacke zum Vorschein und waren wie die Wellen einer stürmischen See verstreut.

„Wai guo ren!", sagte er erstaunt, was "Ausländer" bedeutete, und zeigte mit dem Zeigefinger auf Victoria.

Das immer noch am Boden liegende Mädchen wusste nicht, woher die sich plötzlich versammelnde Zuschauermenge kam, die mit ironisch lächelnden Gesichtern auf sie blickte. Niemand beeilte sich, ihr zu helfen, sondern alle starrten sie nur an. Endlich, nach einer langen Zeit, nahm der chinesische Radfahrer die zwei Fahrräder von dem Mädchen, befreite sie von dem Gewicht und gab ihr eine helfende Hand, um aufstehen zu können.

Victoria bürstete den Staub von ihrer Jacke und bemerkte dann, dass ihre linke Hand verletzt war. Im diesen Moment hatte sie keine Lust auf ein Gespräch auf Chinesisch, sie sagte nur „Dui bu qi" zu dem Radfahrer, was "Entschuldigung" auf Chinesisch bedeutete. Dann stand sie schnell auf und fuhr mit ihrem verbeulten Fahrrad weg, die Zuschauermenge hinter sich lassend. Weiterhin kämpfte sie mit dem kalten und eisigen Wind, jetzt hielt sie das Lenkrad nur mit einer Hand. Der linke Arm hing schlaff herunter und tat ihr ununterbrochen weh. Die Rückfahrt zur Botschaft zog sich wie immer, weil Victoria oft anhalten musste, um Kraft zu tanken, um weiterfahren zu können. Ein eisiger Wind blies regelmäßig wie eine gnadenlose Peitsche in ihr bereits gerötetes Gesicht. Sandkörner und Staub verklebten ihre verschlafenen Augen. Als sie endlich in die Botschaft ankam und die staubigen Handschuhe auszog, sah ihre geschwollene linke Hand wie ein Ballon aus!

„Oh, nein! Warum musste es gerade jetzt, während des chinesischen Neujahrsfestes passieren", dachte sie und unterdrückte die wachsenden Schmerzen.

Sofort ging sie mit ihren Eltern in die Notaufnahme des Krankenhauses. Das chinesische Krankenhaus lag im Zentrum der Stadt und war ebenfalls aufwendig für das kommende neue Jahr geschmückt, genauso wie viele andere Gebäude in Peking. Rote Laternen, goldene Poster und am Eingang standen zwei Bäume mit orangenen Mandarinen – dem Symbol des Wohlstands für das chinesische Volk. Jetzt, ein paar Stunden vor dem kommenden Fest, schien das Krankenhaus jedoch leer zu sein. Victoria mochte keine Krankenhäuser, aber gab es überhaupt jemanden, der diese Plätze mochte? Diese Orte deprimierten sie, bei den Gedanken an das Leiden der Patienten, an Todesfälle, Operationen und Einsamkeit. Einsamkeit im Kampf gegen die Krankheit. Und dann noch dieser auffällige Krankenhausgeruch, wahrscheinlich auf der ganzen Welt der gleiche? Als sie im Wartezimmer saß, hörte sie durch das Fenster des Krankenhauses ständig Schüsse von Feuerwerkskörpern. Es gab ihr Trost und machten sie optimistisch, aber sie wollte nur so schnell wie möglich von dort verschwinden. Nach der Röntgenuntersuchung stellte sich heraus, dass Victoria einen gebrochenen Arm hatte. Sie musste für einige Wochen einen Gips tragen, aber glücklicherweise war es der linke Arm und nicht der rechte. Nach einer Stunde trug die Polin bereits am linken Arm einen schneeweißen, schweren Gips und konnte das Krankenhaus verlassen. Das Mädchen war jung, gesund und vielleicht würde der Gips sogar noch früher entfernt werden.

„Das war keine gute Idee mit diesem Fahrrad", sagte Victorias Mutter und schaute ihrer Tochter direkt in die Augen.

„Im Gegenteil, Radfahren im Winter ist großartig!", antwortete die Tochter trotz der Erinnerung an das Radfahren und wie sie mit dem eisigen Wind kämpfte.

„Oh Victoria, du bist aber stur", fügte die Mutter mit einem Lächeln hinzu.

Auf dem Weg zurück in die Botschaft versuchte Victoria, die Eltern von den großartigen Vorteilen des Radfahrens im Winter zu überzeugen, trotz der Schmerzen, trotz des Arms in Gips und obwohl das alles während des chinesischen Neujahrs geschehen war. Nicht wichtig, in ein paar Wochen würde der Gips entfernt werden und jetzt war immerhin des wichtigste Fest in ganz China! Bunt und voller Explosionen von Feuerwerkskörpern. Es schien, als ob sie in einer anderen Welt war, der Welt der Victoria.

So, nach alldem, hatte sie China - das Ende der Welt ausgesucht, oder hatte das Ende der Welt sie ausgewählt? Alles war wieder gut, nur der unbequeme Gips erinnerte an den Unfall, der sich vor kurzer Zeit ereignet hatte.

Nach einem langen heißen Bad in einer unangenehmen Position, mit einer mit Plastik bedeckten Hand und mit eingebundenem Arm, legte sich Victoria für ein Nickerchen hin, um endlich zu entspannen und neue Energie für den kommenden chinesischen Neujahrsabend zu tanken.

Sie erwachte in einem dunklen Raum und hörte die lauten Schüsse von Feuerwerkskörpern, dann sah sie aus dem Fenster rote Lichter und eine über der Stadt hängende Rauchwolke. In ein paar Stunden würde das chinesische Jahr des Drachen beginnen. Das Jahr des Drachen - das stärkste Zeichen im chinesischen Horoskop, das Zeichen der Macht und des Glücks für die Chinesen. Im Fernsehen begann jetzt ein Unterhaltungsprogramm - bunt gekleidete Tänzer in traditionellen Kostümen oder stark geschminkte Sängerinnen, die unglaublich hoch ein sehr rhythmisches Lied sangen. Auf einem anderen Programm gab es wie üblich Gesang aus der Peking-Oper mit sehr hohen Tönen, die für Ausländer ein wenig an das Miauen von Katzen erinnerten. Victoria schaltete das Programm im Fernsehen schnell ab. Dann rief sie ihre jugoslawische Freundin an und sprach über den Unfall vor ein paar Stunden und auch über den gebrochenen Arm.

„Oh, nein!", sagte Irene.

„Es war doch von der Beginn an eine verrückte Idee", sagte sie noch mit der Sorge einer Mutter in ihrer Stimme.

„Nun, du klingst genau wie meine Mutter! Woher sollte ich wissen, dass dort noch ein Chinese schnell fahren würde. Egal, bis zur Hochzeit ist es geheilt", lachte die Polin trotz des engen, unbequemen Gipses an ihrem linken Arm.

„Dann wünsche ich dir gute Besserung, aber wie lange musst du den Gips tragen?", fragte die Jugoslawin noch mit leichtem serbischem Akzent.

„Sicherlich noch 5 Wochen und dann sehen wir weiter", antwortete Victoria.

Um Mitternacht verstärkt sich das Abfeuern der Feuerwerkskörper noch. Peking sah aus und klang genauso wie die mit rotem Licht beleuchtete Aufnahme eines Schlachtfeldes. Die rote Wolke über der Stadt wurde noch intensiver und war voller heller Blitze. Dann erschien am Himmel ein buntes Feuerwerk, voller Gold und Rot, und es dauerte eine sehr lange Zeit. Victoria und ihre Eltern zogen sich schnell warme Daunenjacken an und gingen hinaus auf den Hauptplatz der Botschaft. Dort waren schon viele andere Familien und schossen Feuerwerkskörper ab. Schüsse, bunte Raketen, ein schimmernder Himmel. Jarek und die anderen Jungen der russischen Schule waren auch da, lachten und feuerten ständig laute Feuerwerkskörper ab. Die normalerweise zu diesem Zeitpunkt ruhende Stadt brummte jetzt und leuchtete wie ein glitzerndes Juwel in einer magischen Geschenkbox. Das Feiern dauerte eine Weile, bis die kalte Luft und der die Gesichter peitschende Wind sie zurück nach Hause trieb.

Sie schlief mit den unaufhörlichen Explosionen der Feuerwerkskörper im Ohr ein, ohne zu wissen, dass dieses Knallen noch von Zeit zu Zeit in den nächsten zwei Wochen auf sie wartete, um das chinesische Neujahr zu feiern. Das Frühlingsfest war ab jetzt auch ihr Fest, so wie Weihnachten und Silvester. Die Chinesen sagten, dass der Winter jetzt langsam endete, aber am nächsten Tag blies in Peking immer noch ein eisiger Wind mit dem Sand aus der Wüste Gobi.

Bei den Besuchen in den nächsten Tagen im Internationalen Klub beschrifteten Victorias Freunde ihren weißen Gips mit Unterschriften. Einige hatten sogar mit Markern lustige bunte Bilder gemalt oder ihre Namen in chinesischen Schriftzeichen geschrieben. An dem Tag, als der Gips nach 5 Wochen in einem Krankenhaus entfernt wurde, blies vor dem Fenster schon Frühlingswind und an den Bäumen tauchten langsam grüne Blattknospen auf. Der linke Arm des Mädchens sah noch für eine lange Zeit viel dünner aus als ihr rechter Arm (er sah aus wie der dünne Arm einer Sechsjährigen, mit trockener Haut bedeckt), aber noch am selben Tag, unmittelbar nach der Gipsentfernung, machte Victoria eine lange Fahrradtour.

Der Kurort Beidaihe

Nach einem kalten und trockenen Winter und einem warmen, windigen und sehr kurzen Frühling kam der heiße und feuchte Sommer nach Peking – für Victoria, die schönste Zeit des Jahres. Es bedeutete auch das Ende der Schule und schließlich auch der Prüfungen und viel freie Zeit.

Die letzten Wochen verbrachte das Mädchen mit Vorbereitungen für die Prüfungen. Dann war keine Zeit mehr für Klubbesuche und sogar keine Zeit mehr, um auf der Bank zu sitzen und ihre Lieblingsblumenmotive zu malen. Ihre Tage vor den Prüfungen flossen in einem gleichmäßigen Rhythmus geregelt dahin - lernen und essen, lernen und essen, lernen und essen und dann schlafen. So war das jeden Tag. Von Zeit zu Zeit ging sie spazieren oder fuhr mit dem Fahrrad.

Deswegen genoss Victoria an den ersten Tagen der Ferien das Faullenzen zu Hause, zu schlafen und lange Tage am Pool zu verbringen oder am Abend den Klub zu besuchen. Sie lag in der Sonne oder schwamm den ganzen Tag im Pool. Dann, am Nachmittag, malte sie ihre Lieblingsmotive - Lotusblumen. Wie üblich, saß sie auf einer Bank gegenüber den ins Wasser eingetauchten Blumen und beobachtete sie für einen langen Moment. Dann malte sie die Blumen auf dem Papier in Dutzenden von Rosatönen. Oft, wenn sie auf der Bank saß und den süßen Duft der Blumen atmete, beobachte sie gleichzeitig den Sonnenuntergang. In diesen Momenten flogen durch ihren kreativen Kopf Träume von Malerei, Kunst, Studium und Reisen.

Am Abend ging sie zusammen mit Eva, Irene und anderen zum Klub. Manchmal kam sie zu spät zurück nach Hause, aber es schien niemanden mehr zu stören.

Eva? Oh Eva! Jarek verließ Peking direkt nach dem Schuljahr. In der Zwischenzeit kam die rothaarige Eva nach Peking. Evas Eltern hatten bereits ein paar Jahre in Peking gelebt, während sie in Polen studierte. Sie war zwei Jahre älter als Victoria, hatte lange natürlich rote Haare, leuchtend grüne Augen und einen hellen sommersprossigen Teint. Sie sah aus wie das englische Mädchen „Anne auf Green Gables". Auch die Chinesen auf der Straße fragten oft, ob sie „ Ying Guo Ren" war eine Engländerin. Nun, sie wurde nicht gefragt, ob sie aus der Sowjetunion komme, das wurde in der Regel Victoria gefragt. Für die Chinesen klangen die polnische und russische Sprache sehr ähnlich. Die Mädchen entdeckten bald, nachdem sie sich kennengelernten hatten, viele gemeinsame Themen und Interessen. Eva plante, Chinesisch an der gleichen Universität wie Victoria zu studieren. Sie studierte schon Chinesisch in Polen und dank eines Stipendiums konnte sie nun ihr Studium in Peking fortsetzen und vor allem lernen, gut zu sprechen. Die chinesischen Zeichen kannte sie schon von Vorlesungen in Warschau, aber zu Beginn ihres Aufenthalts in Peking konnte sie noch überhaupt nicht in der Alltagssprache kommunizieren. Sie konnte schreiben, aber nicht viel verstehen, die Chinesen sprachen sehr schnell. Victoria aber sprach ausgezeichnet chinesisch und manchmal übernahm sie die Rolle der Dolmetscherin für Eva.

Während der Sommerferien verbrachten die beiden viel Zeit zusammen und gingen auf alle Partys in den verschiedenen Botschaften, am liebsten zu denen der Botschaften afrikanischer Länder. Da feierten die Leute am besten. Es gab freien Eintritt für fast alle, Eingeladene und nicht Eingeladene und sogar die Botschafterzimmer wurden während der Party nicht geschlossen. Man konnte überall hingehen. An den Wänden der Botschaft hingen Bilder von stämmigen Botschaftern in bunter traditioneller afrikanischer Kleidung und manchmal sogar echte Leopardenfelle oder andere Felle exotischer Tiere. Zu Beginn der Party tanzten auf der Tanzfläche rhythmisch kleine afrikanische Kinder - die Schwestern und Brüder der jugendlichen Organisatoren. Man konnte spüren, wie locker und freundlich die Atmosphäre war. Sorglos und glücklich - das war das Motto von solchen Treffen. Auf den Tischen lagen Köstlichkeiten und Snacks, zum Beispiel gebratene Fleischkugeln mit scharfen Saucen. Oder süße runde Kuchen - so etwas wie Mini-Donuts. Victoria und Eva liefen durch den Garten der Botschaft und grüßten mehrere

Freunde. Lachende Kleinkinder rannten überall herum, stießen immer wieder die Mädchen an und sagten lachend etwas auf Französisch. Manchmal taten sie so, als ob sie aus Versehen die beiden jungen Polinnen anstießen. Als Victoria begann, die Kinder zu jagen, lachten sie fröhlich und zausten ihr lockiges Haar, gaben keine Ruhe. Vielleicht spürten diese schönen, barfuß rennenden Kinder unbewusst in Victoria die besondere Persönlichkeit des Künstlers und das Kind in ihr? Es war möglich, dass die Kinder dies nur durch einen kurzen Blick in den Augen des polnischen Mädchens spürten oder war es vielleicht das verschmitzte Lächeln? In jedem Fall hatte die junge Künstlerin schon immer durch geheimnisvolle Kräfte die Aufmerksamkeit der Kinder auf sich gezogen.

Jack und Omar kamen zu ihnen - zwei DJs, zuständig für die Musik auf allen Partys. Jack kam aus Tansania und Omar aus Somalia, beide gingen in die pakistanische Schule. Sie kannten sich sehr gut mit Musik aus und legten die besten Hits auf. Beide waren sehr schlank, modisch und lässig gekleidet, sie trugen traditionelle chinesische Mützen mit einem roten Stern. Grinsend zeigten sie ihre weißen Zähne und küssten beide Mädchen zur Begrüßung auf die Wangen.

„Was wollt ihr heute hören?", fragte Jack mit einem geheimnisvollen Lachen auf dem Gesicht.

„Michael Jackson und Madonna!", sagte Victoria.

„Ok! Wir sehen uns auf der Tanzfläche", sagte Omar mit einem Augenzwinkern.

Die hellen Augen der Mädchen strahlten und lächelnd standen sie da, bereit zu tanzen. Dann kamen immer mehr Freunde und auf einer überfüllten Tanzfläche wurde getanzt. Normalerweise kamen die französischen Zwillinge immer ein wenig spät zu der Party, rannten dann aber sofort mit Schwung auf die Tanzfläche und begannen zu tanzen. Sie zeichneten sich durch einen besonderen Tanzstil sowie durch trendige Frisuren und Kleidung aus. Victoria bemerkte auch, dass die Zwillingsschwestern fast bei jeder Party einen anderen Partner hatten und im Allgemeinen immer im Rampenlicht standen. Irene kam dagegen in der Regel als eine der ersten zu der Party. Sie begrüßte die Gäste an der Tür, als ob sie immer die Gastgeberin eines solchen Ereignisses war. Oft informierte sie auch Eva und Victoria, wer wen mochte, und ganz allgemein wusste sie alles über die Liebesgeschichten von ihren Freunden.

„Victoria, Vorsicht, Omar mag dich", sagte sie mit einem Augenzwinkern.

„Es ist unmöglich, er ist doch mit einer der Zwillingsschwestern zusammen", sagte Victoria und rollte mit den Augen.

„Na und, aber er sagte mir gerade, dass er dich hübsch findet", lachte die Jugoslawin und ging, um mit den DJs zu sprechen, dass sie ihr Lieblingslied spielen sollten.

Die Botschaft hatte einen tropischen Garten mit vielen Töpfen mit den gleichen Lotusblumen und anderen duftenden exotischen Blumen wie die polnische Botschaft. Es gab auch einen Pool, mit azurblauem Wasser gefüllt. Draußen war es heiß und manche verrückten Tänzer sprangen mit der Kleidung in den Pool und dann mussten sie sich mit geliehenen Kleidern umziehen. Egal, niemanden hatte das gestört und irgendwann verschwanden die lustigen kleinen Kinder und die Erwachsenen und in der gesamten Botschaft befanden sich nur tanzende Jugendliche. Omar hatte wohl tatsächlich Interesse an Victoria, denn er tanzte öfter mit ihr und dann fragte er sie noch, ob sie einen langsamen Tanz zu der Musik von Phil Collins "One more night" mit ihm tanzen würde. Victoria suchte mit einem Blick die Zwillinge, aber diese amüsierten sich und unterhielten sich laut auf Französisch am Pool. Während des freien Tanzes umarmte sie der DJ aus Somalia schüchtern und flüsterte Komplimente in ihr Ohr über ihre schönen blauen Augen und ihr lockiges Haar. Victoria fühlte sich wohl in der Umarmung seiner schmalen Schultern und sie beide bewegten sich rhythmisch zu langsamer Musik. In diesem Moment verspürte sie den starken Wunsch, ihn zu küssen und erinnerte sich plötzlich, dass sie lange Zeit keinen Freund hatte. Trotz des Gefühls voller Glück in Peking fühlte sie eine Sehnsucht danach, mit jemandem zusammen zu sein, zu kuscheln und Händchen zu halten. Aber sie wusste auch, dass das Tanzen mit einem „bereits vergebenen" Jungen nur ein Tanz sein sollte und nichts mehr.

„Du und Ella, ihr seid immer noch ein Paar?", fragte

Victoria ihren Tanzpartner. Omar nickte und schenkte Victoria ein Lächeln. In diesem Lächeln las das Mädchen allerdings eine leichte Verlegenheit.

„Wird sie nicht eifersüchtig sein, wenn sie sieht, dass du mit mir tanzt?"

Der DJ zuckte mit den Schultern und fügte hinzu: "Ich weiß es nicht", dann drückte er sie noch fester an sich.

Sobald sie mit dem Tanzen fertig waren, zog er Victoria spontan in den zweiten Stock der Botschaft und sagte: "Komm, ich zeige dir etwas." Er schloss die Tür und sie befanden sich allein im Zimmer des Botschafters. Das Zimmer war sehr elegant eingerichtet. In der Mitte stand ein großer geschnitzter Schreibtisch. Die Wände waren bedeckt mit Bücherregalen. An einer der Wände über einem Ledersofa hing ein riesiges Gemälde, das die afrikanische Savanne und drei stehende Krieger zeigte. Die Krieger waren in Rot gekleidet, ihre Haare waren in Hunderten von Zöpfen geflochten und sie hielten Speere in ihren Händen. Ihre bemalten Gesichter drückten Stolz und Frieden aus. Sie standen in der von der Sonne verbrannten Grassavanne, wo sich wahrscheinlich Löwen oder andere Raubtiere versteckten. Die Savanne - geheimnisvoll, majestätisch und voller wilder, roher Natur. Nur hier und da wuchsen breite Bäume wie große, schattige Regenschirme, die Schutz vor der brennenden Sonne boten. Afrikanische Kunst in den Farben der Erde zeigte die Schönheit der Natur und ihrer Bewohner. Victoria war von dem Bild begeistert und sprach lange Zeit, während sie es anstarrte, kein

Wort.

„Welch ein wunderschönes Bild", sagte sie mit Bewunderung in den Augen.

Omar lächelte sie an, nahm ihre Hand und zog sie zu sich.

„Ich wusste, dass es dir gefallen würde, das sind Massai Krieger", sagte er und grinste die Polin an, dann schaute er ihr gerade in die Augen. Langsam zog er sie immer mehr zu sich, wandte seinen Blick nicht von ihr ab. Victorias Gesicht verzog sich zu einem Lächeln. Ihre Wangen erröteten langsam und ihr war heiß. Sie hörte nur gedämpfte Musik von unten.

Plötzlich klopfte jemand an die Tür. Sie sahen einander an und dann auf die geschlossene Tür. In dem Moment klopfte wieder jemand an die Tür und sie standen nur da wie eingefroren und schauten auf den anderen. Das Klopfen wurde plötzlich zu einem rhythmischen Pochen an der Tür und wollte nicht mehr aufhören. Omar legte den Finger auf seine Lippen, um ihr zu zeigen, dass sie jetzt keinen Ton von sich geben sollte. Dann zog er das Mädchen spontan zum Fenster. Sie befanden sich im 1.Stock der Residenz und auch eine nicht sehr athletische Person konnte leicht hinunterspringen auf eine große Terrasse. Mit unterdrücktem Lachen öffnete er das große Fenster und die beiden sprangen auf die Terrasse, wo auf Korbstühlen ein paar Jugendliche saßen.

„Hey DJ, alle suchen dich überall, du bist gebraucht", sagte einer der Jungs. Dann warf er einen Blick auf die zerwühlten Haare Victorias und grinste in sich hinein.

Victoria schob sich die Locken aus dem Gesicht und sah zu ihrem Begleiter, dann noch nach oben. In dem weit offenen Fenster stand auf einmal Ella zusammen mit einigen anderen Mädchen aus der französischen Schule.

„Wo bist du gewesen?", schrie sie dem Jungen zu, gleichzeitig gab sie vor, Victoria nicht zu sehen. Nur einen Augenblick später erschien sie mit großem Schwung auf der Terrasse und zog Omar, ohne ein Wort zu sagen, in Richtung Tanzraum, wo die Disco stattfand. Zum Abschied winkte er Victoria mit Traurigkeit in seinen Augen zu. Dann ließ er sich in den Discoraum ziehen.

„Hey Girl, ich habe dich gesucht!", sagte Eva und zwinkerte Victoria zu.

„Ich habe nur das tolle Bild betrachtet und dann, dann sprang ich aus dem Fenster", lachte Victoria.

Victoria erzählte Eva, was gerade passiert war. Gleich danach gingen die Freundinnen tanzen.

Tanzende Jugendliche aus so vielen Ländern der Welt, ein bunter Regenbogen im Herzen von Peking. Selbst nach Einbruch der Dunkelheit war die Luft klebrig und drückend, was einen Sturm ankündigte. Die Zikaden zirpten laut und übertönten die genauso laute Musik. Victoria fühlte sich glücklich. Sie hatte Ferien und das Abschlussdiplom in der Tasche. Es war ihre Lieblingsstadt, ihre geliebte Jahreszeit und sie hatte ihre wunderbaren Freunde aus der ganzen Welt.

Als sie weit nach Mitternacht mit Eva auf Fahrrädern in die Botschaft zurückfuhr, herrschte auf Pekings Straßen Leere. Nur von Zeit zu Zeit fuhr ein einsamer Radfahrer vorbei oder es war ein Taxi mit leuchtenden Scheinwerfern zu sehen. In der Hitze des dunklen Himmels zeigten sich schon erste helle Blitze. Auch ein warmer Wind riss von allen Seiten an den offenen Haaren der beiden Mädchen. Sie hatten es fast geschafft, kurz vor dem Regen zum Botschaftstor zu flüchten, aber dann, als sie hinter dem Botschaftstor waren, wurden sie sofort von einer heißen Regendusche überflutet und waren in wenigen Sekunden ganz nass.

Ein weiterer fauler Sommertag am Pool brachte sie auf die Idee, in die Küstenstadt Beidaihe am Gelben Meer zu reisen. Beidaihe war ein Urlaubsziel für Chinas Funktionäre und Ausländer. Die Zugfahrt von Peking dauerte ca. 3 Stunden. Das Wetter in Peking war seit dem Beginn des Sommers unerträglich feucht und heiß. Die Vorstellung von Strand und Schwimmen im Meer ermutigte die Mädchen, für die Erlaubnis ihrer Eltern zu kämpfen. Überraschenderweise wurde es ihnen erlaubt, das Wochenende dort zu verbringen. Victoria und Eva begleiteten ihre jugoslawischen Freundinnen Irene und Bojana.

Der Kurort Beidaihe begrüßte die jungen Ankömmlinge mit europäischer Architektur, die von den Briten stammte, genauer gesagt von dem Engländer William Kinder Claude, der diesen Ort zuerst entdeckt hatte und ihn am Ende des 19. Jahrhunderts in ein Seebad verwandelt hatte. Aber schon vor 2000 Jahre, in der Han-Dynastie, war der Kaiser Wu Di begeistert von dem Ort. Helle Gebäude im Kolonialstil, die im Grün der Bäume und Sträucher badeten. Man spürte die bunte Geschichte und die gute entspannende Energie der Stadt.

Die Unterkunft der Mädchen war in einem schönen Komplex von Villen für Ausländer in einem üppigen, grünen Garten mit exotischen Blumen. Neben der kleinen Villa, die sie gemietet hatten, blühte roter duftender Hibiskus. Den Bereich betreute jeden Tag ein lächelnder, gebräunter Gärtner mit Strohhut. Das Restaurant hatte eine große, mit Blumen in Porzellantöpfen dekorierte Terrasse. Von der Terrasse aus hatte man einen atemberaubenden Blick auf das Gelbe Meer, den Strand und die umliegenden ovalen Felsen. Am Abend wehte der Wind den salzigen Geruch des Meeres und den Duft chinesischer Gerichte herauf. Sofort nach der Ankunft aßen die Mädchen auf der Terrasse des Restaurants zu Abend und gingen dann an dem heißen Strand spazieren und badeten im warmen Meer. Die einheimischen Chinesen waren offenbar daran gewöhnt, Ausländer zu sehen, diesmal starrten sie die langhaarigen Europäerinnen nicht an.

Als sie im Bett lagen, erzählten sie sich Liebesgeschichten aus verschiedenen Büchern oder sprachen über die Jungs aus dem Klub. Irene informierte Victoria darüber, dass Mustafa China im letzten Monat verlassen hatte. Auf der anderen Seite war Arturo häufig im Klub, aber die Vertrautheit mit Victoria hatte zu nicht mehr als nur einer Freundschaft geführt. Im Sommer machten viele internationale Freunde Urlaub und verließen Peking. Der Klub war auf dem Höhepunkt des Sommers leer. Diejenigen, die in Peking waren, verbrachten die Zeit im Schwimmbecken oder am Abend auf den zahlreichen Partys der Botschaften.

Am nächsten Tag begrüßte die Stadt Beidaihe die Mädchen morgens mit einer brennenden Sonne, einem klaren Himmel und, wie üblich zu dieser Zeit des Jahres, dem lauten Summen der Zikaden. Gleich nach dem Frühstück gingen sie zum Strand. Besonders Eva erregte Aufsehen mit ihrem sehr hellen sommersprossigen Teint in einem roten Badeanzug und mit ihren langen roten Haaren.

Irene saß mit ihrer Freundin Bojana non-stop im Wasser und kam nur an Land, um Wasser zu trinken oder von den Früchten zu essen. Sie sprachen auf Serbisch über ihre Liebesprobleme. Victoria und Eva lagen faul in der Sonne wie zwei schlafende Katzen – die eine rothaarig, die andere mit hellbraunen Haaren. Nach einiger Zeit sahen sie, dass sie von einer älteren chinesischen Frau mit einem traditionellen spitzen Hut aus Stroh beobachtet wurden. Sie stand da, einwickelt in ein Handtuch, und hielt einen Schirm über sich, damit auf keinen Fall auch nicht der kleinste Sonnenstrahl ihre Haut ansengte. Einen Moment später kam sie zu den Mädchen und sagte auf Chinesisch mit Sorge in ihrer Stimme, dass sie, wenn sie weiterhin in der Sonne liegen würden, braun werden würden. Beide Mädchen brachen in unkontrolliertes Gelächter aus. Im Gegensatz dazu verstand die Chinesin überhaupt nicht, was so lustig war. Im Laufe der nächsten Stunde unterhielten sie sich mit ihr und versuchten zu erklären, warum Frauen in Europa sich gerne in die Sonne legten. In China und Asien war das Schönheitsideal schon immer sehr klar, nicht gebräunte, sondern helle, weiße Haut. Bleichende Gesichtscremes hatten in China seit Jahren Furore gemacht und plötzlich wollten von Natur aus hellhäutige europäische Frauen gebräunt sein? Natürlich fragte die chinesische Frau, sobald sie hörte, dass die Ausländerinnen chinesisch sprachen, fröhlich weiter und weiter, wie in solchen Momenten üblich, wo sie herkamen, wie alt sie seien, usw. Nach einiger Zeit versammelte sich neben den in der Sonne liegenden polnischen Frauen eine Zuschauermenge und lauschte dem Gespräch. Dort wurden es plötzlich mehr und mehr Menschen. Einige stellten immer neue Fragen oder diskutierten mit der chinesischen Frau über Sonnenbrand bei europäischen Frauen. Irgendwann wurde den Mädchen das alles zu viel und die beiden rannten schnell zum Meer, um zu baden, und ließen die Zuschauermenge hinter sich.

Irene und Bojana lachten laut, als sie erfuhren, über was die polnischen Mädchen gerade mit der chinesischen Frau gesprochen hatten. Dann schwammen sie endlos lang im Meer, erzählten sich Witze und lachten. Auch die Menge der Zuschauer, die um die jetzt leeren

Handtücher der jungen Ausländerinnen versammelt war, löste sich auf.

Am Abend gingen die vier durch die von brennender Sonne heißen, gepflegten und mit exotischen Blumen geschmückten Straßen spazieren. In der Luft verbreitete sich der süße Duft reifer Pfirsiche und Wassermelonen von den nahe gelegenen Ständen. Victoria liebte diesen Geruch, den Geruch des chinesischen Sommers.

Irene hatte nur noch eine Woche, bevor sie Peking verlassen musste. Sie sprachen über die Tatsache, dass nach der Rückkehr aus Beidaihe auf die Jugoslawin das Packen wartete und der Abschied von Peking. Sicherlich würde es nicht einfach sein, Abschied von so vielen Freunden zu nehmen. Irene sprach so viele Sprachen und hatte so viele Freunde aus der ganzen Welt. In 7 Tagen würde sie Peking verlassen, nach Belgrad reisen und dann nach England, um dort zu studieren. Sie würde Peking bestimmt vermissen und vielleicht von dem warmen Gelben Meer und dem Duft reifer Pfirsiche träumen. Aber in diesem Augenblick spazierten alle am Strand entlang und inhalierten sonnenverbrannt den Duft der Hibiskusblüten, genossen den Blick auf das ruhige Meer, welches wie die spiegelnde Oberfläche eines Sees aussah. Dann skizzierte Victoria ein Bild des Sonnenuntergangs über dem Gelben Meer. Die Mädchen sprachen bis spät in die Nacht und saßen auf dem hellen Sandstrand.

Am nächsten Tag kleidete sich Victoria schon in der ersten Morgendämmerung leise an und rannte mit ihrer Malausrüstung aus dem Zimmer. Es war noch dämmrig, aber am Himmel erschienen langsam die goldenen Strahlen der aufgehenden Sonne. Schnell lief sie durch den vom Tau noch feuchten Garten direkt zum noch schlafenden Strand. Nur in der Ferne spazierten ein paar Leute auf dem Sand zu Fuß und sie sahen aus wie ein paar dunkle Flecken in Bewegung. Sie durfte diesen magischen Moment nicht verpassen, wenn die Sonne sich plötzlich langsam aus dem Wasser schwang und wie eine große rote Kugel in den Himmel aufstieg. Langsam und majestätisch beleuchteten goldene Strahlen die Welt mit Hoffnung und Freude. Sie saß auf einem nassen Stein, es duftete nach Meeresalgen und sie genoss den Moment des Morgens, das Meer ruhig, wie ein Blatt, und die zwitschernden Vögel. Sie entdeckte immer wieder neue, aus dem Himmel herauskommende Farben, die das Meer in ständig neue Schattierungen tauchten wie mit einem unsichtbaren Pinsel. Victoria war einfach nur glücklich. Dieser Moment war in der Tat einer der vielen Momente des Glücks, die sie in China erlebt hatte. Dann tauchte die Morgensonne - eine große, ständig die Farbe verändernde Kugel, mehr und mehr aus dem Meer auf und bewegte sich langsam am Himmel. Es war immer noch schön und kühl, aber die Luft roch bereits nach der eindringenden Wärme. Victoria, fasziniert vom Sonnenaufgang, malte ihr erstes Bild vom Meer. Verstreute Sonnenstrahlen über dem noch dunklen blauen Meer. Sie genoss die Reise hier, auch die Gespräche mit den Freundinnen und jetzt, am meisten, ihre Arbeit.

Als die Sonne schon hoch am blauen Himmel stand, kaufte sie in der nahegelegenen Bäckerei süß duftende Brötchen für das Frühstück mit den Mädchen. Sie aßen auf der Terrasse und betrachteten das gerade von Victoria gemalte Bild.

„Du hast Talent", lobten die Mädchen sie sehr.

„Du muss unbedingt an der Kunstakademie studieren", sagte Eva.

„Das ist genau mein Plan für die Zukunft, der einzige Plan. Ich muss aber erst mein Chinesisch verbessern."

„Ich weiß noch nicht, was ich als nächstes tun werde, vielleicht werde ich Chinesischlehrerin", sagte Eva.

„Ich gehe auf jeden Fall zur Business School, das ist meine Stärke, ich wünschte nur, dass ich euch und Peking nicht verlassen müsste", sagte Irene.

Abschied von Peking, von einem sorgenfreien Leben in den Botschaften oder den bewachten Komplexen für Ausländer. Abschied von Freunden und Nachbarn aus Ländern der ganzen Welt. Abschied von der chinesischen Sprache, den chinesischen Aiyi, den chinesischen Straßen voller Menschenmassen, Fahrrädern und dem Geruch nach Knoblauch. Abschied vom Gelben Meer und der salzigen Luft des Badeortes. Irene würde bald verschwinden und sie alle mussten sich langsam daran gewöhnen.

„Oh sorry, ich versprach doch, dass wir nicht darüber reden werden und uns wieder mit diesem Thema quälen", fügte sie hinzu.

„Irene, du hast noch etwas Zeit, lass uns an den Strand gehen!"

Sie liefen durch die verwinkelten Wege des Gartens zu dem von der Sonne brennenden Strand. Direkt in das warme Wasser des Meeres, so warm wie in der Badewanne. Sie lagen den ganzen Tag lang in der Sonne und schwammen im Gelben Meer, schwelgten in Salzwasser und weichem Sand. Wie üblich, näherten sich von Zeit zu Zeit Chinesen und fragten, woher sie kamen. Allerdings hatten die Mädchen Kopfhörer auf und hörten Musik mit dem Walkman. Dieses Mal waren sie nicht in Stimmung für ein Gespräch oder, noch schlimmer, für eine Menge von Zuschauern, die sich um ihre Handtücher versammelten und fragten, wo sie herkamen. Oder noch schlimmer, für Chinesen, die sie daran erinnerten, dass die Sonne bräunt, und dass sie aufhören würden, weiß sein. Nach einiger Zeit ließen die neugierigen Passanten sie endlich in Ruhe.

Am späten Nachmittag verließen die Mädchen mit noch ein bisschen nassen Bikinis die Strände von Beidaihe und kehrten mit dem Zug ins heiße Peking zurück. Am Bahnhof der chinesischen Hauptstadt regnete es in Strömen. Ein heißer Sturm. Bevor sie das Auto mit dem Fahrer von Irenes Eltern gefunden hatten, waren sie schon völlig durchnässt. Wasserströme flossen vom Himmel auf die Straßen Pekings und verwandelten diese in mehrere kleine Seen. Der Fahrer fuhr erst die Polinnen in die Botschaft und das dauerte sehr lange, weil Ströme von Wasser die Fensterscheiben überflute-

160

ten und die Sicht behinderten. Der schwere Regen begann schließlich nachzulassen. Bald darauf stand und verdampfte das Wasser, die Straßen verwandelten sich in eine riesige Sauna mit heißem Dampf. Die Mädchen verabschiedeten sich und dann fuhr der Fahrer Irene und Bojana zu ihren Wohnungen.

Zurück in ihrer trockenen, klimatisierten Wohnung zeigte Victoria ihren Eltern sofort das gerollte und in einem Plastikbeutel dicht verpackte Bild des Sonnenaufgangs am Gelben Meer. Sie erzählte ihnen von dem chinesischen Kurort und von dem magischen Morgen, als sie auf dem feuchten Felsen saß und das Bild malte.

Dann, noch mitten in der Nacht, wachte sie auf, stand auf und schrieb ein Gedicht über ihre Gedanken an das Meerbild:

"Ich bin eine Meereswelle und Ewigkeit,
ich verwandele mich in alle Schattierungen
von Blau bis Dunkelblau,
ich komme nicht zur Ruhe.
Jeden Tag eile ich
zu den Ufern des Strandes.
Ich komme dort an,
und dann
gehe ich zurück in die Tiefen des Ozeans,
die Tiefen eingerissen
von der magischen Kraft der Erde.
Ich bin ein Element und Trost,
Abgrund und Schönheit."

Die kommende faule Woche verging wie im Flug und am letzten Tag flog Irene nach Hause. Am Abend kurz vor der Abreise traf sie sich mit den internationalen Freunden im Klub. Wie immer nahmen die Witze und Scherze, mit Musik von einem tragbaren Tonbandgerät im Hintergrund, kein Ende. Am Ende war Irene nicht in der Lage, die aufkommende Traurigkeit zu stoppen. Sie brach in Tränen aus und versprach, an alle Briefe zu schreiben. Victoria hatte auch Tränen in den Augen, wie ein paar andere Teenager auch. Vielleicht konnte Irene im nächsten Sommer hier sein, zurück in Peking, um ein paar Freunde zu besuchen, nur, im nächsten Jahr würden nicht mehr alle Freunde hier sein. Auch für einige andere endete langsam der Aufenthalt hier. Eine wunderbare, unbeschwerte Zeit ging langsam zu Ende, aber auf der anderen Seite, die Aussicht auf ein Studium in England, zog Irene an wie ein Magnet. Egal, ob Irene wieder hierher kommen konnte oder nicht, die Hauptsache war, die hier verbrachte Zeit war magisch und einzigartig gewesen. Rund um die Jugoslawin standen jetzt die Jugendlichen aus vielen Ländern der Welt mit Tränen in den Augen, in farbenfroher Kleidung, mit stacheligen Frisuren und Neon-Ohrringen. Irene wusste, es war der letzte Moment, um zu ihren Freunden "Zai Jian" - auf Wiedersehen auf Chinesisch zu sagen. Vielleicht konnte sie hierher zurückkommen, vielleicht auch nicht, aber sie wusste von Anfang an, dass der Aufenthalt in Peking für Ausländer genauso funktionierte.

Victoria sah die Traurigkeit in den Augen der Freundin, aber auch das Gefühl der Freude, so viele Kulturen, Erfahrungen, Erlebnisse kennengelernt zu haben. Und auch Dankbarkeit für die unvergesslichen Momente, die sie hier erlebt hatte. Ist jemand in der Lage, an dieser Stelle das Gefühl der Erfüllung zu erklären und zu bestätigen, dass Freundschaft keine Grenzen, Hautfarben oder kulturellen Unterschiede kennt. Freundschaft ist einfach da und kann für immer bleiben, unabhängig von Kontinenten und Klimazonen oder einer Menge von Kilometern, welche die Freunde trennen. Sie brauchten keine Worte, denn ihre Blicke sagten alles. Und deswegen war der Tag vor Irenes Abreise trotz des Abschieds von Peking ein glücklicher Tag.

Universität

Der heiße und feuchte Sommer voll tropischer Regenschauer ging langsam in trockene und sonnige Tage über. Am Morgen schien die Sonne durch das Fenster, strahlte ihr Licht in den Garten und versetzte Victoria in eine optimistische Stimmung. Trotz des Herbstes konnte sie immer noch in Sommerkleidung gehen, aber die Luft am Morgen war frisch. Die warmen Strahlen der Sonne waren jetzt mild und angenehm, nicht mehr stechend wie in den Sommermonaten. Die Bewohner von Peking liebten diese Zeit des Jahres und verbrachten jetzt viel mehr Zeit draußen. Die Parks waren zu jeder Tageszeit voller Menschen. Jedes Wochenende besuchten Massen von Touristen und Einheimischen die Tempels und Paläste Pekings. Der September war der beste Monat für Besucher, um Peking zu besichtigen.

Victoria bereitete den Umzug ins Wohnheim der Universität vor, packte das Nötigste und genoss gleichzeitig die letzten Tage in der Botschaft. Die Eltern kehrten in die Heimat zurück. In ein paar Tagen würde sie nur auf sich selbst angewiesen sein. Der bloße Gedanke daran brachte sie zum Lächeln. Schließlich würde sie ab jetzt eigene Entscheidungen treffen. Auf der anderen Seite erkannte sie, dass sie ab jetzt eine Menge banaler Dinge selbst tun musste wie kochen und waschen. Ihre neue Wohnung würde nicht mehr luxuriös sein, bald musste sie auf engem Raum mit Eva zusammen - leben. Ohne Luxus. Ihr Doppelzimmer hatte nur zwei Betten, zwei Schreibtische, zwei Stühle und zwei Schränke. Aber es war nicht wichtig für sie, wichtig war der Beginn einer neuen Lebensphase – das Erwachsenenalter. Sie genoss die kommende Unabhängigkeit und das Studium. „Natürlich werde ich viele interessante Menschen kennenlernen", dachte sie und konnte den Beginn der Vorlesungen nicht erwarten.

Die Universitäten in Peking befanden sich am Rande der Stadt, in der Nähe des Sommerpalastes Yiheyuan 颐和园 – der ehemaligen Sommerresidenz der Kaiser. In etwa einer Stunde konnte man sie mit dem Fahrrad vom Zentrum von Peking aus erreichen. Mit Bus und U-Bahn ging es etwas schneller. Victoria zog es jedoch vor, auf ihrem schwarzen, zerbeulten Fahrrad durch die Straßen zu fahren. Immer, wenn sie mit dem Fahrrad fuhr, träumte sie von langen Reisen durch China und Asien, und manchmal von tropischen Stränden mit Palmen und weißem Sand. Sie entschied sich, jede freie Minute mit Reisen zu neuen Orte zu verbringen.

Dann kam der Tag des Umzugs. Victoria und Eva fuhren mit einem kleinen Bus voller Koffer und Taschen in das Studentenwohnheim. Das sehr bescheidene Zimmer roch noch frisch nach übermalter Farbe. Andere Zimmer in dem dreistöckigen, grauen Gebäude waren teilweise zerstört und hatten abgekratzte Wände und abblätternde Farbe auf den braunen Türen. Die Studenten beklebten diese furchtbar aussehenden Wände mit Postern und farbigem Papier. Im Erdgeschoss befand sich eine Loge, in der eine chinesische Hausmeisterin saß und mit gelangweiltem Blick schaute, wer das Gebäude betrat und verließ. In der Nacht wurden die Türen mit einer großen Kette geschlossen, die jedoch leicht zu öffnen war. Man konnte dann leicht durch die Öffnung klettern. Neben der Tür stand auch ein kleiner Tisch mit einem zerkratzten und angeschlagenen schwarzen Telefon darauf. Wenn jemand angerufen wurde, rief die Chinesin mit knarzender Stimme durch ein Megaphon die Zimmernummer. Im linken Teil des Gebäudes im Erdgeschoss befanden sich auch die Duschen. Doch das heiße Wasser lief nur bis abends um 23.00 Uhr aus den Hähnen, am Donnerstag gab es überhaupt kein warmes Wasser. Auf jeder Etage waren es Waschräume aus Beton und Toiletten mit dem traditionellen chinesischen sogenannten "Loch im Boden." Im Erdgeschoss, in der Nähe der Haustür, befand sich einen kleines TV Zimmer mit einem Fernsehgerät und einigen provisorischen Bänken. Die chinesischen Hausmeisterinnen saßen den ganzen Tag da und schauten sich meistens kitschige chinesische Dramen an. Serien mit "künstlich" weinenden Schauspielerinnen. Betrachtete man nur für einen Moment einen solchen Film, konnte man nicht herausfinden, was los war. Alles wirkte sehr künstlich und war natürlich nur auf Chinesisch.

Victoria liebte ihre neue Welt. Beim Auspacken der Koffer dachte sie bereits an die ersten Tage, an denen sie Vorlesungen hören würde. Zuerst musste sie die Sprache gut lernen, um in der Lage zu sein, später einmal Malerei und Kunstgeschichte an einer anderen Universität zu studieren. Dann ging sie mit Eva die wichtigsten Dinge einkaufen. Sie machten einen kleinen Einkaufsbummel rund um die Universität. Offensichtlich gelangweilte und mürrische Verkäuferinnen gaben manchmal vor, die Mädchen nicht zu verstehen, egal was Victoria oder Eva sagten, antworteten sie mit der immer gleichen Stimme „mei you" - was auf Chinesisch „es gibt keine" bedeutet. Das war ein häufiges Verhalten chinesischer Verkäuferinnen in Bezug auf Ausländer. Vielleicht zeigten sie so ihre Überlegenheit oder taten es aus Trotz, weil sie von den Ausländern keine Anerkennung spürten? Victoria kannte dieses Verhalten seit langer Zeit, denn „mei you" machte keinen Eindruck auf sie. Andere Schüler hatten auch schnell gelernt, mit diesem Verhalten umzugehen, und bald konnte man an der Universität bedruckte T-Shirts mit dem Zeichen mei you 没有 kaufen. Eine Erinnerung an ihren Aufenthalt in Peking.

Auf dem Weg zu den Geschäften trafen die Polinnen viele ausländische Studenten, die die verschiedensten Sprachen der Welt sprachen. Am Abend aßen sie ein chinesisches Abendessen in einem nahe gelegenen kleinen Restaurant. Nur wenige Studenten konnten sich ein Essen außerhalb der Cafeteria leisten, aber es war ein besonderer Tag für Victoria - der erste Tag im Erwachsenenalter. Ab morgen würde sie in der Cafeteria essen oder selbst kochen.

Am ersten Tag standen die beiden früh auf und gingen pünktlich zu den Vorlesungen. Die zierliche, aber sehr energische Lehrerin sprach nur Chinesisch und warnte sie alle, dass ab sofort nur diese Sprache für Vorlesungen genutzt würde. Mit ihr kam eine junge Praktikantin, die nur die sehr komplizierten Themen ins Englische übersetzen sollte. Die Bücher hatten eine englische Übersetzung.

Victoria sah die Studenten an und hatte gleich den Eindruck, dass sie auf einer Sitzung der Vereinten Nationen war. Die Studenten stammten aus vielen Ländern von Haiti bis Afrika, Südamerika, Europa und Asien. Von der Lehrerin hatte Victoria einen sehr positiven Eindruck. Die Chinesischlehrerin war einfach nur süß! Sie war klein und hatte das runde Gesicht eines Kindes. Gleichzeitig verströmte sie eine unglaubliche Energie. Sie sprach, während sie mit den Händen gestikulierte. Von Anfang an war klar, dass Victoria hier nicht in der Lage sein würde, sich zu langweilen.

Am dem Tag schienen ihr die Vorträge auf Chinesisch einfach zu sein, wahrscheinlich, weil sie die chinesische Sprache bereits eine Weile gelernt hatte. Sie dachte, wenn es so weiter ging, konnte sie im Prinzip bald ihr Studium an der Kunstakademie anfangen. Andere Ausländer in der Klasse schauten die kleine chinesische

Professorin an, als ob sie kein Wort verstanden hätten. Die Professorin sprach energisch, aber langsam und deutlich, komplett ohne ein einziges englisches Wort. Sie hatte angekündigt, dass morgen alle in der Lage sein müssten, sich vorzustellen und zu sagen, aus welchem Land und von welchem Kontinent sie stammten. Um diese wenigen Sätze zu lernen, sollten alle in der Klasse üben und das Buch anschauen. Dann stellte einer nach dem anderen sich auf Chinesisch vor, manchmal aber auch mit englischen Worten. Die Lehrerin korrigierte die gesprochenen Worte mit offensichtlicher Begeisterung. Dann sprach die energische Chinesin darüber, wie wichtig es war, die Sprache systematisch und die Wörter auswendig zu lernen. Victoria hatte alles verstanden und übersetzte sogar für ein paar Andere ins Englische. In den Pausen sprach sie statt chinesisch englisch und lernte andere Ausländer kennen.

„Ich bin Victoria aus Polen."

„Ich bin Andy aus Neuseeland", ein sehr dünner und bärtiger Neuseeländer stellte sich vor.

Andy sah aus wie ein echter Hippie mit langen Haaren, gebunden in einem sorglosen Pferdeschwanz. Er bereiste China seit langem, angefangen mit Tibet, dann durch die Mandschurei und bis nach Südchina. Andy war wild entschlossen, die Sprache zu lernen. Er wollte ganz China bereisen und in den Ferien immer andere Orte in China kennenlernen. Andy war etwas über 30 Jahre alt und echter Vegetarier. In den Pausen aß er selbst hergestellte Sandwiches mit Erdnussbutter und

Bananenscheiben. Andy hatte einen großartigen Sinn für Humor und alberte bei den Vorlesungen oft herum, wie ein kleiner Junge. Die resolute Professorin mochte das aber nicht immer.

In der Gruppe lernte auch ein schönes Mädchen aus Haiti Chinesisch. Sie war eine sehr ursprüngliche Schönheit, war auf Haiti geboren, lebte aber seit ihrer Kindheit in den USA. Sie sah exotisch aus, hatte rötlichgoldene Haare und unglaublich helle blaue Augen.

Chinesisch lernte sie sehr schnell und erzählte oft von der Insel, von der sie kam. Haiti eine tropische Insel, wie andere Länder in der Karibik lockte sie viele Besucher mit schönen Stränden und warmem Meer. Aber oft wurde diese Insel von Erdbeben heimgesucht und die Menschen dort wanderten häufig in die Vereinigten Staaten oder in andere Länder aus.

Victoria lernte auch Japaner, Afrikaner, Kolumbianer, Peruaner und Pakistani kennen. Pakistani kamen zu den Vorlesungen in ihrer traditionellen Kleidung. Diese war so attraktiv, dass es schien, als ob sie auf eine Hochzeit oder ein rauschendes Fest gingen. Die pakistanischen Studentinnen schienen von Anfang an die Besten in der Gruppe zu sein und Victoria beobachtete fasziniert, wie schnell sie Fortschritte machten.

Nach zwei Wochen des Lernens konnten sich alle Studenten auf Chinesisch vorstellen und sogar in ein paar Sätzen von ihrem Land und dem Kontinent erzählen. Es gab nur chinesisch und niemandem kam es in den Sinn, eine andere Sprache zu sprechen. Wie die zierliche Professorin vorhergesagt hatte, war eine andere Sprache gar nicht mehr nötig. Beim Leben in Peking hörte man überall nur chinesisch und so konnte man ohne viel zu üben die Sprache schnell erlernen. Natürlich war für die Ausländer nichtasiatischer Herkunft das Schreiben am schwierigsten. Die chinesischen Zeichen musste man systematisch auswendig lernen. Im Gegensatz dazu mussten die Japaner die Zeichen nicht lernen, weil die japanischen Schriftzeichen von den alten chinesischen Zeichen abstammten. Die Japaner lernten nur die Aussprache und Grammatik.

Victoria fiel es leicht, die Sprache zu lernen, die wesentlich war für das Leben in Peking. Jeden Tag konnte sie sie hören und sofort die neuen Wörter üben, zum Beispiel auf der Straße beim Einkaufen oder einfach beim Sprechen mit den Leuten aus ihrer Klasse und mit der Lehrerin. Im Laufe der Zeit lernte sie mehr und mehr Freunde aus vielen Ländern der Welt kennen. Ihre bescheidene Studentenwelt verwandelte sich bereits jetzt in einen bunten Regenbogen, reich an Kulturen und Mentalitäten. In dem Studentenwohnheim hatte sie Nachbarinnen aus Tunesien, Pakistan, Schweden oder Japan. In der Klasse sprach sie oft chinesisch mit einem Neuseeländer und manchmal übersetzte sie für Eva aus dem Chinesischen.

Nach den Vorlesungen am Morgen erfolgte die Erkundung der Welt: Leute kennenlernen und die Geschichten ihrer Länder hören. Oft waren Victoria und Eva spontan eingeladen, die lokalen Gerichte, die viele

Studenten selbst gekocht hatten, zu kosten, beispielsweise pakistanische oder tunesische. Jeden Tag dran-
gen exotische und köstliche Gerüche aus den Nachbarzimmern und verbreiteten sich über die Stockwerke
des Studentenwohnheims. Victoria traf die Nachbarinnen auf dem Flur und dann sagte sie oft voller Sympathie, wie lecker ihre Gerichte rochen. Nach einiger Zeit
wurden Victoria und Eva Freunde der Nachbarinnen,
die oft exotische Gerichte kochten. Sie besuchten die
Zimmer der Pakistani und Tunesier. In der Universi-
tätskantine wurde nur chinesisches Essen angeboten.
Wenn man zu spät kam, waren die Gerichte nicht nur
fett, sondern auch ziemlich kalt.

Victoria fühlte sich beim Studieren wie im Wunderland. Jeden Tag konnte sie jemanden neues kennenlernen und neue Geschichten hören, zum Beispiel aus
Peru, Neuseeland oder Tunesien. In ihren Träumen
stellte sie sich die neuen Länder vor und manchmal
spürte sie sogar die Gerüche der lokalen Vegetation. Sie
stellte sich vor, eines Tages Bilder von den unbekannten Orten zu malen, die sie besuchen und kennenlernen
würde. Sie sah in ihren Träumen die hohen Berge in
Peru, das türkisfarbene Meer in Tunesien und die saftig
grünen Inseln von Neuseeland voller schneeweißer
Schafe. Die Welt war so klein geworden mit so vielen
internationalen Freunden. Victoria ging schlafen und
träumte von langen Reisen und atemberaubenden Aus-
sichten.

Morgens wachte sie dann wieder in der chinesischen

Welt auf. Sie plante, jeden Tag um 6 Uhr morgens Tai Ji Quan zu praktizieren, sehr früh aufzustehen, grünen Tee zu trinken, voller innerer Ruhe und jeden Tag wachte sie zu spät auf. Der Wecker klingelte mehrmals und Victoria deckte die Bettdecke nur auf und warf dann die Uhr in die Ecke. Schließlich erhob sie sich so spät aus dem Bett, dass sie dann zu den Vorträgen rennen musste. Jedenfalls begleitete Eva sie bei ihren Morgenläufen. Morgens gab es spontan Sport. Aber manchmal wachte sie in der Nacht auf und dann musste sie ein Bild, von dem sie gerade geträumt hatte, unbedingt malen. Oft träumte sie von den Märchenlandschaften der chinesischen Berge, in Morgennebel getaucht. Felsig und bewachsen mit knorrigen Bäumen an steilen Hängen, zwischen denen sich oft majestätische buddhistische Tempel versteckten. Diese Bauwerke, die irgendwie über Abgründe gebaut worden waren, zu denen Hunderte steiler Stufen führten. Dann machte Victoria die Lampe an und zog die Malerfarben und Papierrollen heraus. Natürlich wachte Eva vom Rascheln der Papierrollen auf.

Nach einer Weile machten diese schlaflosen, kreativen Nächte ihre Mitbewohnerin Eva sehr müde. Die Mädchen beschlossen, zum Wohl beider Seiten, sich in Kürze zu trennen. Außerdem gab es in diesem kleinen Zimmer der Mädchen zu wenig Raum, es wurde der kreativen Victoria langsam sehr eng mit all den Papierrollen und immer mehr Bildern.

Ein paar Wochen später im Studentenwohnheim war

ein Zimmer frei und die Mädchen entschieden sich, von jetzt an separat zu wohnen. Getrennte Zimmer mussten sie auch bezahlen, aber die Eltern der beiden Mädchen konnten es sich leisten. Jetzt lebten die beiden auf anderen Stockwerken, verbrachten aber immer noch viel Zeit zusammen, zum Beispiel beim gemeinsamen Kochen.

Schauspieler

Am Wochenende gingen die Mädchen ins Kino zur Premiere eines neuen Films namens "Roter Pavillon". Der Film gewann viele Auszeichnungen auf Festivals in Europa. Überall auf den Straßen von Peking hingen Filmplakate und viele ihrer ausländischen Freunde wollten ins Kino gehen. Nach der Premiere waren ein Cocktailempfang und Interviews mit dem Regisseur und den Schauspielern geplant. Es war sehr schwierig, für die Premiere des Films Tickets zu bekommen, aber eine chinesische Freundin hatte irgendwie Tickets herbeigezaubert. Eine Freundin namens Chen oder Grace- sie studierte Englisch an der gleichen Universität wie Victoria. Es war normal, dass die chinesischen Studenten, die Fremdsprachen lernten, sich selbst ausländische Namen gaben. Eines Tages war Grace durch den Universitätspark spaziert und hatte sich mit den polnischen Studentinnen angefreundet. Von diesem Moment an trafen sich die Mädchen regelmäßig und unterhielten sich auf Chinesisch oder Englisch.

Nach einer Stunde mit dem Fahrrad entlang der belebten Straßen Pekings erreichte Victoria zusammen mit Eva und Grace das beste Kino in Peking. Vor den

Türen und in der Lobby waren schon Scharen von Menschen, darunter viele Ausländer, Freunde aus den Universitäten und Botschaften. Victoria freute sich und war sehr gespannt, diese neue Kunst kennenzulernen und mehr über China zu erfahren. Sie spürte seit langer Zeit, dass sie ein Teil der chinesischen Welt war und jede neue Erfahrung sie dieser Stadt näher brachte.

Der Film spielte im China der 30er Jahre und begann langsam mit der Melancholie der chinesischen Musik. Die Kamera zeigte erst die leeren Pavillons eines reichen chinesischen Hauses voller Porzellan, Seide, chinesischer Malerei, Kunst, geschnitzter Möbel. In den Pavillons gab es nur Leere und gelegentlich bewegte der Wind rote Laternen und hängende Seidenvorhänge. Victoria war sofort begeistert von diesem Film, der so originell begann und sie in eine nachdenkliche Stimmung brachte. Der Film erzählte die Geschichte einer schönen und jungen chinesischen Frau, die als zweite Frau in ein reiches chinesisches Haus verkauft wurde. Sie war traurig und voller Leere lebte sie wie eine Sklavin, in den vier Wänden eingeschlossen. Ihr Leben war voller Bitterkeit und Intrigen der ersten Frau des Mannes, den sie nicht liebte, und der vielen eifersüchtigen Diener. Eines Tages traf die Heldin einen jungen Aristokraten, der ein Freund im Haus ihres Mannes war. Er begann eine Affäre mit ihr, die jedoch nach einiger Zeit von ihrem Mann entdeckt wurde. Victoria sah mit Interesse diese Geschichte voller Bitterkeit, Leid und trauriger Realität aus dem China der 30er Jahre. Wie anders war damals das Leben der Frauen, die nicht lernen konnten, nicht hinausgehen und die Welt erkunden konnten. Auch die reichen Frauen verbrachten ihr ganzes Leben eingesperrt in ihren Häusern und auch die kleinsten Entscheidungen traf der Ehemann. Der junge Liebhaber der Heldin war ganz besonders nach dem Geschmack Victorias. Ein chinesischer Aristokrat - ein junger und selbstbewusster Mann. Der Schauspieler, der die Rolle spielte, präsentierte sich äußerst attraktiv, groß, sportlich und sah überhaupt nicht wie ein typischer Chinese aus. Die meisten chinesischen Männer waren ziemlich schlank und nicht so groß. Doch dieser Schauspieler war groß und sein Spiel strahlte unglaubliche Tiefe aus. Er hatte auch etwas Geheimnisvolles und Arrogantes an sich, etwas, was die Mehrheit des schönen Geschlechtes sicherlich beeindruckte. Auf jeden Fall war Victoria begeistert und zugleich überrascht von ihrem plötzlichen Interesse. Sie fühlte sich auch wie in einer anderen Zeit und ihre Gedanken flogen, wie gewohnt, in die Welt der Träume. Mit zunehmender Freude beobachtete sie die Schönheit und das Talent der Schauspieler. Der Film dauerte sehr lange, fast drei Stunden, aber für Victoria war er nicht einen Moment langweilig. Schließlich endete die Geschichte auf eine tragische Weise, weil die unglückliche Heldin Selbstmord beging.

Unmittelbar nach der Vorführung des Films fand im Kino einen Cocktailempfang mit den Schauspielern, dem Regisseur und Vertretern vieler ausländischer Botschaften statt. Kellner reichten Gläser gefüllt mit Champagner und luden zum Probieren. Überall waren Journalisten und Fernsehkameras. Victoria, Eva und Chen (oder sonst Grace) standen in der Nähe des Ausgangs, als vor ihren Augen die Schauspieler und der Regisseur erschienen. Sie waren alle elegant gekleidet, sahen aber ganz anders aus als in dem Film in den chinesischen Kostümen der 30er Jahre. Die Interviews wurden in der Regel auf Chinesisch oder Englisch mit Übersetzer durchgeführt. Victoria spürte eine wachsende Faszination von der Welt des Kinos, oder besser gesagt, der Welt des chinesischen Kinos. Viele Ausländer näherten sich auch den Schauspielern, um nach Autogrammen zu fragen. Nach einiger Zeit, als die Journalisten die Fernsehinterviews langsam beendeten, zog Grace Victoria und Eva in Richtung des Regisseurs und der Schauspieler.

„Sicherlich wollt ihr auch Autogramme", fragte Grace lächelnd und nickte, als ob sie von Anfang an die Antwort ihre ausländischen Kollegen kannte.

„Natürlich", antworteten fast gleichzeitig die beiden Polinnen.

Schließlich, nachdem sie lange Zeit hinter den Rücken anderer Fans gewartet hatten, bekamen die Mädchen die Unterschrift des Filmregisseurs. Der Regisseur gab der eingeschüchterten Victoria den unterzeichneten Flyer, als sich ihnen der hübsche junge Aristokrat aus dem Film näherte. Er erschien Victoria noch größer und besser gebaut als im Film. Er sprach kurz mit dem Regisseur und dann baten die Mädchen ihn, den Flyer zu unterzeichnen. Er fragte die Studentinnen, woher sie kamen und unterzeichnete die Flyer mit den großen geschwungenen Zeichen seines Namens - Long Chen. Als er Victoria den unterzeichneten Flyer reichte, schauten seine Augen auf die offenen langen Locken des Mädchens und ihr helles Gesicht. Dann sah er aus, als ob etwas ihn überraschte. Vielleicht die unglaublich blauen Augen der Ausländerin? Er war für einen Moment wohl durch ihre Andersartigkeit fasziniert. Victoria lächelte ihn mit rosaroten Wangen an und lobte sein Spiel.

„Xie Xie!", bedankte er sich auf Chinesisch.

„Sind Sie eine Journalistin?", fragte er sie und dann, ohne auf ihre Antwort zu warten, lud er die Polin zu einer Pressekonferenz nächste Woche ein.

Victoria sah glücklich und zugleich überrascht zu den neben ihr stehenden Freundinnen. Diese lächelten nur und nickten mit den Köpfen, gaben Victoria zu verstehen, dass sie unverzüglich die Einladung annehmen sollte. Victoria blickte überrascht auf ihre rothaarige Freundin und flüsterte:

„Eva, ich bin doch keine Journalistin, ich bin Künstlerin."

„Ich weiß, aber was soll es, du bis es jetzt ...nur für eine Weile", flüsterte Eva in Victorias Ohr, dann lächelte sie und ließ ihre Augen wandern.

Unmittelbar bevor der Schauspieler den Saal verließ, sah er wieder auf seine Fans und vor allem auf Victoria und schenkte ihr nochmal ein Lächeln, während Victoria Eva einen Blick voller Fragen zuwarf.

„Eva, was soll ich jetzt tun?", fragte sie ihre Freundin.

„Victoria, er ist der beliebteste chinesische Schauspieler zur Zeit, du kannst das. Diese Einladung darfst du nicht verpassen", sagte Eva nüchtern und sah ihrer Freundin in die Augen.

„Erfinde etwas, jetzt bist du Journalistin!", fügte sie lachend hinzu.

„Was soll ich mir ausdenken?", fragte Victoria wieder.

„Ein Interview, du bist doch immer der kreativste Mensch auf diesem ganzen Planeten und du weisst schon, was du tust", antwortete Eva.

Nein, Victoria war in diesem Moment der desorganisierteste Mensch auf der ganzen Erde und wusste nicht, was das alles mit Kreativität zu tun hatte, warum sollte sie diesen Schauspieler kennenlernen? Aus dem Grund, dass sie eine Chance bekommen hatte? Deshalb, weil sie ihn mochte, weil er hübsch war? Deshalb lügen, dass sie Journalistin war? Unsinn! Doch nach ein paar Minuten des Überlegens entschied sich Victoria doch, zu der Pressekonferenz nächste Woche zu gehen. Sie fühlte ein schönes geheimnisvolles Kribbeln im Bauch und sie hatte sogar ein paar tolle Ideen für ein originelles Interview mit dem Schauspieler.

Am Tag des Interviews trug Victoria wie üblich offene und frisch gewaschene Haare. Haare, die extrem lang und wild in Tausenden von kleinen Locken lagen. Sie zog sich sehr elegant und sorgfältig an, trug auch einen schwarzen traditionellen chinesischen Kaftan, der ihre Faszination für China und die chinesische Kultur symbolisierte. Wie üblich, stach ihre Schönheit und Kleidung in der Menschenmenge heraus, die zumeist aus chinesischen Journalisten bestand.

Beim Betreten des Raumes bemerkte Victoria sofort in der Menge der sitzenden Journalisten den Schauspieler, er sah sie mit Interesse an und sandte ihr zufriedene Blicke. Außerdem war es schwer, die blauäugige Ausländerin mit einem Sturm hellbrauner Locken auf dem schwarzen chinesischen Seidenkaftan nicht zu bemerken. Victoria strahlte eine unvergleichliche Schönheit aus. Sie wollte ein Interview mit dem Schauspieler führen und an populäre Zeitschriften in Polen verkaufen. Bei dem Interview des Schauspielers mit anderen Journalisten schaute er von Zeit zu Zeit zu der Polin. Auch sein Blick flog oft zur Seite, als ob er nur auf das Ende der Pressekonferenz wartete. Auf der Konferenz wurden sehr interessante Fragen gestellt über das Drehbuch, welches nach einem bekannten Buch geschrieben wurde. Jeder der eingeladenen Journalisten hatte nur Zeit für drei Fragen, um genügend Zeit für andere zu lassen. Victoria achtete genau auf die gestellten Fragen und notierte schnell die Antworten in ihrem Notizbuch. Sie fühlte sich bereits wie ein Teil der journalistischen Welt. Die Studentin dachte sogar für einen Moment, dass dies eine sehr interessante Arbeit sei, natürlich neben dem Leben einer Künstlerin.

Als sie endlich an der Reihe war, klopfte ihr Herz und sie fühlte sich gestresst. Zum Glück begann, nach ein paar Worten auf Chinesisch, die ganze Nervosität des Mädchens dahinzuschmelzen, wie Eis in der Frühlingssonne. Sie fragte den Schauspieler auf Chinesisch, ob er sich mit dem von ihm gespielten Charakter des Geliebten identifizieren konnte. In der Tat dachte sie für einen Moment, dass sie ihn gerne fragen würde, ob er als Liebhaber so gut sei wie der, den er in dem Film gespielt hatte. Die Wangen des Mädchens röteten sich sofort. Der Schauspieler bemerkte diese Geste. Er lächelte und nahm einen tiefen Atemzug, bevor er antwortete.

„Oh ja, ich denke, ich habe viel gemeinsam mit dem gespielten Charakter, genau wie er mag ich meinen Job, ich mag Sport treiben und ich bin auch von schönen Frauen fasziniert."

Andere Journalisten begannen deutlich zu grinsen.

„Sport? Welche Sportart zum Beispiel?", fragte Victoria spontan.

„Viele, zum Beispiel mag ich Fußball, aber auch Tennis und Jogging."

„Interessant, ah, und noch etwas, was ist Ihr Hobby?", die dritte Frage der Polin war gefallen.

„Hobby? Sport ist meine Hobby, aber ich interessiere mich auch noch für Kunst und Malerei."

Überrascht hob Victoria ihren lockigen Kopf von ihrem Notizbuch auf, wo sie schnell die Antworten auf Polnisch notierte und für einen langen Moment sah sie den Schauspieler Long an. Gleich danach fiel eine andere Frage eines anderen Journalisten.

Nach dem Ende der Presskonferenz fühlte sie nur Erleichterung und packte langsam ihren Rucksack. Von Anfang an war es keine leichte Aufgabe - das Interview auf Chinesisch in einer Menge chinesischer Journalisten zu führen, aber nun fühlte sich Victoria zufrieden mit den neuen Erfahrungen. Jetzt konnte sie das Interview an Zeitungen in Polen verkaufen. Als sie bereits am Ausgang des Raumes war, kam er plötzlich zu ihr, dieser gut aussehende Schauspieler und fragte, ob sie jetzt mit ihm und ein paar anderen ausgewählten Journalisten zu Abend essen wollte. Angenehm überrascht starrte Victoria ihn mit ihren großen Augen an und antwortete dann nur mit "ja", perfekt auf Chinesisch und sogar von einem Pekinger Akzent gekrönt. Der Schauspieler schien trotz seines neutralen Gesichtsausdrucks zufrieden zu sein. Victoria fragte sich nochmal, ob er im normalen Leben so ähnlich war wie die von ihm in dem Film gespielte Person, das heißt, ob er ein wenig - wie sollte man das sagen? Arrogant war?

Er lud sie und ein paar andere Journalisten in eine private Limousine ein, die sie zu einem der besten und teuersten Restaurants in Peking fuhr. In der Limousine sprach jeder über den Film. Victoria war fasziniert, ein Teil dieser interessanten Welt des chinesischen Kinos zu sein. Einen Moment lang dachte sie, dass sie auf den Schauspieler vielleicht doch Eindruck gemacht hatte, denn sonst wäre sie nicht eingeladen worden. Aber sie hatte doch zum ersten Mal die Attraktivität des Schauspielers bemerkt, in einem Film, den sie vor ein paar Tagen angeschaut hatte. Sie saß an dem Tisch in der Nähe des Schauspielers und der Schauspielerin. Sie dachte, dass der Schauspieler und die Schauspielerin im realen Leben ein Paar waren, weil er sehr vertraut mit ihr scherzte und plauderte. Der Schauspieler Long beeindruckte Victoria mit seinem Aussehen und seinem Verhalten am Tisch, er war genauso wie im Film – einfach charmant. Manchmal schien es Victoria, als ob es ein Teil des vor kurzem gesehenen Films war und sie beobachtete mit Interesse die Entwicklung der Geschichte. Jeder aß und plauderte auf Chinesisch. Nach einiger Zeit kam der Schauspieler, setzte sich neben Victoria und fragte sie über alles aus. Eingeschüchtert stellte sie sich vor und gestand ihm sofort, dass sie nicht wirklich eine Journalistin war, sondern eine Studentin der chinesischen Sprache.

„Ich weiß", antwortete er und schickte ihr ein Lächeln.

„Aber?", setzte Victoria das Gespräch fort und versuchte, seine Absichten zu verstehen.

„Ich wollte dich kennenlernen", fügte er hinzu und sah ihr tief in ihre blauen Augen.

„Warum?"

„Du strahlst eine unbekannte, geheimnisvolle Aura aus. Ist nicht vielleicht die Schauspielerei dein Hobby?"

„Nein, aber ich male Bilder", sagte Victoria und ihr helles, sommersprossiges Gesicht zauberte ein Lächeln der Zufriedenheit hervor.

„Ich wusste, dass du etwas mit Kunst zu tun hast! Kann ich deine Bilder sehen?", fragte er, der zur Zeit wahrscheinlich bekannteste chinesische Schauspieler der ganzen Welt!

„Natürlich! Ich male Aquarelle, aber ich bin auch von Kalligraphie und der chinesischen Technik Guo Hua fasziniert", fügte die langhaarige Europäerin strahlend hinzu.

Sie unterhielten sich noch eine Weile über chinesische Malerei, dann endete langsam ein üppiges Abendessen. Victoria aber hatte nicht viel gegessen. Sie war viel mehr überwältig von den neuen Erfahrungen. Nach dem Abendessen fuhr der Fahrer des Schauspielers Victoria zu ihrem Wohnheim. Noch im Restaurant sagte der Schauspieler beim Abschied zu der Polin, dass er sie einmal besuchen möchte, um ihre Bilder anzuschauen. Aber er hatte nicht gesagt, wann er sie besuchen wollte. Victoria bedankte sich bei ihm für einen fantastischen Tag.

Als sie zurück in ihrem Zimmer voller Gemälde und Kalligraphie Schriftrollen war, fragte sie sich, ob die neusten Ereignisse vielleicht nicht nur ein Traum waren.

Dann klopfte jemand zweimal an Zimmertür und vor Victorias Augen erschien ihre rothaarige Freundin - Eva, die sofort zu Victoria ins Bett sprang und sagte:

„Und? Wie war es?"

„Großartig! Ich habe ein Interview gemacht! Und außerdem war ich mit ihm und anderen Journalisten zum

Abendessen in einem der besten Restaurants in Peking. Er - der Schauspieler - Herr Long sagte auch, er will meine Bilder anschauen", sagte Victoria mit einem Zwinkern in den Augen und warf kokett ihre langen Locken zur Seite.

„Oh nein! Du bist ein Glückspilz!", sagte Eva lachend und warf zugleich ein buntes Kissen auf ihre Freundin.

Ein paar Tagen später war Victoria wieder zurück in der Realität. Vorlesungen, Prüfungen, Lernen, Kalligraphie, Spaziergänge und Gespräche mit Freundinnen aus der ganzen Welt. Eines Tages, am Nachmittag, entspannte sich Victoria nach den Vorlesungen beim Malen. Sie malte ein Bild einer belebten Straße in der Nähe der Universität, voller Stände mit Gemüse, Fahrrädern, Studenten, Kindern, alten Menschen, Müll. Victoria trug ein mit Malfarben beflecktes weißes T-Shirt und ihre wilden Locken waren in einem großen Knoten oben auf dem Kopf gebunden, um sie nicht bei der Malerei zu stören. Ihre Finger und Hände waren mit Malfarben beschmiert. Von unten hörte sie ihre Zimmernummer schreien und lief sofort runter, so gekleidet, wie sie war. Sie dachte, dass sie wahrscheinlich ein Telefonat erwartete. Als sie im Erdgeschoss ankam, erschien vor ihren erschrockenen Augen - der Schauspieler persönlich! Genauso überrascht stand die chinesische Hausmeisterin da, und starrte wie gebannt auf den Schauspieler (den sie wahrscheinlich vom Film und den Plakaten kannte) und auf Victoria. Dann sagte sie schließlich auf Chinesisch: "Du hast Besuch". Victoria strich sich mit der von Farbe beschmutzten Hand eine verirrte lockige Haarsträhne aus dem Gesicht und schmierte gleichzeitig blaue Farbe auf die Wange.

„Ni hao!", begrüßte sie der Schauspieler Long und schaute lachend auf Victorias blau verschmierte Wange.

„Ni hao!", sagte Victoria und erst nach einem langen stillen Moment der Überraschung lud sie den Schauspieler in ihr Zimmer ein.

„Entschuldigung für die Unordnung, aber ich male gerade", sagte sie, als der große, gut gebaute Schauspieler hinter ihr die Treppe betreten hatte.

„Kein Problem, ich habe auch keine aufgeräumte Wohnung", sagte er.

Er ging hinter Victoria in ihr kleines Zimmer, im dem es noch nach frischen Malfarben roch. Dann stand er lange Zeit ohne ein Wort zu sagen und schaute auf die Wände des Raumes, die mit verschiedenen Gemälden geschmückt waren. Schließlich sah er zu Victoria in ihrem fleckigen T-Shirt und sagte:

„Wenn ich deine Bilder anschaue, vergesse ich meine Sorgen."

„Xie Xie!", Victoria bedankte sich auf Chinesisch, fast mit Tränen in die Augen, weil sie ein solches Kompliment wahrscheinlich noch nie in ihrem Leben von jemandem gehört hatte.

Also, es war wahr, sie hatte Talent und konnte das Leben auf ein weißes Blatt Papier zaubern. Träume würden wahr, wenn sie sich weiter entwickelte und neue Maltechniken lernte. Ein Gefühlssturm wirbelte durch Victorias Kopf und der Schauspieler stand einfach nur da und schaute zunächst erstaunt die Bilder an und dann die dünne, mit Malfarben beschmierte Europäerin. Dann setzte er sich auf das Bett und starrte weiter wortlos auf Victorias Gemälde. Er nahm ihre mit Malfarben beschmierte Hand, zog sie zu sich und dann, strich mit seiner Hand über ihre mit Farbe verschmierte Wange. Victoria sah ihn verwirrt an und fragte, ob er etwas trinken wollte. Der Schauspieler bedankte sich und bat sie nur, weiter zu malen. Victoria hatte vorher noch nie gemalt, wenn jemand sie beobachtete, deswegen fühlte sie sich ein wenig seltsam. Außerdem beobachtete sie nicht irgendjemand, sondern er – der Schauspieler, genau der, der vor kurzem im Kino auf der Leinwand zu sehen war und den sicher Millionen Menschen kannten! Sie konnte die Bewunderung in seinen Augen sehen, aber auch etwas anderes, etwas immaterielles - vielleicht Faszination? Vielleicht etwas anderes? Er lächelte nicht, aber seine Augen funkelten vor Anbetung.

„Du kannst so schön malen, wann hast du so schön malen gelernt?", fragte er auf Chinesisch.

„Xie Xie, ich habe nie Malkurse genommen, vielleicht könnte ich dich einmal malen?", bedankte sie sich auf Chinesisch mit ein wenig geröteten Wangen.

„Gerne, dann bist du ein Naturtalent!", antwortete er und schickte ihr genau den gleichen tiefen Blick, den sie von der Leinwand kannte.

Victoria war froh, sie sprachen dann über die Kunst der Malerei und die Schauspielkunst.

„Und wann wusstest du, dass du Schauspieler werden würdest?"

„Schon als ich sehr klein war. Ich konnte viele Charaktere aus Filmen nachahmen, die ganze Familie brachte ich damit zum Lachen. Ich spielte die Rollen aus dem Fernsehen und ich war ein echter Clown", antwortete Long lächelnd und sah Victoria an.

„Welche Bilder magst du am meisten?", fragte Victoria.

„Ich mag wirklich gerne die Französische Malerei, zum Beispiel Monet und Rousseau. Ich mag nicht nur das Spiel der Farben, sondern auch, dass von den Bildern Melancholie ausgeht."

Erfreut, dass jemand ihre Leidenschaft teilte, schüttelte Victoria nur den Kopf und schenkte ihm ein Lächeln.

Beim Abschied sagte Long noch, dass er sie bald anrufen würde, um ein Treffen zu vereinbaren. Victoria sollte zu ihm kommen und sein Porträt malen. Beim Abschied zog er sie an sich und umarmte sie fest. Er schaute direkt in Victorias reine kornblumenblaue Augen und dann schloss sich die Tür hinter ihm.

„Du bist jetzt eine Bekannte des Schauspielers Long? Unmöglich!", die rothaarige Freundin stürmte in Victorias Zimmer wie ein Hurrikan.

„Ja! Möglich, dass ich das bin", sagte Victoria und begann, auf dem Bett zu springen.

„Okay, und was dann, schließlich ist er 10 oder 15 Jahre älter als du?", fragte Eva und sprang auch auf das Bett.

„Nein! Glaub mir, es ist nichts Ernstes, es ist nur ein Windstoß, so wie ich es mag", sagte Victoria und nach dem verrückten Springen auf dem Bett setzte sie sich ruhig hin und malte ihr Bild fertig.

Nach wenigen Tagen hatte der Schauspieler angerufen und einen privaten Fahrer geschickt, um Victoria abzuholen. Victoria nahm ihre Malausrüstung mit. Sie saß bequem im Auto und beobachtete die überfüllten Straßen Pekings, die voller Radfahrer, hupender Autos, Fußgängern und Ständen mit Obst waren. Dann sollte sie irgendwo aussteigen in einem ebenso überfüllten Stadtteil voller Menschen und Fahrräder. Als das Mädchen aus dem Auto stieg, wartete auf der Straße schon der Schauspieler auf sie. Bei der Begrüßung gab er ihr die Hand, und sie folgte ihm durch die verwinkelten Gassen der Hu Tongs zu einem zweistöckigen Haus. Das Haus war sehr alt und drohte wahrscheinlich bald zu zerfallen. Er führte sie in eine kleine Wohnung oder besser gesagt ein Zimmer ohne Bad im zweiten Stock. Es gab nur ein Bett, einen Tisch und zwei Stühle. Die Wände des Zimmers waren leer und leuchteten mit abblätternder weißer Farbe. Das Fenster war mit einem Stück dunklem Stoff bedeckt. Das Mädchen schob ihn beiseite und in das Zimmer leuchteten die hellen Strahlen der Sonne. Sofort breitete Victoria ihre Ausrüstung aus und wollte gleich beginnen, zu malen. Der Schauspieler fragte sie nur, ob er sich auf den Stuhl setzen könnte und rührte sich dann nicht mehr.

„Diese Wohnung gehört dir?", fragte sie.

„Ja, es ist nur ein Raum, in dem ich meine Geliebte treffe", sagte er.

Victoria sah den Schauspieler fragend an mit einem überraschten Ausdruck auf ihrem Gesicht.

„Es ist wirklich normal für wohlhabende Chinesen, zusätzlich zu ihrer Frau auch andere Geliebte zu haben", sagte Long noch dazu.

„Das glaube ich nicht, ich dachte, dass dies nur früher so war, oder nur im Film. Bist du verheiratet?", begann Victoria zu sprechen.

Der Schauspieler saß gerade auf seinem Stuhl wie eingefroren und posierte für Victorias Bild.

Er bewegte nur die Augen, dann sagte er:

„Nein, ich bin nicht verheiratet! Ja, damals war es so, jetzt ist es aber auch noch so und wird wahrscheinlich bei Chinesen immer so sein."

„Wir Europäer sind nicht in der Lage, das zu verstehen, das ist nicht loyal."

„Verstehe", sagte der Schauspieler und sah aus dem Fenster auf die belebte Straße.

Nach einer langen Zeit, als Victoria mehr oder weniger die Hälfte ihrer Arbeit geschafft hatte, begann er, sich ein wenig zu bewegen. Er lächelte und schickte Victoria einen flehenden Blick. Er bot dann an, mit ihr essen zu gehen. An diesem Tag hatte er nichts zum Mittagessen gehabt und fühlte sich sehr hungrig. Essen war das Wichtigste für das chinesische Volk und sie verpassten so gut wie nie eine Mahlzeit. Die Chinesen sagten sogar, wenn sie Freunde auf der Straße trafen nicht "Guten Morgen" oder "Hallo", sondern stellten nur eine Frage als Begrüßung:" hast du schon gegessen?" Doch an diesem Tag hatte der Schauspieler wichtige Szenen eines neuen Films gedreht, war sehr beschäftigt gewesen und traf dann gleich Victoria.

Das winzige Lokal war nur zwei Blocks von seiner Wohnung entfernt. In dem Lokal standen nur 5 Tische. Zu dieser frühen Nachmittagsstunde war niemand da. Nur die etwas kräftigere Besitzerin begrüßt Long warmherzig und beide begannen, mit einem starken Pekinger Akzent zu sprechen. Es war, als ob sie einander schon immer gut kannten. Victoria war begeistert, diesen Pekinger Akzent zu hören, den Akzent, den sie so gut imitierten konnte. Der Schauspieler sagte, dass er vor Hunger sterbe und bestellte ein paar Gerichte und eine große Flasche Pekinger Bier. Die Besitzerin sah Victoria an und schwärmte erst von den guten Chinesischkenntnissen der Ausländerin, dann von ihrer europäischen Erscheinung. Sie fragte immer wieder, ob das Haar von Victoria echt war - nicht gefärbt? Keine Dauerwelle? Victoria fühlte sich wie ein Teil der chinesischen Welt, bestehend aus täglichen pünktlichen Mahlzeiten - Drei mal am Tag, frühem Zubettgehen am Abend, Mittagsschlaf gleich nach dem Mittagessen, tägliche Morgengymnastik Tai Qi Quan und anderen banalen Dingen, aber eben den Dingen, die dazu beitrugen, dass das chinesische Volk ein gesundes Leben führte. Victoria fühlte sich wie in einem "chinesischen Film" mit dem bekanntesten Schauspieler. Die chinesischen Gerichte kannte sie noch aus ihrer Kindheit, die Gerüche, und alles, was ihr in Peking gefallen hatte, war genau in diesem Moment einfach da.

Long aß, sah Victoria an und forderte sie auf, die Gerichte zu probieren. Er fühlte sich sehr wohl in ihrer Gegenwart, als ob er Victoria schon lange Zeit kannte. Das Mädchen war auch von einem Gefühl der Vertrautheit erfüllt, die der Schauspieler und andere chinesische Freunde rund um sie herum ausstrahlten. Ein Gefühl, das ihr erlaubte, sich frei zu fühlen, auf Chinesisch - sui bian 随便 . Das Konzept des sui bian 随便 meinte, „seid entspannt", keine erzwungenen Regeln. Zum Beispiel, wenn ein Gast jemanden besuchte, wurde er eingeladen, sich zu setzen, wo er wollte. Oder wenn eine Reise geplant war, und jemand konnte „sui bian" das Datum und die Zeit bestimmen.

Sui bian 随便 nahm unter den Einwohnern Pekings manchmal auch extreme Formen an und zeigte sich zum Beispiel durch lautes Schmatzen bei Tisch oder in der Neigung, Ausländern sehr persönliche Fragen zu stellen. Gelegentlich gingen die Bewohner der Stadt, weil sie „sui bian" Menschen waren, sogar in ihren Pyjamas auf die Straße und in den Läden einkaufen. Dann verbrachten sie in der Regel auch den ganzen Tag so gekleidet.

Sie unterhielten sich und der Schauspieler bat Victoria, von ihrem Studium, ihrer Heimatstadt und ihren Lieblingsspeisen zu erzählen. Dann, nach dem Essen, stellte Victoria noch sein Porträt fertig, nachdem sie in die winzige Wohnung im Herzen Pekings zurückgekehrt waren.

Pekings Stadtzentrum - voller Menschenmassen, Lärm und allen Arten von Gerüchen asiatischer Städte. Genau hier malte die junge Künstlerin in Frieden das Porträt des auf dem Stuhl sitzenden Schauspielers. Sein rundes Gesicht, die schwarzen Haare und die Augen, die mit der gleichen Neugier leuchteten wie die Augen von Victoria. Sie malte sein ausdrucksstarkes Gesicht voller Stolz, das Gesicht, das auch ohne Worte sprach. Vor dem Hintergrund der schmutzigen zerkratzten Wände, hatte sein Gesicht noch mehr Ausdruck. Der chinesische Schauspieler, der sicherlich viele Male Adlige, Krieger, Bettler oder den Kaiser spielte, jetzt saß er entspannt auf einem Stuhl und sein Gesichtsausdruck sprach nur ein Wort: sui bian 随便.

Nach der Arbeit stand der Schauspieler auf und betrachtete das noch feuchte Porträt. Er war begeistert und bedankte sich bei Victoria. Er wollte sie für das Gemälde bezahlen und erklärte, dass er ein so kostbares Geschenk nicht annehmen konnte. Das Mädchen schüttelte nur den Kopf und packte erfreut ihre Malausrüstung zusammen.

Am nächsten Tag kam der Fahrer des Schauspielers

am Nachmittag völlig unerwartet am Wohnheim vorbei und brachte ein Geschenk für Victoria, eine dekorativ verpackte kleine Box. Angenehm überrascht öffnete Victoria langsam ihr Geschenk, nachdem sie die Tür zu ihrem Zimmer geschlossen hatte. Die Geschenkbox enthielt ein in roter Seide verpacktes Jadearmband und eine handgeschriebene Notiz:

„Als Zeichen unserer Freundschaft, Long".

Jade – der Talisman der Langlebigkeit in China, der Stein, welcher Wohlstand, Gesundheit und Glück brachte und auch positive Veränderungen im Leben bewirken konnte. Von diesem Moment an trennte sich Victoria nicht mehr von ihrem neuen Talisman.

„Long will sicher mehr, ich glaube, er steht auf Europäerinnen!", meinte Eva, ergriff dann die Hände ihrer Freundin und betrachtete das neue Geschenk voll Bewunderung.

Ladies Night

Es war Donnerstag - Victorias Lieblingstag, weil sie da zur Disco gingen. Die beiden Mädchen Victoria und Eva waren schon von Morgens an guter Stimmung. Nach dem Abendessen folgte eine Modenschau und sie wählen die Kleidung für den Disco Klub. Jeden Donnerstag gab es im Lido Hotel, einem Hotel etwa 30 Minuten von der Universität entfernt, "Ladies Night" – mit freiem Eintritt für Frauen. Die meisten Studenten besuchten jede Woche diesen Ort, weil sich am Samstag nicht jeder den Eintritt leisten konnte. Taxis waren teuer, aber vor allem waren sie mit vier, manchmal fünf Personen besetzt. Die Fahrer störten sich nicht an der Anzahl der Passagiere, achteten aber auf einen hohen Preis. Das Hotel Lido war in der Nähe des Flughafens und man musste einige Zeit dorthin fahren. Der Donnerstag erwies sich als ein lohnender Tag für die Taxifahrer, welche oft zwischen dem Hotel und den Universitäten pendelten. Victoria liebte es, auszugehen und normalerweise gab sie ihr bescheidenes Stipendium nur am Donnerstag für Taxis, Abendessen im Restaurant des Hotels und Getränke aus. Dann, manchmal schon in der Mitte des Monats, hatte sie kein Geld mehr, ernährte sich dann nur noch von Gemüse und billigsten chinesischen Instantnudeln, um bis zum nächsten Stipendiumszahltag zu überleben, aber am Donnerstag war sie die "Dancing Queen"!

Schön gekleidet, parfümiert und toll geschminkt stiegen sie in ein überfülltes Taxi, voll von polnischen und jugoslawischen Frauen. Bevor sie zum Lido gingen, tranken alle schon ein Bier und lachten glücklich über die nachfolgenden Witze, die Eva erzählte. Der chinesische Taxifahrer schaute von Zeit zu Zeit etwas schockiert im Rückspiegel auf die fröhlichen und lauten „lao wai" - Ausländerinnen.

Das Hotel Lido begrüßte sie mit dem Luxus von tausend Lichten. In der Hotellobby mit Marmorboden standen die Skulpturen der chinesischen Terrakotta-Soldaten von Xian. In der Nähe der Haustür befanden sich weiche Sofas und Sessel in gedeckten Brauntönen. Die Tische schmückten Sträuße von frischen Blumen in schönen Vasen aus chinesischem Porzellan. Die jungen Frauen verhielten sich laut und zogen die Blicke und die Aufmerksamkeit der Leute in der Lobby auf sich. Immer noch lachten sie und folgten dem beleuchteten Korridor, dann ging es auf die zweite Etage zu Julianna's Disco. Auf dem Weg nach oben kamen sie an feinen Restaurants mit gedeckten Tischen voller glitzernder Gläser und diskretem Kerzenlicht vorbei. Vor dem Eingang der Disco standen schon eine Menge Studenten. Am Donnerstag besuchten auch gerne Geschäftsleute diesen Ort. Sie hörten pulsierende Musik und einen Moment später waren sie drinnen. Dort tanzte schon eine Menge Leute auf der Tanzfläche. An kleinen Tischen saßen bekannte Gesichter aus der Universität.

„Hi Masako!", sie gingen zu dem Tisch mit den japanischen Freundinnen.

„Kommt, setzt euch zu uns", sagte eine junge japanische Frau mit seidigem, rabenschwarzem Haar.

Sie bestellten Bier - das billigste Getränk in der Disco, danach sprachen Masako und ihre japanischen Freunde über ein Spiel in Japan - Bier trinken um die Wette. Wer das Getränk am schnellstem trinken konnte, bekam ein neues Glas kostenlos, bezahlt vom Verlierer. Nach ein paar Gläsern war die Atmosphäre schon sehr entspannt und die jungen Mädchen tanzten auf der von bunten Lichtern glitzernden Tanzfläche. In den bunten Lichtern kreiste ihre freudige Welt, sorglos und wild. Dann sprachen die Mädchen mit den Studenten, die neben der Tanzfläche standen.

Seit einiger Zeit bemerkte Victoria, dass ein sehr großer, eleganter Geschäftsmann in einem grauen Anzug sie beobachtete. Es hatte sie ein wenig verärgert, aber auch erfreut, die Aufmerksamkeit des anderen Geschlechts zu erregen. Dann kam er - wahrscheinlich ein Europäer – zu Victoria, und schenkte ihr ein breites Lächeln. Er hatte kurz geschnittene, graumelierte Haare und roch nach teurem Parfum.

„Hallo, wie geht's dir?", fragte er auf Englisch mit deutschem Akzent.

„Gut und dir?"

„Du kannst wirklich gut tanzen", machte er ihr weiter Komplimente. Gerade dieser Tanz war das übliche „Herumblödeln" nach ein paar schnell getrunkenen Gläsern Bier.

„Vielen Dank", antwortete sie höflich mit einem fragenden Blick auf ihrem Gesicht.

Er war nicht ihr Typ und an diesem Punkt hatte sie kein Lust mehr, sich mit ihm zu unterhalten, aber er bot ihr einen Drink an. Sie lehnte nicht ab und antwortete weiter auf seine Fragen. Er versuchte, sie anzumachen, aber das Gespräch „passte nicht zusammen". Der Fremde war ein Deutscher namens Klaus, der in Peking für eine Firma arbeitete. Er erzählte Geschichten von dem Unternehmen, in dem er arbeitete und langweilte Victoria ein wenig. Er war auch sicherlich viel älter als sie. Dann fragte er sie nach ihrem Studium in Peking. Eva winkte Victoria ständig von der Ecke des Raumes zu, wo sie mit Freunden aus der gleichen Universität saß. Victoria verspürte einen leichten Bierrausch, trotzdem bemerkte sie auch die interessierten Blicke anderer Jungen. Klaus ging auf die Toilette und Victoria ging sofort zu ihren Freunden an deren Tisch.

„Wer ist dieser Langweiler?", frage Eva ironisch, die ganz klar die Stimmung ihrer Freundin erkannt hatte.

„Klaus, er arbeitet hier und kommt aus Deutschland."

„Magst du ihn nicht?", fragte die rothaarige Polin, die wie eine Engländerin aussah.

„Nein, er ist nicht mein Typ. Sieht man das?", sagte Victoria und verdrehte die Augen.

„Lade ihn zu unserem Tisch ein, warum nicht?", sagte Eva enthusiastisch mit einem Lachen.

In dem Moment kam Klaus zurück und setzte sich zu ihnen an den Tisch. Dann gab er noch einen Drink für alle Studentinnen aus. Die rothaarige Eva schien sehr an ihm interessiert. Sie sprach die ganze Zeit, während Victoria die Situation nutzte und mit den anderen Mädchen tanzen ging. Die Mädchen tanzten auf der Tanzfläche und Eva winkte ihnen von Zeit zu Zeit zu. Victoria sah von der Ecke der Tanzfläche, wo sie tanzte, den Eingang der Disco. Dann betrat er den Raum, ein dunkel gekleideter schlanker Junge mit einem dunkelblauen Capi - Mr. Blue! Neben ihm stand eine Französin, die an der gleichen Universität studierte wie die Polinnen. Victoria fühlte einen Nervenkitzel. „Mr. Blue und sie?", dachte sie, ein wenig enttäuscht, ihn mit einem anderen Mädchen zu sehen.

Sie hatte ihn so lange nicht gesehen. Er stand in einer Ecke des Raumes mit der Französin und schaute gerade auf sie! Seine Augen waren wie immer faszinierend. Sie drehte sich um, um zu sehen, wohin er schaute, ob vielleicht hinter ihr nicht eine exotische Schönheit mit schwarzen Haaren stand, aber hinter ihr stand niemand. Dann begann sie, in die Dunkelheit zu gehen, so dass er ihr mit seinen Augen folgen musste. Ja, er beobachtete sie die ganze Zeit, er spielte wohl so gut wie sie Katz und Maus. Dann hatte sie ihn irgendwie verloren. Vergeblich suchte sie ihn mit dem Blick in allen Ecken der Disco, an der Bar oder am Eingang. Laute Musik und funkelnde farbige Lichter versetzen sie in eine gute Stimmung, aber zugleich fühlte sie plötzlich eine leichte Enttäuschung, dass er sie nicht mehr beobachtete und dass sie ihn nicht mehr sehen konnte. Sie wollte gerade zur Toilette gehen und kämpfte sich durch die Menschenmenge, die in der Nähe des Tür stand, als jemand sie leicht am Rücken berührte. Sie drehte sich um und dachte, dass es wahrscheinlich eine von ihren Kolleginnen war, die tanzen wollte und dann sah sie, wie seine riesigen schwarzen Augen sie anstarrten. Von seinen klugen Augen eingeschüchtert stand sie plötzlich überrascht da, wie "eingefroren". Mr. Blue wollte etwas zu ihr sagen, aber das konnte er nicht, weil von irgendwoher Eva kam und Victoria mit aller Kraft an der Hand auf die Toilette zog. Die überraschte Victoria konnte ihre Hand nicht befreien und folgte Eva.

„Ich muss dir unbedingt etwas erzählen! Hör zu: dieser Deutsche lud mich gerade zum Abendessen morgen in ein Fünf-Sterne-Hotel ein!", gackerte Eva strahlend.

„Ja, super", antwortete Victoria nachdenklich.

„Was soll ich anziehen?"

„Ich weiß nicht, vielleicht ein kleines Schwarzes, lass uns morgen darüber sprechen."

Als sie schnell von der Toilette in die Disco zurückkam, war Mr. Blue verschwunden. Nochmal lief sie vergeblich durch alle dunklen Ecken der Diskothek auf der Suche nach der bekannten schlanken Körperhaltung des Jungen mit dem dunkelblauen Capi.

Dann setzte sie sich wieder an den Tisch zu den japanischen Frauen. Sie lachten und unterhielten sich gerne mit einem fremden blonden Amerikaner, der sich auch gerade da hingesetzt hatte und Witze erzählte. Die Atmosphäre war verrückt und fröhlich. Dann befahl der Amerikaner allen, ihre Getränke auszutrinken und wieder tanzten alle auf der überfüllten Tanzfläche, verschwitzt aber glücklich, wie jeden Donnerstag um diese Zeit. Eine tanzende Menge mit Menschen aus so vielen Ländern der Welt. Wahrscheinlich war die Hälfte aller Ausländer in Peking genau zu diesem Zeitpunkt im Lido Hotel. In diesem Moment waren für die jungen Studenten Prüfungen und das Aufstehen am Morgen nicht wichtig. Es gab nur Musik, bunte Lichter und die Tanzfläche.

Langsam wurde die Disco immer leerer und leerer, das Bier in Victorias Kopf summte und die Mädchen wurden immer hungriger. Neben der Disco auf der gleichen Etage war eine Pizzeria 24 Stunden geöffnet. Alle gingen dort um 3 Uhr in der Nacht Pizza essen und unterhielten sich fröhlich weiter.

In der Nacht waren Taxis dann schwer zu bekommen, so dass sie eine halbe Stunde damit verbrachten, in einer langen Schlange zu warten. Einige Studenten tanzten immer noch betrunken auf der Straße -ohne Musik- und verhielten sich so laut, dass sie wahrscheinlich die schlafenden Gäste des Hotels aufweckten. Eva plapperte endlos über ihr Gespräch mit Klaus und das kommende Date. Victoria fühlte sich entspannt wie jeden Donnerstag, aber jetzt wollte sie nur so schnell wie möglich wieder in ihrem Bett liegen.

Die Fahrt zur Studentenwohnung dauerte nur kurz, da es vor Sonnenaufgang nur wenige Autos auf der Straße gab. Irgendwo fuhren laute chinesischen Dreiradautos oder alte, klapprige Lkws mit Waren aller Art beladen. Victoria liebte es, den Morgenverkehr auf dem Weg von der Disco zur Universität zu beobachten. Sie mochte das noch ruhende Leben in Peking betrachten, in der Stadt, die jeden Tag sehr früh erwachte. Frühmorgens faszinierten sie, wie immer, das trübe Licht, welches die graue Hu Tongs umhüllte, die Straßen, die Parks und die Erwartung der ersten Strahlen der Morgensonne. An solchen Morgen verspürte sie Begeisterung für den nächsten Tag. Eva fühlte sich während der Fahrt müde und döste kurz neben ihrer blauäugigen Freundin. Victoria sah auf die Straßen von Peking und wie üblich während der Fahrt stürzte sie sich in ihre Träume. Sie dachte an Mr. Blue und an den Moment, als sie sich umdrehte und er hinter ihr stand, aber leider nichts sagen konnte, weil Eva sie in den dunklen pulsierenden Lichtern an der Hand gezogen hatte. Sie erinnerte sich an seine Gestalt und seinen unglaublich tiefen Blick und fühlte das angenehme Kitzeln eines Geheimnisses.

Die Mädchen stiegen aus und gingen in die Straße, die zur Studentenwohnung führte, als sie plötzlich aus der entgegengesetzten Richtung die schwarz gekleidete Silhouette eines älteren Herrn kommen sahen.

„Eva! Versteck dich, das ist unser Geschichtsprofessor

Mr. Chang!", sagte Victoria und sprang in die nahen Büsche.

„Du hast recht", fügte die feuerhaarige Eva schnell hinzu und folgte der Freundin in die Büsche.

Leider blieb Eva dabei mit dem Bein an einem Zweig hängen und zerriss ihre schwarze Strumpfhose.

„Aua!"

„Ruhe!", kichernd saßen sie in den Büschen.

Professor Chang gehörte schon zu den sehr alten Menschen, aber wie die meisten Chinesen stand er jeden Tag in der Morgendämmerung auf und machte Sport. „Duan Lian Shen Ti" - was auf Chinesisch bedeutet, „den Körper trainieren". Er lief in schnellem Trab auf der Straße. Wahrscheinlich war er der erste Sportler, der an diesem Morgen unterwegs war. Zum Glück trug er eine dicke Brille und konnte die Studentinnen aus der Ferne vermutlich nicht sehen. Nun saßen die Mädchen im Gebüsch und steckten sich immer mehr mit Lachen an. Es war komisch, um diese Zeit im Gebüsch zu sitzen. Sie zwangen sich gegenseitig, nicht laut zu lachen. Sobald er vorbeigelaufen war, liefen sie so schnell wie möglich zum Wohnheim. Sie wollten keine anderen Lehrer treffen und Fragen beantworten, was sie um fünf Uhr morgens in schwarzen Minikleidern und mit zerrissenen schwarzen Strumpfhosen auf der Straße zu suchen hatten. Normalweise füllte sich die Straße und der Bereich vor dem Wohnheim nur eine Stunde oder eine halbe Stunde später mit chinesischen und ein paar ausländischen Studenten. Es konnte sein, dass auch ein paar Studenten, die gestern noch in der Disco tanzten, jetzt schon zum Sport kamen.

Jeden Tag fanden auf dem Platz vor dem Wohnheim um 6.00 Uhr früh Tai Qi Quan Übungen statt, an denen auch ausländische Studierende teilnahmen. Victoria plante regelmäßig, um 6 Uhr aufzustehen und regelmäßig tat sie es nicht. Sie war einfach nicht in der Lage, sich aus dem Bett zu wälzen. Sie war eine Nachteule, die am besten in der Nacht funktionierte. Es war schwer für sie, früh aufzustehen, nicht nur, wenn sie in der Nacht gemalt oder Kalligraphie geübt hatte. Manchmal verbrachte sie die ganze Nacht in der Disco oder auf einer Party, aber auch nach einer guten Nacht kam sie, nicht ein einziges Mal zum Frühsport.

Sie rannten in das Wohnheim und kletterten wie üblich durch eine bewegliche Kette der Schwingtür. Dann, schon in Victorias Zimmer, brachen sie in unkontrolliertes Gelächter aus, kurz nach dem Weckruf um fünf Uhr morgens. Victoria kochte Kaffee, aber schon nach einem kurzen Moment warfen sich die beiden müden Freundinnen mit der Kleidung auf das Bett. Sie planten, in 2 Stunden zu den Vorlesungen zu gehen, aber daraus wurde nichts und sie verschliefen den ganzen Vormittag.

Am Nachmittag klopfte die chinesische Lehrerin an die Tür. Die Mädchen hatten sich krank gemeldet, gelogen, dass sie gestern etwas Falsches gegessen hätten. Die zierliche Lehrerin schaute sie nur kurz mit ungläubigen Augen an und erinnerte sie daran, dass sie viele neue Wörter lernen und drauf achten sollten, am Montag wieder zur Vorlesung zu kommen. Jeder Tag ohne das Erlernen und Üben neuer Zeichen bedeutete Rückstand, weil die chinesischen Schriftzeichen das schwierigste Element im Chinesischen für Europäer waren.

Sie verbrachten einen faulen Freitag mit Gesprächen und damit, im Bett herumzuhängen, als sie plötzlich hörten, wie Evas Zimmernummer ausgerufen wurde.

„Das ist bestimmt der deutsche Mann", sagte Victoria, weiterhin im Bett liegend, mit einem Buch in der Hand.

„Ok, ich fliege", sagte Eva begeistert und rannte zu dem einzigen, schäbigen Telefon im Erdgeschoss des Gebäudes.

Nach einer halben Stunde kam sie wieder in Victorias Raum zurück und erklärte strahlend, dass sie schon an diesem Abend mit dem neuen Bekannten Klaus zum Abendessen ausgehe.

„Super, jetzt müssen wir schauen, was du anziehst."

„Minikleid und Ausschnitt?", die rothaarige Eva zwinkerte kokett mit einem Auge.

„Gerade nicht so! Nur ein wenig verführerisch, besser mit Klasse, edel. Lass uns in dein Zimmer gehen und zeig mir alle deine Kleider".

Nach einer Stunde Anprobe von dem Spiegel war das Kleid für das Date ausgewählt: ein elegantes schwarzes Kleid. Übrigens waren fast alle Kleider von Eva schwarz. Eva schminkte dann ihre Augen und vor allem ihre sehr hellen Wimpern mit schwarzer Wimperntusche, dann betonte sie ihre grünen Augen mit schwarzem Kajal.

„Also dann bis später", sagte Victoria und verließ den Raum der Freundin.

„Gut, ich komme später zu dir, bevor ich gehe, zum letzten Vorzeigen!", rief Eva.

Nachdem sie in ihr Zimmer zurückgekehrte war, breitete Victoria auf ihrem Schreibtisch transparente Papierrollen aus, die sie in Fachgeschäften für Kalligraphie gekauft hatte. In den Tintenbehälter aus Stein füllte sie die Tinte und dann tauchte sie sorgfältig den Bambuspinsel ein. Sie malte zwei Zeichen 北京 Beijing - Peking- was nördliche Hauptstadt bedeutete. Zeichen um Zeichen - konzentriert, entspannt, selbst in die magische Welt der Meditation eingetaucht. Nichts konnte sie ablenken. Kein Lärm, keine Fragen, stundenlang gab es nur einen Pinsel, Tinte und leicht transparentes Papier. Sie war in ihrer zauberhaften Welt voller Träume.

„Victoria, hey, Zeit aufzuwachen, Abendessen", die vertraute Stimme ihrer Freundin mit dem sommersprossigen Gesicht weckte sie plötzlich auf und Eva stand vor Victoria, wie aus der Unterwelt erschienen.

„Danke, ich habe die ganze Welt völlig vergessen", antwortete Victoria voller neuer Energie.

„Das nächste Mal werde ich das Zeichen von Glück-FU 福 üben, mein Lieblingszeichen", fügte sie hinzu.

„Ja, ich weiß, aber jetzt lass uns essen gehen. Du kannst nicht nur von Luft leben", sagte die Freundin.

„Aber du gehst doch gleich mit Klaus essen", entgegnete die Künstlerin überrascht.

„Nicht so bald, ich bin jetzt schon hungrig", antwortete der Rotschopf.

Victoria lebte von der Luft und der Kunst. Sie dachte nicht darüber nach, dass sie in der Cafeteria nichts mehr zu essen bekommen würde, wenn sie sich nicht beeilte, sodass sie dann wieder zum Abendessen Fan Bian Mian (billige Nudeln in kochendem Wasser) essen musste. Sie vergaß, ihre Eltern anzurufen oder Briefe zu beantworten, aber nie vergaß sie die Vorlesungen über Kalligraphie. In ihrer Leidenschaft für die Malerei schwelgend konnte sie stundenlang in einem Zimmer eingesperrt sitzen und chinesische Schriftzeichen mit einem Bambuspinsel, eingetaucht in schwarze Öltinte, schreiben. Oder Bilder malen - Szenen von einer chinesischen Straße. Manchmal malte sie auch Porträts von chinesischen Kindern oder alten Leuten. Auch die chinesischen Motive von Kaiserpalästen und Tempeln faszinierten sie. Sie liebte es, sich vorzustellen, wie die gleichen Paläste damals vor tausend Jahren aussahen, welche Aura damals auf der Straße herrschte, wie das Wetter damals war und welche Klänge man damals hören konnte.

Die Kantine war leer. Nur ein paar unappetitliche kalte Speisen waren übriggeblieben, die in einem großen Sieb im Fett schwammen. Die Mädchen kehrten hungrig ins Zimmer zurück und aßen wieder Fan Bian Mian-Instant Nudeln, die man mit kochendem Wasser übergoss.

„Oh, keine Sorgen, Eva, in einer Stunde wirst du im

Restaurant eines großen Fünfsterne Hotels essen", sagte Victoria verschmitzt.

„Oh ja! Ich kann nicht mehr warten, denn ich bin wirklich hungrig!", antwortete die rothaarige Freundin.

„Denk daran, dir etwas „Normales" zu bestellen, wovon man satt wird, nur keinen Salat."

„Also ich bestelle mir ein großes Stück Fleisch mit Kartoffeln, weil wir in ein europäisches Restaurant essen gehen", sagte die Freundin mit einem Augenzwinkern zu Victoria.

Eine wunderschön gekleidete Eva, natürlich in einem ihrer schwarzen Kleider, fuhr mit dem Taxi zum Abendessen mit Klaus. Sie parfümierte sich mit dem schweren Parfum „Opium", das sie von ihrer Mutter bekommen hatte, obwohl dieses Parfum besser zu reifen Frauen passte. Vorher hatte sie Fan Bian Mian gegessen, um nicht zu viel zu Abend zu essen, denn eine richtige junge Dame isst nicht so viel. Sie hatte ihr schönes, goldrotes Haar sorgfältig gekämmt. Trotz ihres jungen Alters hatte Eva etwas von einer englischen Dame der High Society an sich, vielleicht die guten Manieren und Zurückhaltung? Sie verließ den Raum mit leichtem Make-up und einem Lächeln auf ihrem Gesicht.

„Warte nicht auf mich, ich werde spät kommen!", rief sie und lachte laut, bereits auf dem Flur.

Victoria blieb in dem menschenleeren Raum zurück mit ihrer Kalligraphie und lebte nur von Kunst und Luft. Sie stellte ruhige Musik an und schrieb die Zeichen bis spät in die Nacht. Anschließend schlief sie wie ein Murmeltier.

Überraschung

Erst am späten Morgen wurde sie von Vogelgezwitscher geweckt. Die helle Sonne schien durch die Vorhänge und lud sie ein, den Tag zu beginnen. Victoria stand auf, trank ihren Morgenkaffee, hatte sich schnell angezogen und ging nach unten. Sie stieg auf ihr Fahrrad und begann mit aller Kraft in Richtung des Sommerpalastes die Pedale zu treten. Oft machte sie solch spontane Ausflüge auf der Suche nach Inspirationen für ihre Gemälde. Ein sonniger Tag und ein Hauch einer warmen Frühlingsbrise luden sie zum Radfahren ein. Der Sommerpalast befand sich in der Nähe des Universitätsbezirkes und Victoria benötigte nur wenige Minuten, um dort anzukommen.

Die Sommerresidenz des Kaisers am Stadtrand von Peking, auf Chinesisch 颐和园 Yi He Yuan, war tief in einem schönen Park versunken, hatte einen künstlichen See, „Kunming" genannt, und einen „Langlebigkeits" Hügel. Im Winter lebte der Kaiser in der Verbotenen Stadt im Herzen Pekings, auf Chinesisch 故宫 Gu Gong genannt. Der Sommerpalast wurde mit mehr als 100 Gebäuden gebaut und das erste Schloss wurde schon während der Jin-Dynastie im zwölften Jahrhundert erbaut.

Victoria stellte ihr Fahrrad ab. Am Eingang des Osttors kaufte sie eine Eintrittskarte. Starker Frühlingswind mit Sand aus der Wüste Gobi blies die ganze Zeit in ihre goldbraunen Locken. Wie üblich in solchen Momenten ging sie einfach langsam spazieren, träumte und beobachtete gleichzeitig die Welt. Viele Chinesen und am meisten chinesische Kinder hielten an und betrachteten sie neugierig. Dann, wie in der Regel, hörte sie das Wort: "Wai guo ren!" - ein Ausländer. Das Mädchen lächelte nur freundlich oder winkte und ging weiter, ohne eine Unterhaltung auf Chinesisch mit ihnen zu führen.

Victoria ging an den Ufer des Sees, wo sich, umgeben von Weiden und blühenden rosa Paradiesapfelbäumen ein Marmorschiff befand. Das Schiff – ein Pavillon aus weißem Marmor war während der Herrschaft von Kaiserin Ci Xi gebaut worden. Aus der Mandschurei kommend war Ci Xi eine Konkubine des Kaisers Xian Feng und sie kam durch zahlreiche Intrigen und Verbindungen zu mächtigen Leuten an die Macht. In der Geschichte Chinas war sie die einflussreichste Figur in der späten Qing - Dynastie. Offenbar hatte die Kaiserin Angst vor Wasser und das Schiff aus weißem Marmor, das aussah wie ein Dampfschiff, wurde für zahlreiche Bankette genutzt und war für die Erholung der Kaiserin am See vorgesehen. Ci Xi war bekannt für ihre Extravaganz und hatte das Geld für den Ausbau der Flotte für den Bau eines Marmorschiffes ausgegeben. Obwohl die

Verschwendung von Ci Xi oft kritisiert wurde, konnte dank ihr der Sommerpalast immer noch als der einzigartig erhaltene kaiserliche Garten bewundert werden.

Victoria war schon immer von der Geschichte der chinesischen Kaiserin fasziniert und versuchte, sich bei der Betrachtung der Formen des Marmorschiffes die damaligen Zeiten vorzustellen. Zum Beispiel, wie Kaiserin Ci Xi überall hin in einer Sänfte getragen wurde.

Das Mädchen ging weiter durch den Sommerpalastkomplex spazieren und traf zahlreiche Touristengruppen von Chinesen und auch Ausländern auf ihrem Weg. Im Frühjahr blühten rund um den schattigen Garten des Palastes überall Paradiesapfelbäume und Magnolien und strahlten mit ihren rosafarbenen Blütenblättern. Victoria konnte diese wunderschönen, zarten Blüten stundenlang anschauen, um sie gleich nach der Rückkehr zu malen.

Obwohl der Sommerpalast sich über viele Hektare erstreckte, wurde er im Laufe des Tages von mehr und mehr Menschenmassen überfüllt. Touristen liefen durch die Gassen, betrachteten und fotografierten die Palastpavillons oder fuhren über den See in Schiffen in der Form von Drachen oder mit gemieteten Tretbooten. Victoria beschloss, zurück zum Wohnheim zu fahren und in ihrem ruhigen Zimmer zu malen.

Als sie das Wohnheim betrat, reichte ihr die chinesische Hausmeisterin ein gefaltetes Blatt Papier und mit einem verdächtigen Blick auf das Mädchen berichtete sie, dass Herr Long vor zwei Stunden hier war und sie besuchen wollte.

„Xie xie!", Victoria bedankte sich bei der Chinesin, nahm den Zettel, rannte schnell die Treppe hinauf und dann erst in ihrem Zimmer packte sie das gefaltete Blatt Papier aus.

Sie faltete den Zettel auf und las auf Chinesisch:
„Ruf mich an, ich habe eine Überraschung für dich.

Long"

Gleich danach kam Victoria wieder nach unten und rief den Schauspieler von dem schwarzen, schäbigen Telefon zurück.

Er nahm den Anruf an und lud die Polin mit zufriedener Stimme, schon morgen Mittag, in das berühmte „Beijing Hotel" im Zentrum von Peking ein.

Victoria fragte noch, was für eine Überraschung er für sie hatte, aber er antwortete nur geheimnisvoll:

„Die Überraschung ist die Überraschung, bis morgen."

Eine nachdenkliche Victoria ging langsam die Treppe hinauf in den zweiten Stock und klopfte an Evas Zimmertür. Die rothaarige, ungeschminkte Freundin, bekleidet mit einer bequemen grauen Jogginghose und einem T-Shirt öffnete die Tür.

„Und? wie war es gestern?", fragte Victoria.

„Super, Klaus ist wirklich charmant", Eva blinzelte und schenkte der Freundin ein Lächeln.

„Und jetzt? Was nun?"

„Ich weiß es nicht, wir werden sehen", antwortete Eva und Victoria setze sich auf das Bett ihrer Freundin.

„Long hat eine Überraschung für mich und er hat mich schon morgen Mittag ins Beijing Hotel eingeladen."

„Vorsicht! Ich habe dir doch gesagt, dass er europäische Frauen mag, oder?", sagte Eva mit einem Augenzwinkern.

Nach dem Besuch in Evas Zimmer kehrte Victoria in ihr Zimmer zurück und malte noch bis Mittelnacht rosa blühende Paradiesapfelblüten, die sie im Sommerpalast gesehen hatte.

Am nächsten Tag wachte sie überraschend früh auf, kleidete sich in ihren hübschen chinesischen schwarzen Kimono und fuhr dann mit dem Fahrrad in Richtung Beijing Hotel.

Das Beijing Hotel - eines der ältesten Hotels in der Hauptstadt Chinas befand sich im Zentrum von Peking, in der Nähe des Tian An Men Platzes und der Verbotenen Stadt, des Winterpalastes der Kaiser. Victoria parkte ihr altes, schwarzes Fahrrad und ging zum ersten, dem älteren Eingang des Hotels, der im Stil der 30er Jahre gestaltet war. Das Beijing Hotel bestand in der Tat aus zwei Teilen: dem älteren und dem neueren, später gebauten Teil und hatte dem entsprechend zwei Eingänge. Bereits in der Lobby des Hotels sah sie eine Menge Kameras und ihr war sofort klar, dass hier ein Film gedreht wurde. Die Polin stand schüchtern in der Mitte der Hotellobby und strich ihre schönen, langen Locken aus ihrem Gesicht, als plötzlich der Schauspieler sie mit einem breiten Lächeln begrüßte.

„Sheng Li, Ni hao!", er begrüßte sie mit ihrem chinesischen Namen, was ihr sehr gefallen hatte.

„Ni hao!", antwortete auch sie und schenkte ihm ein Lächeln.

Er sah die offenen, schönen, langen Haare des Mädchens und dann fiel sein Blick auf das Jadearmband an ihrem schlanken Handgelenk.

„Gefällt es dir?", fragte er. Sie nickte.

„Vielen Dank für dieses kostbares Geschenk", antworte sie und senkte den Blick.

„Was ist jetzt mit der Überraschung?", fragte sie und schaute ihn gerade mit ihren tiefen, kornblumenblauen Augen an.

Der Schauspieler sah Victoria für einen langen Moment an, lächelte und sagte dann:

„In dem neuen Film brauchen wir in einer Episode eine europäische Schauspielerin, eine wie dich, was sagst du dazu?"

„Ich soll eine Rolle in dem Film spielen? Aber..."

„Ja, dies ist eine kleine Rolle, wenn du möchtest, und das ist meine Überraschung."

„Aber ich bin keine Schauspielerin und ich weiß nicht, ob ich für diese Rolle geeignet bin."

Victoria wurde ganz heiß, aber sie fühlte auch die Aufregung einer neuen Herausforderung. Auf der anderen Seite packte sie Unsicherheit, ob vielleicht das ganze Ereignis mit Long nicht nur ein Witz war.

„Ich werde dich gleich unserem Regisseur vorstellen,

deine Rolle hat nur ein paar Sätze auf Englisch. Die Handlung des Filmes spielt in den 30er Jahren, du weißt also, dass alle Schauspieler Kostümen aus dieser Zeit tragen. Ich hoffe, dass du heute viel Zeit hast?"

„Ja, heute ist Sonntag", sagte sie und versuchte, ihre wachsende Aufregung zu verbergen.

„Prima, ich freue mich!"

Victoria schien es, als ob sie sich in einer Traumwelt befand. Das ganze Hotel war voll von Menschen aus der Filmindustrie. Ein Teil davon wurde gesperrt und nur die Filmleute hatten dort Zugang: Schauspieler, Assistenten, Kameramänner und so weiter. Victoria kam mit dem Schauspieler in den großen Saal, wo sie kurz dem Regisseur vorgestellt wurde.

„Das ist Sheng Li oder Victoria. Sie studiert die chinesische Sprache und kann auch wunderschön malen", sagte Long mit hörbarer Faszination in seiner Stimme.

Der Regisseur sah sie aufmerksam an.

„Schön, dich kennenzulernen. Ich bin Chen. Du hast einen schönen Namen, und oh, was für schönes Haar! Allerdings, für die Szenen im Film müssen wir deine Haare binden und frisieren."

Victoria nickte. Gleich danach erklärte er, was ihre kleine Rolle in dem Film war. Die schöne Victoria sollte die Frau eines britischen Diplomaten spielen, die zum Bankett kommt. In der ersten Szene sollte sie bei der Ankunft die anderen Gäste begrüßen. In der zweiten Szene richtete sie einen Toast an den Gastgeber des Banketts. Der Regisseur rief eine Assistentin, die Victoria sofort zum Umkleiden und Schminken mitnahm. Der Schauspieler fragte Victoria nochmal, ob alles in Ordnung war und ob sie einverstanden war, sich an diesen Szenen zu beteiligen. Für Ihr Spiel würde sie auch eine kleine Geldsumme bekommen.

„Ja, es ist auf jeden Fall eine neue Erfahrung für mich."

„Wir sehen uns bald am Set", Long winkte noch und ging mit dem Regisseur in eine andere Richtung.

Victoria folgte der Regieassistentin. Diese ihr bisher unbekannte Welt bewirkte, dass ihre Hände immer kälter und feuchter wurden und ihre Wangen immer wärmer und rosiger.

In der Garderobe bekam sie einen Zettel mit dem Text. Sie konnte ihn sich schon nach dem ersten Durchlesen merken. Dann probierte sie viele schöne Kleider aus den 30er Jahren an, mit einer niedrigen Taille, voller Perlen, Quasten und Stickereien. Die Assistentin lobte Victorias Chinesisch und bewunderte ihre langen Locken. Nachdem sie ein cremefarbenes Kleid mit aufgenähten goldenen Perlen ausgewählt hatten, begann der lange Prozess des Schminkens. Victorias helle Haut wurde mit einer dicken Schicht flüssiger Grundierung und Puder bedeckt, ihre Augen dunkel geschminkt und auch ihren Mund bedeckte ein dunkler Lippenstift. Als sie zum ersten Mal in den Spiegel schaute, kam es ihr so vor, als ob sie jetzt 10 Jahre älter wäre. Ihre weichen Locken wurden mit vielen Clips fixiert, bis der Eindruck einer kurzen Frisur aus der damaligen Zeit entstand.

Nach ein paar Stunden betrachtete sich Victoria mit Faszination selbst im Spiegel als europäische Dame aus den 30er Jahren.

Schließlich wurde das Bankett gefilmt. In dem großen Saal des Hotels standen viele runde Tische voller Gläser und kalter Speisen. Schauspieler, Statisten, Assistenten, Kameras und der ständig von einem Ort zum anderen laufende Regisseur. Als sie auf Ihre Szene wartete, sah Victoria den gut aussehenden Schauspieler in einen eleganten Anzug der 30er Jahre gekleidet. Neben ihm stand eine schöne chinesische Schauspielerin, aber Victoria kannte sie nicht. Long winkte Victoria zu und schickte ihr einen bewundernden Blick. Die Schauspielerin sah die Studentin überrascht an, dann sah sie den Schauspieler an und flüsterte ihm etwas ins Ohr. Victoria konnte auf dem schönen Porzellanteint der Schauspielerin Unzufriedenheit lesen. Long sah zur Seite, er wirkte etwas verlegen. Bald darauf begannen sie, die erste Szene zu drehen.

Die zwei Szenen, an denen Victoria teilnahm, wurden mehrmals wiederholt, bis der Regisseur zufrieden nickte. Der gesamte Prozess, ein paar Szenen zu filmen, nahm viele anstrengende Stunden in Anspruch und endete erst am Abend. Zwischendurch aß Victoria schnell etwas in der Cafeteria für die Filmcrew. Von Zeit zu Zeit kam der Schauspieler Long zu ihr, aber sie hatten nicht viel Zeit, sich zu unterhalten, weil viele Szenen öfters wiederholt werden mussten.

Während des langen Tages wollte Long mehrmals Victoria die Hauptdarstellerin vorstellen, aber die Schauspielerin, in einem schwarzem Kleid im Stil von Coco Chanel, war immer sehr beschäftigt. Sie lief mit einem ernsten Ausdruck auf ihrem Gesicht immer wieder von Long weg und vermied es offenbar, die junge ausländische Studentin kennenzulernen.

Es wurde spät. Victoria fühlte sich glücklich nach diesem erstaunlichen Tag voller neuer Erfahrungen, aber zugleich spürte sie zunehmende Müdigkeit. Sie wollte sich einfach schnell verabschieden und mit dem Fahrrad zurück zu ihrem Wohnheim fahren. Long erlaubte dies jedoch nicht.

„Es ist spät, mein Fahrer wird dich zurückfahren."

„Aber ich bin mit dem Fahrrad hierhergekommen."

„Kein Problem. Das Fahrrad packen wir in den Kofferraum."

Am Ende des langen Tages gab er ihr den Umschlag mit ihrer Bezahlung und sagte, dass er bald anrufen würde, damit sie zusammen die Aufnahmen im Beijing Hotel anschauen konnten.

Victoria empfand ein schönes Gefühl: ihr eigenes selbst verdientes Geld zu haben. Mit ihrem Lohn für den Film, ging sie schon am nächsten Tag zusammen mit Eva zu einem teuren Restaurant und sie bestellten ein paar ihrer Lieblingsgerichte: Gong Bao Huhn mit Nüssen, würzigen Mapo Tofu nach Sichuan Art, Wasserspinat, Pekingkohl mit Xiang gu Pilzen und zwei große Flaschen Bier. Victoria erzählte ihrer rothaarigen

Freundin von Longs Überraschung und dem Drehen der Szenen in Beijing Hotel. Nach Festessen und langen Gesprächen entschieden sie noch spontan, zur Disco des Lido Hotels zu fahren. Dort war unter der Woche nicht viel los, aber die Freundinnen tanzten glücklich bis spät in die Nacht. Als sie mit dem Taxi zurück zum Wohnheim fuhren, beobachteten sie, wie immer um diese Zeit, die noch schlafende Stadt Peking.

„Das Leben ist schön, nicht wahr? Daher müssen wir jeden Tag auskosten, als ob es unser letzter wäre. Wer hat das geschrieben?", fragte Victoria lachend.

Eva schüttelte nur den Kopf und schaute die Freundin mit müden Augen an.

„Vielen Dank für das leckere Abendessen, das war heute wirklich toll! Nur schade, dass wir in ein paar Stunden für die Vorlesungen aufstehen müssen", antwortete Eva gähnend, wie immer rational.

Ein paar Tage später, rief Long Victoria wie versprochen an und lud sie zum Abendessen ins Beijing Hotel ein. Er sagte, dass die Aufnahmeszenen in Peking zu Ende gingen und die ganze Filmcrew in zwei Tagen nach Tianjin reisten würde. Wegen seiner kolonialen Vergangenheit befanden sich in der nicht weit von Peking liegenden Hafenstadt Tianjin eine Menge europäischer Gebäude im Stil der 30er Jahre. Dort sollten die nächsten Szenen des Filmes gedreht werden.

Sie trafen sich in dem gleichen großen Saal des Hotels, im dem der Film gedreht werden war. Dort arbeiteten immer noch viele Menschen und sammelten jetzt Requisiten von den Tischen und packten sie in große, schwarze Kisten. Long zeigte der Polin auf einem Monitor ein paar Szenen aus dem Film und die, in denen sie mitgewirkt hatte. Victoria fand es seltsam, sich selbst auf dem Bildschirm zu beobachten, wenn auch nur für einen kurzen Moment. Sie konnte sich nicht erkennen und staunte, wie starke Schminke das Aussehen einer Person verwandeln konnte. Beim Abendessen mit mehreren Personen aus der Filmcrew sprach Long darüber, wie ein Film gedreht wurde. Es war eine andere Welt, die Welt des Films - voller Lichter, Termine, Reisen, Ausflüge, Interviews, verpasste Mahlzeiten. Victoria hörte diese Geschichten mit Interesse, aber ihre Gedanken flogen in eine andere Richtung. Das Mädchen dachte an den Moment, wenn sie in das Wohnheim zurückkehren würde, einen Pinsel in die Hand nehmen, ihn in flüssige, schwarze Tinte tauchen und sich den Kalligraphieübungen hingeben würde.

Mr. Blue

Der Sommer in Peking war gekommen. Plötzlich und ohne Vorwarnung. Auf einmal verwandelten sich die windigen Frühlingstage in Hitzetage. Man konnte diesen Übergang nicht fassen. Auf einmal stieg die Temperatur unmittelbar an, nicht schrittweise über mehrere Tage. Dieser Moment führte dazu, dass langsam die Ferien nahten. Nur noch wenige Wochen und die Vorlesungen würden zu Ende sein.

An einem der ersten heißen Tage des Jahres ging Victoria zu einer Nachmittagsvorlesung. Die Sonne war stark und ihr hellbraunes Haar schimmerte in ihren Strahlen wie Gold. Beim Gehen war sie tief in Gedanken versunken, dann sah sie mehrere Menschen zu Fuß vor sich. Bei den meisten dachte sie, dass es Mädchen aus Spanien sein müssten, die alle schwarze Haare hatten und da war auch er - Mr. Blue persönlich! Dann standen die Mädchen auf dem Weg und unterhielten sich laut gestikulierend auf Spanisch. Victoria musste sie überholen. Als sie an den Mädchen vorbei war, stand er da und schaute sie wieder an. Ja, er stand da, ein schlanker Junge mit riesigen Rehaugen, wie üblich, ganz in Blau gekleidet. Seine schwarzen Augen sahen sie an und langsam ertrank sie in diesen dunklen Seen, sie zogen sie in die Tiefe, eine Tiefe, die geheimnisvoll und gefährlich war und sie dennoch reizte.

Dieser Moment dauerte ewig – blaue, slawische Augen versanken im Abgrund „dunkler Seen" und ein bisher nicht bekannter Strom an Gefühlen floss durch ihren Körper. War es das, was Begeisterung und Leidenschaft bedeutete? Und vielleicht war es das, was man „Schmetterlinge im Bauch" nennt? Schmetterlinge, die beginnen, intensiv zu fliegen?

Jedes Mal, wenn sie ihn traf, ging von ihm eine unsichtbare Macht der Faszination und des Zaubers aus. Dieses Gefühl war stärker als alles. Ein köstliches Kribbeln im Bauch, eine verbotene exotische Frucht, die an einem Baum hing. Sie wollte diese Frucht so schnell wie möglich pflücken, aber es fehlte ihr der Mut. Ihr Herz schlug schneller und sie wollte einfach nur weglaufen. Eine geheimnisvolle Kraft ließ sie wieder auf seine schlanke Figur schauen und dann, er fing ihren Blick auf. Die „dunklen Seen" schauten gerade ihre langen Locken an. Schneeweiße Zähne lächelten sie an. Sie lächelte auch schüchtern zurück. Dieses Strahlen in seinen Augen versprach Geheimnisse. Sie wollte ihn endlich kennenlernen, denn sie kannte ihn schon seit langer Zeit, einfach vom Sehen. Auf der anderen Seite ergriff ihre Schüchternheit Besitz von ihr und wahrscheinlich würde sie kein Wort sprechen können, wenn er sie jetzt etwas fragen würde.

Sie konnte sich nicht recht auf die Vorlesung konzentrieren, die Lehrerin sagte etwas und sie dachte nur immer wieder an die „tiefschwarzen Seen" und die dunkle Haut, die in der Sonne wie kostbare Seide schimmerte. Victoria war von diesem erstaunlichen Gefühl eingenommen, jedes Mal, wenn sie sich trafen, tauchte dieses faszinierende Gefühl auf. Sie liebte dieses Gefühl. Ohne dieses Gefühl und leider auch das Gefühl eines Dilemmas war sie nicht in der Lage, eine Künstlerin zu sein.

„Woher kommt er, er hat wahrscheinlich Spanisch oder Portugiesisch gesprochen?", dachte sie. „Vielleicht besucht er hier seine Freundin, weil er nicht von unserer Universität ist. Nein! Er kann keine Freundin haben!" Ohne ihn zu kennen, war sie schon eifersüchtig. Auf einen ausländischen hübschen jungen Mann? Er war anders, interessant, mit seinen faszinierenden Augen. Sie überlegte und fragte sich immer wieder, warum Menschen Sprachen brauchten, wenn sie schon alles auf den Gesichtern lesen konnten. Na ja, fast alles, aber man konnte zumindest sehen, ob man jemanden mochte. Sie erinnerte sich an die Episode im „Friendship Store" und ihr erstes Treffen, und dann an die Party in der Botschaft und den gleichen durchdringenden Blick, oder einfach nur an den Abend in der Disco, als sie beide „Katz und Maus" gespielt hatten. Den gleichen Jungen sah sie kurz nach ihrer Ankunft in Peking, die gleichen großen Augen sah sie mit so viel Interesse, der gleiche katzengleiche Laufstil. Sie vertiefte sich in Träume und Phantasien von Mr. Blue, war dann irgendwo weit weg auf unbewohnten Inseln, mit azurblauem

Meer und weißem Sand.

Plötzlich riss die Stimme ihrer Lehrerin sie aus ihren Träumen und forderte sie auf, einen Text aus der Zeitung zu lesen und ihn dann mit einfachen Worten zu übersetzen. Sie lachte verträumt und fing langsam an zu lesen.

Für ein paar Tage war sie total abgelenkt und dachte nur an Mr. Blue. Sie fürchtete dann, dass er auf jeden Fall eine Freundin hatte, vielleicht eine von den spanischen Frauen. Außerdem sah sie ihn immer mit weiblicher Begleitung. Vor kurzem mit dieser Französin in der Disco. Er war nicht für sie bestimmt, er war sicherlich schon vergeben.

Die Tage vergingen wie im Flug und nichts Besonderes passierte, bis sie eines Tages mit den tunesischen Nachbarinnen Couscous kochte – ein traditionelles tunesisches Gericht. Salma und Latifa, die beiden Nachbarinnen, waren sehr fürsorglich und kümmerten sich um sie wie eine Mutter. Die beiden waren sehr schön und hatten lockige, lange, schwarze Haare. Salma war zierlich und klein, Latifa rund und feminin. Sie fragten Victoria immer, ob sie etwas gegessen hatte, wenn sie sich zufällig auf dem Flur trafen. Jeden Tag drang aus ihrem Zimmer der köstliche Duft von exotischen Gewürzen in Tomatensauce oder der Duft der süßen Plätzchen Bachlava. Victoria liebte dieses würzige, exotische Essen, das mit dem arabischen Gewürz Harrisa verfeinert war. Heute war der Tag, um tunesische Gerichte zu kochen und andere köstliche Leckerbissen.

„Victoria, wasch das Gemüse", sagte Salma.

„Mache ich", sagte sie und ging in den Waschraum, den Platz im Wohnheim, wo man Gemüse waschen konnte, sich auch die Zähne putzte und manchmal auch andere Teile des Körpers wusch, weil es heißes Wasser in der Dusche nur am Abend gab und es dann auch nur für ein paar Stunden zur Verfügung stand.

Er stand vor einem großen Spiegel im Waschraum und schrubbte und spülte Tomaten und Karotten, als sie ihm im Spiegelbild sah! Mr. Blue! Wahrscheinlich weniger als 2 m von ihr entfernt!

Er hielt eine Blechschüssel voller Gemüse und war sicher auch hierhergekommen, um Gemüse zu waschen. Er sah aus wie immer, schön, schlank, groß, mit schönen großen Augen. Victoria hatte sofort ein gerötetes Gesicht und wollte nur weglaufen, dahin, wo der Pfeffer wächst, als sie ihn sagen hörte:

„Hallo, ich sehe, wir haben die gleiche Aufgabe", beim Lächeln zeigte er seine schneeweißen Zähne.

„Hi", antwortete Victoria schüchtern, sah ihm für einen Moment gerade in die Augen.

Sie dachte, wie wundervoll er aus der Nähe aussah. Er fragte sie, wie es ihr gehe, und sie antwortete schüchtern „fein", aber sie fühlte sich wie vor einem Fallschirmsprung bei Höhenangst! Ihr war schlecht und sie fühlte sich schwach, sie senkte ihren Blick vor den Blicken der „dunklen Seen".

„Wie ist deine Name und woher kommst du?", fragte

er freundlich.

„Ich heiße Victoria, bin Polin und du?"

Seine eindrucksvolle, tiefe Stimme hypnotisierte sie und seine dunklen Augen mit den langen Wimpern folgten jeder ihrer Bewegungen. Sie warf ihre Haare aus dem Gesicht zurück und er sah sie mit Interesse an.

„Du hast einen schönen Namen. Ich bin James aus Jamaika, aber ich lebe in den USA. Heute besuche ich eine Freundin und wir kochen zusammen."

„Jamaika? Das karibische Paradies auf Erden."

„Ja, ich sehe, dass du gut mit der Geographie vertraut bist."

Hitze und Kälte überfluteten sie im Wechsel und sie war wie gelähmt. Ihr steckte ein Kloß im Hals und sie wollte einfach nur verschwinden!

„Schön, dich kennenzulernen, leider muss ich gehen", sagte sie.

„Warte, können wir uns mal treffen?", fragte er und die weißen Zähne lächelten wunderbar.

„Vielleicht am Freitag um 21.00 Uhr?", hörte sie ihre eigene Stimme!

„Toll, aber wie ist deine Zimmernummer?", fragte er.

„388, bis dann!", sprach wieder die fremde Stimme.

Sie lief keuchend in ihr Zimmer und ließ sich auf das Bett fallen. „Was habe ich getan? Ich werde ein Date haben, erstaunlich!", dachte sie und war so glücklich. Sie sprang auf das Bett, als Latifa den Raum betrat und fragte, was passiert sei. Victoria musste sich zuerst beruhigen, sie war nicht in der Lage, sich selbst zu verstehen und auch was passiert war. „Ruhig, ist das alles nur ein Teil des Traums? War er wirklich da?", fragte sie sich innerlich.

„Oh, nichts", antwortete sie der sympathischen Tunesierin und begann zu lachen.

Sie hatte dieses unglaubliche Gefühl, die verbotene Frucht zu versuchen. Jetzt war nichts wichtiger, als nur in der Lage zu sein, weiterhin die "verbotenen dunklen Seen" anzustarren. Wieder zog eine unsichtbare Kraft sie in seine Richtung. Dieses Gefühl war stärker als jedes logische Denken. Sie fragte sich, ob es möglich war, sich auf den ersten Blick zu verlieben. Was ist mit langsamem Kennenlernen und sich selbst als Partner entdecken, so wie Eva es gemacht hatte? Erst ein Treffen und über gemeinsame Themen sprechen, nach ein paar Tagen der erster Kuss etc. etc. Nichts davon! Ihr Verstand wurde überwältig vom Sturm der Gefühle. Sie wollte sofort wieder zum Waschraum gehen oder ihn in einem anderen Zimmer finden und sich auch weiterhin mit ihm unterhalten. Ihm direkt in die Augen zu schauen, und ihn dann küssen! Für einen Moment schien es, als ob sie diesen Moment und das Gefühl seines Kusses auf ihrem Gesicht schon erlebt hätte, sie fühlte seine Nähe.

„Hallo Victoria, wir kochen, wir müssen jetzt das Gemüse in kleine Stücke schneiden, hier ist das Messer und das Schneidebrett", hörte sie plötzlich Latifas Stimme.

„Ach, es ist bereits geschnitten", sie wachte aus dem Zustand des Rausches auf.

„Victoria, komm auf die Erde zurück", fast gleichzeitig sagten dies die beiden tunesischen Freundinnen, weil sie wussten, dass Victoria oft in ihrem Luftschloss lebte. Die Beiden fingen an, zu lachen, und Victoria lachte schließlich auch.

Victoria war oft in einem traumverlorenen Zustand und reagierte nicht auf die ihr gestellten Fragen. Das Abendessen war sehr gut und das Couscous schmeckte sehr lecker. Sie sprachen viel über Tunesien, erzählten Victoria von lokalen Gewohnheiten und Lebensmitteln. Bald würde Ramadan sein - die Fastenzeit in der islamischen Religion. Sie sagten, dass sie dann für einen Monat fasten müssten, am Tag dürften sie nichts essen oder trinken. Sie müssten auf den Abend warten. Erst dann kam die Zeit, das Fest zu feiern.

„Kann man es ohne Nahrung den ganzen Tag aushalten, auch ohne zu trinken?", fragte sie.

„Es ist eine Sache der Gewohnheit, abends und spät in der Nacht essen wir und trinken sehr viel Wasser", sagte Latifa.

„Interessant", entgegnete sie.

Victoria hatte mit Interesse die Geschichten der Tunesierinnen angehört. Sie waren in der Tat wie ihre Schwestern. Sie liebte ihr Wesen. Sie sprachen mit ihr wie Schwestern, Schwestern, die Victoria nie hatte. Täglich kochten sie köstliche hausgemachte Speisen. Sie waren Naturtalente! Wie geborene Mütter und jetzt ihre Freundinnen. Sie kümmerten sich darum, dass sie etwas zu essen bekam und Victoria kannte bald ein paar Worte auf Arabisch. Sie stellte sich die Welt in Tunesien vor, warmes Meer und der herrliche Duft frisch zubereiteten Couscous. Sie war in dem Zimmer der Freundinnen zu Hause. Immer wieder kamen die Gedanken an den bevorstehenden Tag zurück, wie ein Bumerang, die Gedanken an Mr. Blue.

Vor dem Schlafen lag sie voller Zweifel und Hoffnungen im Bett und wusste nur eins, sie wollte Mr. Blue wiedersehen. Das Gefühl der Aufregung erlaubte ihr nicht, zu schlafen. Sie stand auf und wie in letzter Zeit so oft spät in der Nacht, wickelte sie transparente Papierrollen auf und gab sich dann ganz der Kalligraphie hin. Schrieb das Zeichen 福, was Glück bedeutete, stundenlang übte sie die richtige Technik. Sie bemerkte noch nicht einmal, als es anfing, zu dämmern und sich hinter dem Fenster die ersten chinesischen Läufer und Tai Ji Quan Übenden zeigten. Unausgeschlafen und mit dunklen Ringen unter den Augen ging sie kurz vor 8.00 Uhr morgens zum Unterricht.

Sie hatte die Tage, Stunden, Minuten und Sekunden gezählt und schließlich kam der Freitag - der Tag ihrer Verabredung. Victoria war schwach, weil sie seit ein paar Tagen nichts gegessen und fast nicht geschlafen hatte. Sie konnte sich jetzt vorstellen, wie es war, wenn man während des Tages nichts zu essen bekam, fast wie die tunesischen Freundinnen während des Ramadan. Krank und müde vom Warten auf ihn konnte sie sich nicht mehr konzentrieren, weder auf das Lernen noch auf das Malen. Sie hatte aufgehört, Bilder zu malen oder ihre Lieblingskalligraphie zu schreiben. Sie war wie in Trance, voller unbeschreiblicher Erwartungen. Sie fühlte sich glücklich und traurig zugleich. Abgelenkt und erschöpft. Von Zeit zu Zeit versuchte sie, auf den grünen Wegen der Universität spazieren zu gehen. Nur ausgedehnte Fahrradtouren in die Umgebung konnten sie für einen Moment beruhigen. Manchmal schien es ihr, dass es ein Traum war, und dass das Treffen mit Mr. Blue im Waschraum des Wohnheims nie wirklich passiert sei. Jeden Tag schossen ihr tausend naive Fragen durch den Kopf, ob er nicht etwas vergessen hatte, den Tag des Treffens, ihre Zimmernummer oder wie sie hieß.

Er klopfte am Abend ein wenig verspätet an ihre Türe, hielt eine blaue Orchidee in seiner Hand. Er lächelte und Victoria wäre jetzt am liebsten im Boden versunken, aber es war zu spät - nachdem sie ihn hierher eingeladen hatte. Ist dies ist nur eine vorübergehende Bekanntschaft? Jedes Mal, wenn sie sich versehentlich getroffen hatten oder einander einfach nur ansahen, waren auf seinem Gesicht die Gefühle geschrieben - ein Geheimnis, die Faszination, die Spannung und die Begeisterung. Die Faszination für das Anderssein, die Schönheit der anderen Kultur, eine Faszination für die Entdeckung eines neuen Landes, das bisher jugendlichen Mädchen aus gutem Hause unbekannt war. Aufregung beim Blick auf seinen schönen, athletischen Körper, schlank und stark zugleich. Sie versuchte, ihre Gefühle zu kontrollieren, aber ihr Herz hämmerte jetzt schnell und es stockte ihr der Atem. Er gab ihr die Blume. Seine Hände waren trocken und warm. Victorias Hände waren dagegen klamm und kalt wie Eis und jetzt war sie noch rot wie eine Tomate!

„Wir kennen uns schon lange, vom Sehen, und jetzt können wir uns endlich kennenlernen", sagte er leise mit tiefer Stimme.

„Ja, wir kennen uns seit einiger Zeit", Victoria versuchte, sich gelassen zu geben.

„Ich erinnere mich an unser erstes Treffen im Friendship Store", bemerkte James.

Wahrscheinlich war er genauso aufgeregt wie sie, aber ohne seine Gefühle zu verraten. Nur die glänzenden Flammen in seinen Augen sagten noch etwas anderes, verrieten seine Aufregung. Er sah sie mit leicht zusammengekniffenen Augen mit langen Wimpern an. Die gleichen Augen, an die sie am Tag, am Abend und auch in der Nacht gedacht hatte. Schön, groß, dunkel - seine Augen hatten eine geheimnisvolle Tiefe und die Wärme und die Sanftheit der Augen eines Hirsches. Er saß bequem auf den bunten Kissen und sein charmantes Lächeln zeigte Entspannung und Zufriedenheit.

Victoria aber fühlte sich von seinem Blick eingeschüchtert, sie hatte rosige Wangen und war völlig unfähig, ihm direkt in die Augen zu sehen. Sie hatte lange auf diesen Moment gewartet und konnte jetzt nicht glauben, ihm endlich gegenüber zu sitzen. Schon die geringste Bewegung von ihm verursachte wachsende Aufregung bei ihr. Sie fühlte, wie ihr ganzer Körper kribbelte, als ob unsichtbare Ameisen darüber krochen, über ihren Hals, die Arme, den Rücken. Sie war wie unter elektrischer Spannung. Durch ihren Körper flossen unsichtbare Wellen von Elektrizität, oder vielleicht waren sie beide wie Magneten, die sich jetzt unwiderstehlich anzogen?

„Dieser exotische James ist schön und riecht nach Kakaobutter oder ähnlichem", unkontrollierte Gedanken flogen in Strömen durch Victorias Kopf.

Manchmal sah sie ihn mit Bewunderung an und staunte über seinen athletischen Körperbau und die seidige, dunkle Haut. Dann flohen ihre Augen wieder, bis er sie auf frischer Tat ertappte. Dann lachten die beiden ein hemmungsloses, glückliches Lachen, als hätte er ihre Gedanken lesen können, als ob sie und er seit langer Zeit Freunde wären und einander seit vielen Jahren kennen würden.

Sie wechselten das Thema. Er erzählte ihr von Jamaika. Er sprach langsam von einer tropischen Insel, gleichzeitig beobachtete er Victorias gerötetes Gesicht und ihre hellen, strahlend blauen Augen.

„Meine Familie stammt aus Jamaika, Kingston. Wir besuchen oft unsere große Verwandtschaft und natürlich meine Großeltern. Die Insel ist umgeben von wunderschönen Stränden, hat tropische Wälder und mehrere Wasserfälle. Eigentlich kenne ich den Ort nur aus meiner Kindheit, denn seit vielen Jahren lebt meine Familie in den Vereinigten Staaten", sagte er.

„Wo in den USA?"

„Florida, wo viele aus meiner Familie wohnen", antwortete James.

Sie hörte diese Geschichten mit Interesse, nahm alle seine Worte in sich auf und von Zeit zu Zeit strich sie sich die langen, widerspenstigen Locken aus dem Gesicht. James lächelte und blickte auf die mit Gemälden und Kalligraphie dekorierten Wänden des Mädchenzimmers. Dann sah er noch eine in der Ecke stehende Staffelei und ein Regal voller Pinsel unterschiedlicher Größe und Farbdosen.

„Du malst?", fragte er und sah Victoria voller Überraschung und Freude an.

„Wunderschön!", sagte er dann leise.

„Danke, Malerei und Kalligraphie sind meine Hobbys", sagte das Mädchen schüchtern.

„Nur ein Hobby? Möchtest du nicht vielleicht an der Kunstakademie studieren?"

„Ja, das ist mein großer Wunsch", sagte Victoria leise und betrachtete das Bild eines goldenen schlafenden Buddhas.

Sie tranken Bier und nach einer Weile fühlte Victoria sich schließlich entspannt und lachte über jeden seiner Witze. Da sah er ihr direkt in die Augen und sagte: „Du bist so schön."

Er strich eine Haarsträhne von der geröteten Wange des Mädchens und küsste sie auf den Mund. Plötzlich wurde alles so einfach. Seine Lippen hatten den Geschmack von Schokolade und waren weich wie Samt. Sie driftete langsam in die Tiefe der verbotenen Seen, überschwemmt von herrlich warmem Wasser, das den ausgemergelten Körper beruhigte, die verspannten Muskeln lockerte.

Sie war in ihren Gedanken auf Jamaika. Victoria gab sich dem warmen Meer hin und lag auf dem warmen, weißen Strand, von den rhythmischen Wellen des azurblauen tropischen Meeres überflutet. Die Sonne wärmte ihr Gesicht, das Wasser kühlte ihren heißen Körper. Der Wind wehte durch ihr Haar und wiegte die direkt am Strand wachsenden Palmen. Sie fühlte sich frei.

Es stellte sich heraus, das Mr. Blue ein Meister der Liebe war. Beweglich und entspannt, gleichzeitig kräftig und muskulös.

„Er hat sicherlich schon viele Liebhaberinnen gehabt", blitzte bei Victoria ein Gedanke auf, aber nur für einen Moment, und der Gedanke hielt sie nicht davon ab, wieder im Paradies zu versinken.

Nichts mit langsamem Kennenlernen und Reden! Nichts mit Warten über Wochen auf den ersten Kuss! Den ersten Kuss gab es jetzt und es was so, wie sie es sich vorgestellt hatte und vielleicht hatte sie ihn schon früher in ihren Phantasien oder Träumen erlebt?

Es war ein langsamer, sanfter und leidenschaftlichen Kuss, der eine Ewigkeit zu dauern schien. Victoria fühlte sich, als ob die Zeit stand still würde und stundenlang sprachen sie kein einziges Wort. Sie war in einer Welt der Magie, wurde zur Venus, der Göttin der Liebe, und James liebte ihren Körper. Mit zunehmender Spannung küsste er jeden kleinen Teil ihres Körpers. Langsam wurde in Victorias Körper ein brodelnder Vulkan geboren. Dieser Vulkan voller Lava würde plötzlich in tausende Teile explodieren, unkontrolliert, wild und ungezähmt voller Leidenschaft. Sie liebten sich die ganze Nacht. Jedes kurze Nickerchen endete mit einem Besuch im Tempel der Liebe und der grenzenlosen Magie zwischen ihnen. Das Adrenalin pulsierte in Victorias Adern und erst am Morgen konnte sie einschlafen, aber nur für einen Augenblick, umschlungen von James Armen.

Irgendwann am Nachmittag klopfte Latifa an die Tür. Victoria legte den Finger auf die Lippen ihres Geliebten und flüsterte: "Pssst". James begann sofort, die Finger zu küssen, und dann liebten sie einander wieder und wieder.

„Komm mit mir zum Abendessen mit Freunden", sagte er und seine Augen funkelten vor Verlangen nach ihr.

„Heute kann ich leider nicht. Am Montag habe ich eine wichtige Prüfung und ich muss lernen", sagte sie und dachte darüber nach, wie sie wieder in dieses reizvolle tropische Paradies hinabsteigen könnte.

Als er ging, blieb sie immer noch auf den Bett liegen und dachte an dunkle Seidenhaut, schneeweiße Zähne, ein eine Million Dollar Lächeln und schlanke Finger. Sie dachte, das ist das „Paradies". Das war das Wort, das er-

klärte, was ihr bis jetzt gefehlt hatte. Sie wusste endlich, wie es war. Sie hatte einen Liebhaber, der erste
echte Liebhaber. Sie sah sich im Spiegel an und sah eine
schöne Frau mit langen gewellten Haaren und nicht
mehr, wie früher, ein dünnes Mädchen mit Sommersprossen. Gestern war sie zu einer Frau geworden. Zum
ersten Mal entdeckte sie das Geheimnis des Paradieses.
Sie spürte zum ersten Mal, was es bedeutete, sich wie
ein Vogel in den Himmel zu schwingen, einfach frei und
glücklich zu schweben.

Sie setzte sich an ihren Schreibtisch und malte rosa
Lotusblüten, majestätisch und mit dem üppigen Grün
der runden, fleischigen Blätter umrankt. Die Blüten-
blätter waren weit offen. Die Lotusblüte war jetzt reif,
so wie sie heute. Ab heute war sie schon jemand anderes.

„Ah, so ist das, wenn man...?", dachte sie mit einem
verträumten Lächeln auf ihrem Gesicht.

Den ganzen Tag über hatte sie gelernt oder vielmehr
hatte sie versucht, sich dazu zu zwingen. Ihre Gedanken kehrten wieder wie ein Bumerang zurück zu den
genussvollen Momenten in den Armen ihres Liebhabers, nur ein paar Stunden vorher. Die tunesischen
Nachbarinnen fragten immer wieder, was sie gestern
gemacht hatte, jedoch ohne Erfolg. Sie luden sie zu einem köstlichen Pfefferminztee und der arabischen Sü-
ßigkeit Bachlava ein. Sie sprachen gerade über die an-
stehenden Prüfungen, als sie von unten durch das Megaphon ihre Zimmernummer schreien hörte. Sie lief die

Treppe hinunter und hörte im Telefonhörer seine Stimme. Er fragte, wie sie sich fühlte und was sie heute tat. Er schlug ein Abendessen für zwei vor, ohne Freunde. Sein Kollege, mit dem er zum Abendessen verabredet gewesen war, sei krank geworden und das geplante Treffen sei abgesagt worden. Sie konnte nicht denken oder vielmehr versuchen, sich herauszureden und schon wieder hörte sie ihre eigene Stimme, die ihm versprach, in 2 Stunden bereit zu sein!

Sie war in einem Zustand der Trunkenheit vor Liebe. Irgendwie versuchte sie vergeblich, sich zu beruhigen und etwas Attraktives zum Anziehen zu wählen. Sie war von dem Zauber ihres neuen Liebhabers fasziniert. Manchmal schien es ihr, als ob sie seine Berührungen und Liebkosungen spürte. Die Zeit hatte aufgehört, wichtig zu sein, auch die Prüfungen und die große Anzahl chinesischer Zeichen, die sie irgendwie bald lernen musste. Jetzt gab es nur ein magisches Gefühl und einen schönen Mann. Sie hatte sowieso nicht vor, den Samstagabend mit ihren Büchern zu verbringen, aber andererseits hatte sie die letzte Woche nur mit Warten, Träumen verbracht und nicht wirklich gelernt.

Sie trafen sich in der Lobby eines Fünfsterne Hotels, wo sie etwas verspätet in einem blauen Kleid mit fliegendem und immer noch leicht feuchtem Haar hineinstürzte. Ihre blauen Augen funkelten vor Freude und das Lächeln wich nicht von ihrem Gesicht. Die Wahl eines Kleides hatte Ewigkeiten in Anspruch genommen und wie immer konnte sie sich nicht recht entscheiden, in was sie am besten aussah. James war wie immer ruhig, wartete ganz relaxt und entspannt auf sie. Er lächelte und warf ihr bewundernde Blicke zu, dann küsste er sie auf die Wange und flüsterte ihr ins Ohr, dass sie wunderschön aussehe.

Sie bestellten ein paar chinesische Gerichte und Weißwein, aber Victoria verspürte keinen Hunger. Bereits eine Woche lebte sie allein von Luft. Mr. Blue erzählte ihr die Geschichte, wie seine Familie nach China gekommen war, die ganz ähnlich war wie die Geschichte der jungen polnischen Frau. Seine Eltern kamen mit vier Kindern hierher, dann war er der einzige, der beschloss, zu bleiben und in Peking zu studieren. Seine Geschwister waren in die Vereinigten Staaten zurückgekehrt und studierten jetzt in den USA oder im Ausland. Victoria erzählte dann ihre Geschichte und er hörte zu. Die dunklen „verbotenen Seen" sprachen wieder ohne Worte in einer anderen Sprache, der Sprache der Liebenden. Der Liebenden, die nicht mehr auf ihre Vereinigung warten konnten, darauf, in den Himmel emporzusteigen und ins Paradies abzutauchen. Deshalb gingen sie nach dem Abendessen eilig zum Taxistand, wo ein sympathischer chinesischer Fahrer nicht aus der Bewunderung herauskam, wie gut die beiden chinesisch sprachen. Sie nannten ihm in fließendem Chinesisch die Adresse von James Wohnheim.

Chinesen liebten chinesisch sprechende Ausländer, deshalb unterhielten sie sich sofort weiter. Wie üblich wiederholte er das Lob: „Ni shuo Han yu shuo de hen hao" - was bedeutete: „du sprichst sehr gut chinesisch". Dann, nach ein paar einleitenden Sätzen über das aktuelle Wetter, lieferten sie den Ausländern eine Zusammenfassung der Geschichte ihres Lebens und dann natürlich die nächste Frage, aus welchem Land die ausländischen Zuwanderer kämen. Eine andere Frage war, ob dieses Land reich sei und ob man frei reisen könne. Die Freiheit zu reisen und einen Pass, ein Visum zu erhalten, war für Chinesen sehr wichtig. Wie üblich wurde Victoria noch gefragt, ob man in Polen Russisch spreche. Für Chinesen klang polnisch und russisch sehr ähnlich. Für die Antwort auf diese Frage brauchte Victoria immer ein wenig Zeit. Die Frage hatte sie immer irritiert. Doch für den Chinesen war Polen ein Land, das stark mit der Sowjetunion verbunden war.

Es war eine heiße Nacht und wie immer um diese Zeit zirpten die Zikaden laut, das Taxi fuhr schnell mit weit geöffneten Fenstern und die neuen Liebenden küssten sich im Dunkeln auf dem Rücksitz. Mr. Blue Hand streichelte Victorias Oberschenkel. Dem jungen Mädchen entfuhr ein leises, genussvolles Stöhnen. Der Fahrer sah in den Rückspiegel und fragte, ob alles in Ordnung sei und dann brachen die beiden in unkontrolliertes Gelächter aus.

Sie rannten zu dem schlafenden Wohnheim und nach einer kurzen Reise durch lange, verwinkelte Gänge und Hunderte von Treppen gelangten sie in sein Zimmer mit einem eigenen Bad. Dieses Zimmer war für die damaligen Zeiten extrem luxuriös, mit neuen, ordentlichen Möbeln ausgestattet und einer Dusche mit WC. In Victorias Wohnheim hatten die Doppelzimmer keine separaten Toiletten und Duschen. Die Duschen befanden sich im Erdgeschoss des Gebäudes und warmes Wasser gab es nur abends, außer am Donnerstagabend.

In James Zimmer lagen überall dicke Bücher, auf dem Schreibtisch, auf zahlreichen Regalen und sogar noch auf dem Boden gestapelt. In der Ecke des Zimmers, am Fenster, stand ein kleines bescheidenes Bett. Der exotische Liebhaber schloss die Zimmertür und begann, Victoria zu küssen, die an einer hellen kalten Tür lehnte. Dann zog er seine Geliebte in Richtung des großen Schreibtischs und setzte sie darauf, schob zwei aufgeschlagene Bücher auf die Seite. Sie sah seinen schönen muskulösen Körper und dachte an Vulkanausbrüche, reißende Bäche und den Flug der Vögel. Gerade jetzt schwebte sie in den Wolken der Glückseligkeit, frei und glücklich. Sie liebten sich in fast jeder Ecke des kleinen Zimmers und auch unter der Dusche, dann, erst sehr spät, legten sie sich endlich ins Bett, um zu schlafen, aber nur für einen Augenblick. Nach dem Aufwachen konnten sie sich wieder nicht voneinander lösen.

Am Nachmittag fuhr sie mit dem Bus zurück zu ihrer Universität und, wie üblich am Sonntag, war das Studentenwohnheim leer. Sie setzte sich an ihre Bücher und versuchte, sich zu konzentrieren, aber ihre Gedanken gingen in eine ganz andere Richtung, „Schmetterlinge im Bauch" raubten ihr jede Konzentration. Nichts mit Studium und Vorbereitung auf die Prüfungen. Tausende Male am Tag dachte sie an ihn, an seine dunkle Augen, seidige Haut, an den Geruch von Kokos.

Sie griff nach ihrem Tagebuch:

„Ich bin von einem schönen Krieger verzaubert und ich habe Schmetterlinge im Bauch. Sie fliegen glücklich und ihre bunten Flügel schimmern in der Sonne Pekings. Sie setzen sich auf rosa Lotusblumen und grüne runde Blätter. Ich vermisse ihn. Ich leide, wenn wir nicht zusammen sind. Ich habe ihn nur für ein paar Stunden nicht gesehen und schon leide ich. Auf der anderen Seite bin ich im siebten Himmel, wenn er mich nur ansieht. Seine geheimnisvollen Augen sprechen mit mir seit langer Zeit in der Sprache der Liebenden. Ich habe noch nie ein so starkes Gefühl erlebt, ein Gefühl - ein Gefühl der Liebe? Ist das die Liebe?"

Sie schrieb auch ein Gedicht:

„Heute bin ich nicht eingeschlafen,
weil ich aus Sehnsucht für dich sterbe,
ich bin eine Nacht und ein Morgen,
ich fühle die Nässe des Morgentaus,
am Abend höre ich bis spät in die Nacht Zikaden zirpen,
ich vermisse dich,
deine Berührung wie der Hauch eine Blume,
der Liebe und deine Küsse aus dem Paradies."

Victoria war müde nach einer schlaflosen Nacht, deshalb schlief sie mit dem Tagebuch in der Hand ein. Am Abend rief James sie an und sie ging nach unten zum Telefon.

„Was machst du gerade?", fragte er, wie üblich, mit ruhiger Stimme.

„Ich lernte und dann bin ich eingeschlafen und du?"

„Ich dachte an dich", entgegnete er.

„Ah ja? An was hast du gedacht?"

„An dein langes weiches Haar", sagte er leise mit seiner tiefen Stimme und Victoria wurde sofort heiß.

Sie wollte alles fallen lassen, auf ihr Fahrrad steigen und in wahnsinnigem Tempo zu ihrem Liebhaber radeln. Wieder das Gefühl seiner starken Arme spüren, die heißen Küsse auf ihrem Hals und überall und sich fallen lassen in den grenzenlosen Genuss. Sie führte einen Kampf mit sich selbst: der einen Hälfte von Victoria – die verrückte, die nur ihren Gefühlen folgte, und der anderen Hälfte von Victoria - die rational und praktisch dachte, wie Eva. In Gedanken goss sie sich einen Eimer voll eiskaltem Wasser über den Kopf und ging wieder zurück zu ihrem Zimmer, nach einem heißen Telefongespräch mit ihrem neuen Liebhaber - James. In der Nacht träumte sie weiter davon, und als sie aufwachte, fragte sie sich selbst, welche Ereignisse sie geträumt hatte und welche wirklich passiert waren.

Die folgenden Tage hatte sie mit Lernen verbracht. Victoria erzählte Eva nichts von ihrem neuen Liebhaber. Sie wollte darüber nachdenken und ihr neues süßes Geheimnis für sich behalten. Eva beobachtete mit Erstaunen, dass ihre Freundin noch mehr zerstreut war als sonst - sie suchte nach ihrem Schlüssel oder vergaß die täglichen Vorlesungen.

Victoria vermisste ihn. Viele Male wollte sie ihn anrufen, aber sie hielt sich zurück, weil sie wollte, dass er sie als erster vermisste und sich meldete. In jedem Liebesratgeber stand, dass man als Frau lieber warten sollte und keine zu schnelle Entwicklung der Beziehung erwarten sollte und so weiter. So wartete sie voller Sehnsucht und Begeisterung. Er rief nicht an. Oder vielleicht hatte sie seine Anrufe verpasst, weil sie oft in der Bibliothek war, auf den Bänken im Garten oder die Botschaft besuchte? Es gab keine Nachricht von ihm. Sie träumte oft und intensiv von ihm und hatte den großen Wunsch, auf ihr Fahrrad zu steigen und ihn an seiner Universität zu besuchen. Sie wusste, wo er wohnte und hatte seine Telefonnummer. Warum rief er sie nicht an, sie hatten doch zusammen wundervolle Momente erlebt? Hatte er eine andere Freundin? Stimmte etwas nicht? Vielleicht sollte sie ihn doch anrufen? Er meldete sich nicht, aber irgendwie wusste sie unterbewusst, dass er an sie dachte.

Sie übte jeden Tag Kalligraphie und lernte schließlich für die Prüfungen. Manchmal dachte Victoria, es war nur ein Traum und James existierte gar nicht wirklich. Jetzt wusste sie, dass Liebe auch sehr schmerzhaft sein konnte. Sie litt, aber ließ nicht zu, ihn zu besuchen. Victoria wartete auf seinen ersten Schritt.

Eines Abends, am Ende der Woche, klopfte jemand leise an ihre Tür. An der Tür sah sie James, ihren Liebhaber, er stand da und lächelte, als ob nichts geschehen wäre. In der Hand hielt er einen kleinen Blumenstrauß mit gelben Rosen, Rosen in ihrer Lieblingsfarbe! Die Farbe, die im alten China nur dem Kaiser vorbehalten war, die Farbe, die Kraft und Optimismus ausdrückte. Niemand im alten China durfte diese Farbe tragen, nur der Kaiser. Diese Farbe war die Farbe von Victoria.

Er küsste sie leidenschaftlich, ohne ein Wort zu sagen, dann reichte er ihr das duftige Bouquet und dann waren sie nur miteinander beschäftigt, Stunde um Stunde verging. Er erzählte, dass er gerade von Shanghai zurückgekommen war. Er hatte sie vermisst. Diese Reise kam spontan. Ein Freund hatte ihn mitgenommen, um ein paar ehemalige Freunde zu treffen. Er hatte nicht einmal Zeit, seine Sachen zu packen. James rechtfertigte sich nicht, er informierte sie nur. Oh, es spielte keine Rolle! Victoria war im siebten Himmel, begeistert über seine Anwesenheit starrte sie auf die „tiefen, dunklen Seen". Sie lauschte den Geschichten von der überfüllten und feuchten Stadt Shanghai, die so verschieden war von dem rohen, nördlichen Peking. Sie war nur froh, ihn hier bei sich zu haben. Sie fragte nicht, warum er nicht angerufen hatte, nachdem sie manchmal sogar bezweifelt hatte, dass er zurückkommen würde. Es genügte ein Blick unter seiner langen Wimpern und sie wusste alles. Dann sprachen sie über Victorias Prüfungen. Schließlich hatte sie jetzt mehr

Freizeit. Über die anderen Prüfungen würde sie später nachdenken, morgen, bald...

„Erzähl mir von Jamaica", sagte sie und hielt glücklich seine Hand.

„Das Meer, Palmen und meine Leidenschaft für das Tauchen? Aber du weißt, Florida ist auch schön, vielleicht nicht so wild wie...", er sah sie an und verdrehte die Augen wie ein dummer kleiner Junge.

„Ja! Wie ist es unter Wasser im Meer auf Jamaika oder Florida?"

„Toll! Im Meer fühle ich mich wie ein Teil einer anderen Welt, fast wie ein Fisch!"

Die beiden lachten laut und dann fing er an, sie zu kitzeln, bis sie schrie. Victoria liebte es, wenn er sprach, sie nahm jedes seiner Worte in sich auf. Sie stellte sich seine tropische Heimat Jamaika vor und seine genauso tropische Wahlheimat – Florida. Wie intensiv musste die Sonne da leuchten und wie intensiv Türkis musste die Farbe des tropischen Meerwassers sein. Mit Sicherheit gingen am Strand hübsche, langhaarige, sportliche und selbstbewusste Rastas spazieren und vielleicht konnte man überall Marihuana riechen? James scherzte über sich selbst und steckte Victoria mit seinem Optimismus an. Seine karibische Seele kannte keine Pünktlichkeit, aber er war ein geborener Gentleman und einfach bezaubernd. Sie verzieh ihm alles, sofort als sie ihn wieder sah, sofort, als sie die gelben Rosen sah, sie wollte ihn hören, berühren, küssen. Er blieb die ganze Nacht und diese Nacht wurde für Victoria der nächste Schritt ins Paradies.

Zunehmend verbrachten die beiden die Abende und Nächte zusammen und der Morgen bedeutete Abschied. Die Tage von Victoria vergingen mit Studium und Unterricht. Während des Tages versuchte Victoria, nicht an James zu denken, weil die Gedanken sie nur ablenkten. Aber bei Einbruch der Dunkelheit wurde sie immer aufgeregter. Endlich, wenn die Abenddämmerung kam, setzte sie sich auf das Fahrrad und fuhr zu seiner Universität. Sie strampelte auf dem Fahrrad durch die schattigen Straßen unter den üppigen Bäumen des Universitätskomplexes. Überall konnte man das Zirpen der Zikaden hören und eine leichte Brise kitzelte ihre Nase mit dem Geruch von tausenden chinesischen Gewürzen. Dann ging sie durch lange Korridore zu seinem fast immer offenen Zimmer voller Bücher und Regale und wartete, bis er kam. Er kam keuchend nach einer Partie Tischtennis in Jogginghose und weißem T - Shirt mit den chinesischen Zeichen 没有 MEI YOU- was bedeutet „gibt's nicht". Diese T- Shirts trugen viele Schüler, denn „es gibt keine" war oft die Antwort der chinesischen Verkäuferinnen in den Läden für Ausländer. Chinesische Verkäuferinnen sprachen sehr oft mit mürrischem Gesicht, wenn ein ausländischer Student oder eine Studentin versuchte, etwas auf Chinesisch zu stammeln.

James begrüßte sie an der Tür mit einem entwaffnenden Lächeln und einem Kuss, und seine ausdrucksvollen Augen folgten jeder Bewegung der langhaarigen Geliebten. Sie hatten normalerweise keine Zeit, etwas zu erzählen, denn in großen Sprüngen, landeten sie zunächst im Bett oder woanders. Danach konnten sie sprechen. Er hörte aufmerksam zu und gab ihr Ratschläge, wenn sie nach seiner Meinung fragte. Alle paar Tage, in Momenten des Zweifels, fragte sie sich selbst, ob ihre Berufung Sinn machte. Vielleicht sollte sie sich doch ein anderes Studium suchen, das in der Zukunft Geld einbringen würde. Zum Beispiel Sinologie oder Außenhandel? „Ah, Künstlerin, was ist das für ein Beruf?", manchmal hörte sie die Gespräche der Freundinnen ihrer Mutter. Sie rieten zu einem sogenannten Plan B, weil es keine sicheren Zeiten waren. Sie ignorierte diese Gespräche, die sie in ihrem Haus in der Botschaft gehört hatte. Nachdem ihre Eltern China verlassen hatten, war sie nur auf sich selbst angewiesen. Ihre Eltern unterstützten sie immer hundertprozentig, weil sie wussten, wie sehr sie es liebte, zu malen. Trotzdem hatte sie auch Momente des Zweifels und der Depression, auch wenn James sich neben sie setzte und ihr direkt in die Augen sah.

„Höre einfach nicht auf zu malen, male jeden Tag", sagte James und streichelte ihr Haar.

Seine Augen sagten die Wahrheit. Dunkle Seen gaben ihre Kraft, wenn sie nur tief in sie hinein schaute. Victorias innere Stimme sagte auch, es gab keinen Plan B. Sie wollte nicht den Studiengang wechseln.

Mit James fühlte sie sich wie die glücklichste Frau der

Welt. Trotzdem, von Zeit zu Zeit kämpfte ihre künstlerische Seele mit einer unerklärlichen Traurigkeit. Manchmal war sie plötzlich traurig, traurig ohne Grund. Traurig wegen einer Geschichte, die sie gerade gehört hatte, traurig vom Blick auf Pekings Hu Tongs in Winter oder traurig, wenn sie Tauben sah und hörte, wie sie über die Stadt flogen. Diese Traurigkeit bedrückte und deprimierte sie, nahm ihr die Inspiration, aber nur für einen Moment, nur für einen Augenblick. Dann verschwand das Gefühl der Traurigkeit und das Gefühl der Vergänglichkeit. Vergänglichkeit betrübte sie. Danach konnte sie malen und jede ihrer Stimmungen für immer festhalten. Die Stimmungen wurden in den Gemälden von Lotusblüten oder Tempeln versteckt. Jedes Bild war anders, obwohl sich die Motive in ihren Werken so oft wiederholten. In den Momenten der Traurigkeit verwandte sie andere, gedeckte Farben. Manchmal gab ein unerwartetes Element im Bild eine besondere Stimmung. Zum Beispiel über Lotusblumen fliegende majestätische Libellen. Ihre transparenten Flügel änderten immer wieder die Farbe, je nach Lichteinfall. Einmal waren sie fröhlich golden und rosa, ein anderes Mal traurig und grau, beispielsweise kurz bevor sich ein Sturm über der Stadt zusammenbraute. Manchmal wurden die Lotusblumen in Strömen tropischen Regens gebadet. Voller silberner, glänzender, großer Wassertropfen, die dann langsam auf den Boden fielen. Sie sahen dann aus wie zu Tränen geformte Traurigkeit. Aber nur für einen Moment. Nach dem

Sturm kam die Sonne heraus und verwandelte die Welt in einen tropischen Garten voll optimistischer Farben.

Victoria wurde als Frau immer schöner, schön wie eine Lotusblüte. Das geschah alles dank James. Sie verglich ihn mit einem „blauen Traum", der ziemlich magisch wirklich wahr wurde. Sie fragte sich oft, ob die Liebenden nicht irgendwo im Universum schon seit langer Zeit für einander bestimmt waren. Wie kam es dazu, dass sie es irgendwie unterbewusst auf den ersten Blick wusste? James erfüllte sie mit positiver Energie und Liebe. Sie fühlte es und wusste, dass sie zusammenpassten.

Ihre Freunde bemerkten ihren Charme, machten ihr oft Komplimente, wie gut sie aussah. Männer begegneten ihr mit offensichtlichem Interesse. Sie verbreitete eine magische Aura um sich herum. Aus dem hässlichen Entlein wurde ein majestätischer Schwan - eine schöne junge Frau, und vor allem fing sie an, täglich zu malen.

Meister Zhang

Sie malte fast jeden Tag Bilder von chinesischen Straßen, kleinen Kindern und alten Damen, die auf Miniaturfüßen liefen. Die Malerei hatte sich zu einem täglichen Ritual und Meditation entwickelt. Sie brauchte
diese Momente der Konzentration und des Friedens so
sehr wie die Luft zum Atmen. Manchmal fuhr sie mit
dem Fahrrad zu Tempeln und Palästen auf der Suche
nach Objekten, die sie inspirierten. Häufig besuchte sie
auch Museen und gab für die Eintrittskarten all ihr ge-
spartes Geld aus.

Eines Tages ging sie in den Lama Tempel, um die majestätischen Gebäude, getaucht in Gold und Rot, zu malen. Die Dächer der Tempel schienen golden in der
Nachmittagssonne und zogen die Augen vor den grauen
Hu Tongs und anderen Pekinger Gebäuden im Hintergrund auf sich. Wie immer saß sie auf einer nahe gelegenen Bank, malte und vergaß die Welt um sich herum.
Die chinesischen Passanten hielten oft an und beobachteten ihre Arbeit, lobten das entstehende Bild und fragten, aus welchem Land sie stamme. Das störte Victoria
nicht, weil sie konzentriert arbeitete. Sie hatte sich

schon seit langem an die chinesischen Zuschauer und die ständigen Fragen über ihr Land gewöhnt. Solche Fragen fielen jeden Tag in den Geschäften, auf den Straßen, an der Universität. So reagierten Chinesen, wenn sie Ausländern sahen, vor allem, wenn sie erfuhren, dass ein Ausländer gut chinesisch sprach. Sie kannte dieses Verhalten und jetzt störte es sie nicht, da sie völlig auf die Malerei konzentriert war. Sie beantwortete ihre Fragen, während sie weiter malte. Sie warf nur einen kurzen, höflichen Blick auf die Passanten und starrte dann gleich weiter auf das gemalte Objekt.

Tagsüber studierte und malte sie und am Abend stürzte sie sich in die Arme ihres schönen Geliebten James. Sie planten ihre täglichen Treffen nicht, manchmal riefen sie einander an oder fanden einfach zueinander. Vielleicht kommunizierten sie mit der unerklärlichen Sprache der Liebenden, mit Telepathie?

Für das Bild des Lama Tempels brauchte sie zwei Tage, also fuhr sie am nächsten Tag direkt nach den Vorlesungen mit dem Fahrrad wieder zu dem Tempel, um ihre Arbeit zu beenden. Nach ein paar Stunden Arbeit hatte sie endlich ein Gefühl von Zufriedenheit. Es stimmte, sie verbrauchte eine unglaubliche Menge der teuersten Goldfarbe, aber das Bild wurde sehr schön. So schön, wie sie es wollte. Das Bild sprach, sprach von einem magischen Ort im Herzen von Peking, wo die Gläubigen sich sammelten und von dem sie innere Stärke ableiteten. Und wo in gelb-rot gekleidete Lama Mönche mit rasierten Köpfen in den Händen einen hölzernen

Rosenkranz drehten, Gebete vor sich hin murmelten und meditierten. Die Welt des Lama Tempels in Peking am Nachmittag in Weihrauch, Ruhe und Geheimnis versunken, ruhig und strahlend wie seit Hunderten von Jahren.

Beim Einsammeln ihrer Ausrüstung und dem Packen ihres Rucksackes kam ein älterer chinesischer Mann mit ergrautem dünnem Kinnbart zu ihr. Er trug einen traditionellen chinesischen schwarzen Kaftan, einen Strohhut auf dem Kopf und strahlte eine gewisse Eleganz auf. Der Fremde sah ein bisschen aus wie aus einer anderen Zeit. Für einen Moment schien es Victoria, als ob sie ihn von irgendwoher kannte, aber sie konnte sie sich nicht erinnern, woher. Er sah das Bild an und lächelte geheimnisvoll. Dann fragte er Victoria, ob sie englisch oder chinesisch spreche.

„Ja, ich bin Studentin und kann ganz gut chinesisch sprechen", sagte sie. Offenbar hatte er sich gefreut.

„Ich mag deine Art der Malerei, es hat etwas Magisches an sich, als ob du Bilder von Träumen malst. Wenn ich deine Bilder anschaue, fange ich an zu träumen. Willst du an der Kunstakademie studieren?", fragte er.

„Xie Xie!", sagte sie, „danke" auf chinesisch.

„Ja! Woher wissen Sie das? "

Der Fremde lächelte wieder nur geheimnisvoll und sah weiter auf das Gemälde.

„Mein Name ist Victoria und ich bin Polin."

„Oh, Entschuldigung, ich habe mich nicht vorstellt.

Mein Name ist Zhang und ich bin Maler."

„Das ist nicht möglich! Sie sind der Meister Zhang Chu Ji? Bekannt in China und der ganzen Welt?", Victoria erinnerte sich plötzlich an ein Fotobuch mit chinesischer Kunst eines grau – und langhaarigen Künstlers.

„Ja, das bin ich, ob ich auf der ganzen Welt bekannt bin? Ich weiß es nicht, aber in China durchaus. Woher weiß du das über mich?", fragte er lächelnd.

„Ich bin schon lange Zeit begeistert von der chinesischen Kunst und Malerei. Ich habe gleich nach meiner Ankunft hier von Ihnen gehört. Oh, und ich las über Sie und ich sah Ihr Bild in dem Buch über Malerei!"

Victoria konnte nicht glauben, dass sie vor ihrem Meister - Herrn Zhang stand, dem Meister der Kalligraphie und der chinesischen Malerei Guo Hua. Seine Werke waren in Büchern beschrieben und hingen in Museen. Sie kam nicht heraus aus der Bewunderung für seine Gemälde und begann, ihm zu erzählen, wie sie zum ersten Mal seine Arbeit in dem Buch über chinesische Malerei sah. Ach ja, und auf jeden Fall noch, als sie seine Kunstwerke im Kunstmuseum sah. Sie war fasziniert von der Tiefe der Botschaft seiner Werke. Er hatte sich gefreut. Sie wollte auf jeden Fall die chinesische Malweise erlernen. Victoria liebte die chinesische Kalligraphie und sie wusste, dass er auch ein Meister der Kalligraphie war. Er nickte, anscheinend froh, das Lob zu hören. Dann erzählte die strahlende Polin ihm vom Chinesisch lernen und der Tatsache, dass Peking sich zu ihrer Heimat entwickelt hatte. Sie unterhielten sich eine lange Zeit und er lobte die von ihr gemalten Aquarelle des Lama Tempels. Langsam wurde es spät und Meister Zhang schlug vor, dass sie ihn nächste Woche in seinem Haus und Atelier besuchten sollte. Auf einem abgerissen Stückchen Papier aus der Zeitung, die er in der Hand gehalten hatte, schrieb er seine Adresse und Telefonnummer. Victoria konnte nicht glauben, wen sie gerade getroffen hatte. Sie bedankte sich für die Einladung und begann glücklich, ihre Ausrüstung in den Korb ihres Fahrrades zu packen.

Schnell strampelte sie auf dem Fahrrad bei untergehender Sonne zu James Schule. Sie wollte ihm alles erzählen. Sie fuhr vorbei an nach frischen süßen Pfirsichen und Wassermelonen duftenden Basaren und den umliegenden lebhaften Geschäften voll mit chinesischen Kunden. Auf den Straßen wurde es langsam dämmerig, es war heiß und roch überall nach gekochtem Essen. Victoria erinnerte sich plötzlich, dass sie hungrig war, aber vor allem war sie zufrieden und glücklich über das Treffen mit Meister Zhang. Als sie bei James Wohnheim ankam, herrschte bereits Dunkelheit. Sie rannte schnell durch die langen Korridore zu seinem Zimmer und klopfte mit der gleichen Begeisterung wie immer an die Tür. Das Zimmer war verschlossen. Sie fragte in den Nachbarzimmern nach ihm und suchte ihn auch auf dem Sportplatz vor dem Wohnheim. Nirgends fand sie ihn. Der verlassene Sportplatz lag in völliger Dunkelheit und sie konnte nur den Lärm der Zikaden hören.

So kehrte sie wieder zu ihrer Universität zurück. Auch hier fuhr sie auf den belebten Straßen Pekings voll heller Lichter und Fußgänger, die die Kühle des Sommerabends genossen. Auf den Straßen vor der Haustüre saßen Chinesen in weißen T-Shirts und fächelten sich mit runden, aus Palmblättern gefertigten Fächern Luft zu. Chinesische Frauen in luftigen Pyjamahosen kehrten mit Strohbesen die Gehwege. Schmutzige und immer noch nicht schlafende Kinder spielten auf der Straße. Die Zikaden zirpten laut und die Luft roch nach unzähligen gewürzten Speisen.

Als sie das Fahrrad auf der Rückseite des Wohnheims parkte, näherte sich ihr jemand und berührte sanft ihre losen Haare.

„James!", sagte sie und drehte sich schnell um, um ihn zur Begrüßung zu küssen.

„Ich komme gerade von deiner Universität zurück. Ich muss dir etwas Wichtiges sagen", sie sprach schnell, offensichtlich aufgeregt und sah ihren schlanken Liebhaber im weißem T-Shirt mit den schwarzen chinesischen Zeichen 北京- Bei Jing, was Peking bedeutet, an.

„Und ich warte hier seit 2 Stunden auf dich. Ich habe dich vermisst", sagte er ruhig, wie üblich, und küsste sie zur Begrüßung auf die Wangen.

„Ich bin so hungrig, lass uns etwas essen und ich erzähle dir alles", sagte Victoria.

In dem nahe gelegenen kleinen Restaurant aßen sie leckere chinesische Nudeln mit Gemüse und Victoria erzählte von dem zufälligen Treffen mit Meister Zhang.

James hörte aufmerksam die Geschichte seiner langhaarigen Freundin an. In seinen Augen sah sie Faszination. Von nun an war er nicht nur ihr Liebhaber, der alles an ihr liebte: ihr Wesen, ihr Lächeln, ihre blaue Augen, ihr lockiges Haar, die Sommersprossen auf ihrer
Nase, den dünnen Mädchenkörper, er war auch ihr bester Freund! Er hörte zu und sah in die Augen der jungen
Frau und sie hörte nicht auf, mit gerötetem Gesicht zu
sprechen. Sie sprachen über die Meister der Malerei
und Kalligraphie. Dann über ihr geplantes Studium an
der Kunstakademie. Um dort zu studieren, musste sie
die chinesische Sprache gut kennen und sogar ein paar
Prüfungen in Kunstgeschichte ablegen. Es war nicht so
einfach, nur Talent allein reichte nicht aus. Man musste
zum Beispiel nach einem Jahr Chinesisch lernen in der
Lage sein, über berühmte Kunstobjekte und Künstler
auf Chinesisch zu sprechen.

Dann wechselten sie das Thema. James erzählte ihr
von sich selbst. Von seiner Heimat Jamaika in der Karibik, wo er geboren wurde. Oft besuchte er dort seine
große Familie, Cousins und Cousinen. Ein Paradies auf
Erden, azurblaues Meer, Palmen mit Kokosnüssen und
weiße Strände. Vor ihrem inneren Auge sah sie ihn am
Strand spazieren gehen und bewunderte seinen
dunklen muskulösen Körper mit schnellem Herzschlag.
Sie wollte dieses Paradies irgendwann einmal sehen
und den Geschmack von Salzwasser auf den Lippen ihres Liebhabers spüren. Sie diskutierten auch über seine
Familie, die in die Vereinigten Staaten ausgewandert

war. Darüber, wie sie nach Florida gekommen waren, um für immer zu bleiben. Viele seiner Verwandten lebten bereits seit Jahren in den USA. Sie unterhielten sich, bis der Besitzer ihnen höflich mitteilte, dass er das Restaurant schloss und keine weiteren Bestellungen entgegennehmen würde. Fasziniert von den erzählten Geschichten und trunken von der heißen Nacht, begannen die Liebenden, sich gegenseitig eifrige Blicke zu schicken, und dann eilten sie einfach in ihr Zimmer.

Auf dem Weg durch die dunklen Gassen zum Wohnheim sahen sie Eva auf der Straße. Eva, in eines ihrer schwarzen Minikleider gekleidet. Sie sah phänomenal aus! Mit ihren gelösten feurigen Haaren zog sie auf der chinesischen Straße alle Blicke auf sich. Sie beeilte sich, mit Klaus in die Disco zu kommen und hielt hastig ein Taxi auf der Straße an. Sie winkte mit der Hand, schickte Victoria einen geheimnisvollen Blick und rief: „Schönes Paar seid ihr, bis morgen!"

Klaus und Eva trafen sich regelmäßig und nach einiger Zeit, einer sehr kurzen Zeit, schlug er Eva vor, mit ihm zusammenzuziehen. Die realistische und immer auf dem Boden der Tatsachen bleibende Eva hatte das abgelehnt, aber das hatte nicht verhindert, dass sie sich weiter trafen. Sie sagte, sie müssten sich zuerst gut kennenlernen, um zu wissen, ob sie langfristig zusammenpassten. Oder vielleicht war Eva nicht so in ihn verliebt wie Victoria in James? Hatte Eva irgendwie gefühlt, dass Klaus nicht der einzige war? Oder vielleicht war sie einfach noch nicht bereit für den großen

Schritt, aus dem Wohnheim auszuziehen? Klaus war viel älter als sie. Er hatte einen guten Job und wahrscheinlich suchte er auch nach einer starken Partnerin oder Ehefrau. Er hatte kein Interesse an den chinesischen Frauen, die so oft mit europäischen Geschäftsleuten liiert waren. Klaus bevorzugte die rothaarige Polin - Eva, die aussah, wie eine Ureinwohnerin der britischen Inseln.

Die romantische Victoria, die immer den Kopf in den Wolken hatte, bewunderte ihre Freundin für deren Realismus. Sie selbst besaß ein magisches Gefühl für James, schwebte hoch über dem Boden, ohne Pläne, ohne geplante Verabredungen und ohne Kontrolle. Sie folgte nur ihrem Gefühl, ihrem Instinkt und ihrem Herz. Sie widmete sich dieser Liebe und Verliebtheit mit der gleichen Leidenschaft, mit der sie sich der Malerei ihrer Bilder widmete, vollständig und ohne Grenzen, ohne daran zu denken, was andere sagten, ohne Rücksicht, ob sie und James eine gemeinsame Zukunft haben würden. Victoria blieb sich selbst treu, ein bunter Paradiesvogel, der die Tore zum Paradies entdeckte, in ihren Träumen eine Reisende auf einem fernen Planeten. Sie war wie eine Elfe, die magischen Goldstaub von duftenden Blumen sammelt. Die Freundinnen - Realistin und Träumerin. Vielleicht verstanden sie sich deshalb so gut?

Sie kamen in Victorias Zimmer zurück. Nach dem Schließen der Tür begannen sie, sich langsam zu küssen, und dann gab es nur ihre Welt. James, der unübertroffene Liebhaber, voll eigenen Charmes und Phantasie. Er konnte jede Frau haben, weil er den Frauen das Gefühl gab, Königinnen zu sein. Sicherlich hatte er schon viele Frauen gehabt, aber sie hatten nie darüber gesprochen. „Es ist nicht wichtig", dachte sie und gab sich jetzt den „verbotenen Seen" hin. Obwohl, manchmal hatte sie schon über seine früheren Liebhaberinnen nachgedacht. Er musste doch diese wunderbare Kunst des Flirtens irgendwie gelernt haben? Sie verspürte jedoch keine Eifersucht. Von dem Moment des Kennenlernens an gab es dieses Gefühl nicht. Er konnte die Frauen verstehen oder vielleicht wurden in seinem exotischen Land auch alle Männer mit der Gabe des Flirtens, der Verführung und des Vergötterns von Frauen geboren? Vielleicht hatte er dieses Talent mit der Muttermilch aufgesaugt? Seine Mutter, so schön und charmant wie er. Vielleicht würden in seinem Land die Frauen so vergöttert, wie sie sind? Sie sind rund, feminin, können gut kochen, essen viel und sagen oft, was sie denken, ohne nachzudenken, was die Männer dazu sagen. Vielleicht ist es auch das jamaikanische Klima, das den Menschen eine angeborene natürliche Leichtigkeit und Zufriedenheit schenkt, ohne die Jagd nach Geld und Erfolg. Sie haben nicht viel, aber sie haben die Sonne, die Hitze, das türkisblaue Meer und die Liebe jeden Tag.

Sie widmete sich seinen Liebkosungen. Er flüsterte ihr ungezogene Worte ins Ohr. Er kümmerte sich um das Vergnügen seiner Geliebten. Er war der Meister James - Meister der Liebe und des Flirts. Er lehrte sie die Liebe mit der gleichen Sorgfalt, wie der Meister Zhang wahrscheinlich chinesische Kalligraphie seinen Studenten beibrachte. Mit James fühlte sich Victoria wie eine Frau. Sie betrachtete ihn und hatte schon Vergnügen im Kopf. Sie wollte, dass er sie lehrte und mit ihr experimentierte. Sie war ja nicht nur eine begabte Studentin der Kalligraphie. Es wurde ganz normal, dass sie jeden Tag zusammen waren. Aber sie sprachen nicht über die Zukunft und planten auch nichts.

Nach ein paar Tagen fuhr Victoria mit dem Fahrrad zum Atelier von Meister Zhang. Er lebte in der Innenstadt in einem der Hu Tong Stadtviertel und es war schwierig, seine Adresse zu finden. Sie ging durch kleine, verwinkelte Gassen und entdeckte das alte Peking – flache, graue, schäbige Häuser, Krempel abgelegt gleich vor den Häusern, verbeulte Fahrräder. Die älteren, schwarz gekleideten Frauen mit Minifüßen saßen auf kleinen Bambusstühlen direkt auf der Straße und bewachten spielende Kindern. Es war Sommer, es herrschte eine klebrige Hitze. Auf den Straßen lagen Berge von gestapelten, reifen Wassermelonen und der süße Duft der Früchte verteilte sich rundherum. In dem Hu Tong Komplex zirpten laut die Zikaden und es roch nach chinesischen Gewürzen. Vor dem Haus des Meisters Zhang befand sich ein robustes Tor mit zwei Steinlöwen verziert – einem männlichen mit einem Ball unter der Pfote und einem weiblichen mit einem kleinen jungen Löwen. Seine Hausnummer – 8, „ba" auf Chinesisch, war eine Glückszahl für die Chinesen. Es klang wie „fa", was „reich werden" bedeutete. Die Chinesen glaubten, man hatte großes Glück im Leben, wenn man so eine Adresse mit einer Acht besaß. Sie klopfte mit dem an der Tür hängenden Türklopfer und nach einem kurzen Moment stand der Meister vor ihr mit einem herzlichen Lächeln und lud sie ein, hereinzukommen. Sein langes graues Haar war jetzt zu einem Pferdeschwanz gebunden. Er trug eine schwarze Seidenhose und ein altes, weißes, löchriges und mit schwarzer Tinte beflecktes T-Shirt. Er lud sie in sein Heim - Si He Yuan ein. Das chinesische Haus „Vier Kasten Hof" bestand aus vier einstöckigen, miteinander verbundenen Häusern um einen quadratischen Hof herum. Auf dem Hof standen Porzellantöpfe mit Blumen und ein großer Tisch mit den vorbereiteten Utensilien für Shu Fa - so hieß Kalligraphie auf Chinesisch. Auf einem Bambusstuhl neben dem Tisch lagen viele transparente Papierrollen. In der Nähe eines der Fenster hing ein Bambuskäfig mit einem singenden bunten Vogel darin. Der Luft roch nach Sandelholzstäbchen. Victoria starrte fasziniert auf die gerade getrockneten Papiere mit schwarzer Tinte geschriebenen chinesischen Schriftzeichen. Sie entdeckte die magische Welt, von welcher sie schon immer geträumt hatte. Das war genau die Welt, zu der sie schon lange Zeit gehörte.

Sie spürte die gute Energie, die sie umgab und die sie in einen unbekannten glückseligen Zustand versetzte.

Sie schaute auf den grauhaarigen Bart des Meisters und er nahm aufmerksam lautlos einen großen Bambuspinsel, tauchte ihn in schwarze, ölige Tinte, die auf einer Steinplatte angemischt war. Mit fließenden Bewegungen malte er vier Zeichen: 内心平静 Nei Xin Ping Jing. Er schrieb vertikal von oben nach unten, so wie im alten China. Die schönen Schriftzeichen bedeuteten „inneren Frieden". Victoria kannte diese Zeichen. Sie stand für einen Moment völlig hypnotisiert da und blickte auf die letzten langsamen und anmutigen Bewegungen des Pinsels des Meisters. Dann stempelte Meister Zhang vorsichtig seine Arbeit mit seinem Steinstempel mit roter Tinte und schrieb seinen Namen mit schnellen Bewegungen.

„Das ist für dich", sagte er auf chinesisch.

„Xie Xie!", bedankte sie sich auf chinesisch.

„Großartige Zeichen!"

Unmittelbar danach wischte sich Meister Zhang Schweißtropfen mit einem kleinen Handtuch von seiner Stirn, dann gab er dem Mädchen einen anderen Pinsel und eine neue Rolle Transparentpapier. Er forderte die Polin auf, die gleichen Zeichen zu schreiben. Es waren keine leichten Zeichen, sie bestanden aus einer Vielzahl von geraden Strichen und runden Schwüngen, wo man besonders lange oder kurz mit dem Pinsel aufdrücken sollte. Vor allem das letzte Zeichen - 静 Jing - war ein bisschen kompliziert und bestand aus vielen Elementen. Victoria berührte langsam mit einem Bambuspinsel des Transparentpapier und schrieb mit dem gerade gehaltenen Pinsel (chinesische Zeichen schrieb man immer mit gerade gehaltenem Pinsel) langsam mit pechschwarzer Tinte die vier Zeichen. Sie war ruhig und gelassen wie immer beim Kalligraphieschreiben. Meister Zhang sah, wie sie zeichnete, und schaute dann nach ihrer fertigen Arbeit. Dann erklärte er ihr genau, an welchen Stellen sie den Pinsel stärker oder schwächer drücken sollte, wo sie mit einer gleichmäßigen, schnellen Bewegung den Pinsel vom Papier lösen sollte. Er lobte ihre Arbeit und lud sie zu duftendem Jasmintee in einem geräumigen Zimmer mit offenen großen Fenstern ein. An den Wänden hingen seidene Schriftrollen mit Kalligraphie und chinesische Bilder, die in der Guo Hua Technik gemalt waren. Die Bilder zeigten meistens majestätische Berge in den Wolken, rauschende Wasserfälle unter chinesischen Zwergbäumen oder rote und schwarze Fische in klaren Teichen voller Seerosen. In dem Zimmer war auch ein großes, beleuchtetes Aquarium voller Goldfische und grüner Algen. In der Nähe des Eingangs, in einer Ecke des Raumes, stand ein großes schwarzes Klavier. Auf einem geschnitzten Ebenholztisch standen viele Fotografien des Meisters. Fotos des Meisters mit berühmten Schauspielern, mit seiner Frau oder mit ihm vor dem Hintergrund weltberühmter Bauten wie dem Opernhaus von Sydney, den Wolkenkratzern von New York oder dem Eiffelturm in Paris.

Der Meister stellte Victoria seine Frau Mei Tai Tai vor, die ihnen frisch gebrühten Tee vorsetzte. Sicherlich kam ihr Name von dem Wort 美丽 mei li, was „die Schöne" bedeutet. Die Frau des Meisters, sicherlich viel jünger als er, war eine klassische, chinesische Schönheit. Sie hatte glänzende schwarze Haare, glatt gekämmt und in einen Dutt gebunden, feine Gesichtszüge, makellose porzellanweiße Haut und große Augen. Ihre kleinen, schlanken Hände überreichten geschickt und mit unglaublicher Anmut blau-weiße Porzellanbecher mit Deckel. So wie der Meister hatte sie etwas Altmodisches an sich, aber sicherlich war sie nicht älter als 35 Jahre. Wie sich herausstellte, war sie eine Pianistin und die Muse des Meisters. In den traditionellen chinesischen schwarzen Kimono und in weite, helle Hosen gekleidet war sie ähnlich angezogen wie die älteren chinesischen Damen mit nach hinten gekämmtem Haarknoten. In ihren Ohren funkelten kleine Perlenohrringe und ihre dünne kleine Hand war mit einem hellgrünen Jade Armband geschmückt, ähnlich dem, das Victoria vom Schauspieler Long einmal bekam. Sie sah aus wie eine Dame am Kaiserhof auf einem schönen Gemälde.

Die drei sprachen über China, Peking und die Kunst. Dann sprach Meister Zhang über seine Reise nach Paris. Er besuchte eine Ausstellung und hatte ein paar Tage in der französischen Hauptstadt verbracht. Der Meister und seine Frau erkundigten sich nach Polen – dem Land Victorias. Der Meister kannte Europa, Amerika und asiatische Länder, aber er war noch nie in Polen. Aber er kannte auch die Geschichte der Kunst und berühmte polnische Maler. Am meisten bewunderte er das Bild von Joseph Chełmiński "Indian Summer". Erstaunlich, denn das Bild war auch Victorias Lieblingsbild. Für einen Moment fragte sich Victoria, wie es möglich war, durch einen Zufall ihr Idol zu treffen und dann noch zusätzlich so viele Ähnlichkeiten, Vorlieben und Leidenschaften festzustellen, die sie mit ihm verbanden. Nach einem langen Gespräch stellte sich noch heraus, dass Zhang Shi Fu (auf Chinesisch Meister) auch in Teilzeit als Professor an der Kunstakademie in Peking lehrte. Vielleicht konnte sie ihn im nächsten Jahr an der neuen Universität kennenlernen. Aber sie kannte ihn schon jetzt, saß in seinem Haus und trank mit ihm Grüntee. Als sie einen Blick auf die Gemälde und die alten geschnitzten Möbel warf, schien es ihr, als ob sie sich in der Zeit bewegt hätte. Sie war plötzlich im Peking der 30er Jahre. Dem gleichen Peking wie auf den vergilbten schwarzweißen Fotos. Auf den Straßen herrschte Hektik. Die Rikschafahrer zogen zweirädrige Rikschas mit Baldachin. In die Rikschas saßen modisch europäisch gekleidete wohlhabende Chinesen und rauchten teure Zigarren. Die einstöckigen grauen Hu Tongs waren mit roten Lampions geschmückt. In der Luft verbreitete sich der Geruch von Kochen und Weihrauch.

Victoria war in Pekings Welt der Kunst und Kalligraphie. Im Herzen der Hu Tongs, hinter einem festen Tor, bewacht von zwei chinesischen Steinlöwen, fand sie ihre magische Welt, die Welt, die sie bisher nur aus Büchern und Träumen kannte. Sie wollte diese Welt kennenlernen und zu ihr gehören. Im nächsten Jahr würde sie an die Kunstakademie studieren und sich jeden Tag mit ihrem Hobby beschäftigen. Was für eine wunderbare Vision hatte sie jetzt vor Augen.

Sie nahm die kostbare Papierrolle, die der Meister in eine spezielle Röhre gepackt hatte. Zhang Shi Fu lud die junge Polin in der nächsten Woche zu sich ein und sagte, dass er ihr das nächste Mal zeigen würde, wie er mit Guo Hua Technik seine Bilder malte. Victoria war von Glück erfüllt. Während sie redeten und auch nur zusammen waren gab es zwischen ihnen eine magische Verbindung. Das magische Band, das es zwischen Künstlern gab, die sich irgendwie in einer Stadt unter vielen Millionen fanden? Es war, als ob sie ihn schon früher gekannt hatte oder als ob Meister Zhang ihre Gedanken lesen konnte und unterbewusst die Antworten auf die ihm gestellten Fragen wusste. Sicherlich wusste er, welche Freude er Victoria geschenkt hatte und was ihr die Einladung in sein Haus voller Kunst bedeutete.

Schnell radelte sie zurück zum Wohnheim, wieder fest in dem Glauben, dass Peking der großartigste Ort auf Erden war. Sie musste alles sofort James sagen, aber als erstes erzählt sie es Eva. Sie ging zurück zum Wohnheim und lief sofort zum Zimmer der Freundin.

„Eva, ich komme gerade von Meister Zhang", sagte sie, als der Rotschopf die Tür öffnete.

„Erzähl", sagte die hellhäutige Freundin mit einem Lächeln.

„Schau mal, was er mir geschenkt hat", sagte sie weiter und öffnete die Rolle mit dem Papierschlauch, dem Geschenk des Meisters.

内心平静, die Zeichen bedeuteten „ inneren Frieden", war sorgfältig geschrieben, sanft, aber mit der großen Geste der geschickten Hand des Meisters Zhang. Um das zu schreiben, war Talent nicht genug, man musste Jahre üben. Üben von einem frühen Alter an, wie alle chinesischen Kinder in der Grundschule. Hinter der Kalligraphie steckte eine tausendjährige Geschichte und die Regeln musste man nicht nur lernen, sondern Stunden, Tage, Jahre üben. Eva blickte auf das Geschenk des Meisters und dann auf ihre Künstlerfreundin. Wie üblich, sah sie Faszination und Begeisterung in den blauen Augen der Freundin. Mit Interesse hörte sie die Geschichte des magischen Gefühls, der Verbindung und des Friedens, während Meister Zhang schrieb. Dann hörte sie von dem freundlichen Gespräch mit ihm und seiner schönen Frau, der Pianistin. Sie verstand, dass Victoria ihre Traumwelt gerade gefunden hatte und dieses Glück sofort teilen wollte.

„Ich muss gleich zu James gehen und ihm alles erzählen, oder ich rufe ihn zuerst an. Aber wie geht es dir mit Klaus?", fragte sie.

„Wir treffen uns nicht mehr", antwortete Eva traurig, aber bestimmt.

„Was? Warum? Was ist passiert?"

„Oh, es ist eine lange Geschichte und es macht keinen Sinn. Wir passen einfach nicht zusammen und ich werde nie so jung heiraten."

„Was? Er hat dich gefragt ob du ihn heiraten willst? Wow!", rief Victoria laut.

„Ja, aber du weißt...", Eva sah die Augen ihrer Freundin und rollte mit ihren Augen, was das Ende der Diskussion bedeutete.

Klaus, viel älter als die schöne Eva, erwartete, dass sie ihr Studium für ihn hinwarf und gemeinsam mit ihm China verlies, weil er einen anderen Vertrag auf den Philippinen hatte. Eva dachte aber manchmal wie ein Mann, sie stand fest mit beiden Beinen auf dem Boden und plante ihr Leben mit Sorgfalt. Vielleicht war sie einfach nicht in Klaus verliebt? Eine Hochzeit hatte für sie nicht den gleichen Zweck wie für andere Mädchen. Klaus bot ihr schnell ein neues wohlhabendes Leben im Luxus, teure Mahlzeiten in Fünf-Sterne-Hotels und exotische Reisen. Nein! Nicht für Eva. Sie zog es vor, erst ihr Studium zu beenden, sie kümmerte sich zuerst um sich selbst und wählte das Leben in Peking im Wohnheim mit Warmwasser nur am Abend. Sie zeigte keine Traurigkeit, weil in ihren grünen Augen Flammen des Trotzes und des Humors loderten, trotz der Tatsache, dass sie an diesem Tag sicherlich nicht bester Stimmung war.

James nahm den Hörer ab und sagte, dass sie sich in einer Stunde in einem nahe gelegenen Park an der Universität treffen konnten. Sie fuhr mit dem Fahrrad zu dem vereinbarten Ort. Ein angenehm warmer Wind verwehte ihr Haar. Die wilden Haare von Victoria verwandelten sich in diesem besonders feuchten Sommer in Tausende winziger Locken. Oft fragten die bekannten chinesischen Frauen vom Wohnheim oder auch Passanten auf der Straße, ob Victorias Haare echt waren und ob sie nicht die Haare braun gefärbt und die wilden Locken auf Lockenwickler gedreht habe.

Er saß entspannt auf einer Bank und beobachtete sie mit seinen riesigen dunklen Augen unter der Krempe seiner dunkelblauen Mütze. James setzte sie auf seinen Schoß und bat sie, zu erzählen, was heute beim Besuch bei Meister Zhang passiert war. Sie erzählte alles strahlend und er nahm jedes Wort auf, stellte ihr Fragen und lächelte von Zeit zu Zeit. Er wusste und sah, wie glücklich sie an diesem Tag war. Nein! Es war ein Tag des Durchbruchs! Der Tag, an dem sie sich in jeder Minute der Erfüllung ihres größten Traumes näherte! Sie würde malen, Kalligraphie schreiben und Meister Zhang war jetzt ihr Freund. Der Meister bemerkte ihr einzigartiges Talent, als er sie zum ersten Mal am Lama Tempel sah. Oder vielleicht sah er sich selbst in einem Mädchen aus Europa? Die gleiche Leidenschaft, das gleiche Engagement, die gleiche Magie. Die gleiche Begeisterung und der gleiche Eifer, der ihn viele Jahre leitete, um seinen Traum, ein berühmter Künstler zu werden, zu verwirklichen? Ein Künstler, der in der ganzen Welt bekannt war.

Nach diesen langen Geschichten fragte James die auf seinem Schoß sitzende Victoria, ob sie hungrig war. Sie nickte. Dann bot er an, nur für sie etwas Karibisches zu kochen. Auch da nickte sie und küsste ihn auf den Mund. Hand in Hand gingen sie in der Dämmerung in Peking zusammen in sein Zimmer.

In der folgenden Woche besuchte sie erneut Meister Zhang. Diesmal standen auf dem großen Tisch Porzellanplatten in verschiedenen Größen, auf denen der Meister die Farben anrührte und ein runder mit sauberem Wasser gefüllter Porzellanbehälter. Alle Farben waren gedämpfte Farbnuancen von Rot, Grün, Gelb und Schwarz. Auf einem Holzständer hingen Bambuspinsel in verschiedenen Größen. Einige Pinsel lagen und trockneten auf einem entfalteten Tuch. Der Meister sah die freundliche Polin an und sagte mit einem Augenzwinkern, dass er heute ihre Lieblingsblumen malen werde – Lotusblüten. Glücklich lächelnd bedankte sie sich. In Victorias Augen flackerten Flammen der Begeisterung, die Meister Zhang sofort bemerkte, als er das Tor seines Haus öffnete. In seinem Haushalt -Si He Yuan, spürte man, wie üblich, eine angenehme Ruhe. Überall roch es nach Sandelholz und Weihrauch. Er fragte Victoria, wie sie sich fühlte und was sie in der vergangenen Woche gemacht habe. Sie unterhielten sich eine Weile und bald darauf legte er ein Blatt Papier auf den Tisch.

Er erzählte Victoria von der Technik der chinesischen Malerei „Guo Hua", was „Malerei der Heimat" bedeutete. Man malte die Bilder mit Tinte oder Farbe auf Papier oder Seide. Victoria wusste auch darüber bereits eine Menge, da sie viele Stunden in Museen verbracht und sich Gemälde von Wasser, Wasserfällen, Bergen, deren Gipfel von Wolken verhüllt waren, Vögeln, Fischteichen und Blumen angesehen hatte. Sie kaufte eine Menge Bildbände und las viel über chinesische Kunst. Seit langem wollte sie diese Technik erlernen und nun geschah es.

„Lotusblüten haben eine lange Geschichte in China und im Buddhismus und sind ein Symbol der Unschuld, der Demut und des langen Lebens", sagte der Meister mit Blick auf Victoria.

„Seit langer Zeit faszinieren mich diese Blumen. Eigentlich, seitdem ich sie das erste Mal sah, als ich in Peking ankam", sagte Victoria.

Meister Zhang nickte nur und lächelte geheimnisvoll. Bevor er begann, mischte er lange die rote Farbe in einem Porzellanbehälter. Er vermischte eine kleine Menge Farbe mit einem großen Tropfen Wasser, bis die Farbe sich in ein Pastellrosa verwandelte und fast durchsichtig war. Er nahm mit einem mittelgroßen Pinsel eine kleine Menge weißer Tinte. Dann wurde das gleiche Ende des Pinsels auf einer Platte in die rosa Farbe eingetaucht. Schließlich tauchte er dieselbe Spitze des Pinsels in ein kleines Tröpfchen mit roter Farbe.

Er hielt den mit drei Farben gefärbten Pinsel und drehte ihn zu sich. Langsam setzte der Meister den Pinsel mit einer geübten Bewegung auf dem Papier auf. Wie nach dem Berühren mit einem Zauberstab fingen

sich an, eine nach der anderen, rosa schattierte Lotusblüten zu bilden, hellrosa an den Enden des Blüten und
dunkler neben dem Stamm. Ein ums andere Mal tauchte er majestätisch den Pinsel ein und malte auf das weiße, leicht transparente Papier. Victoria beobachtete
fasziniert, wie einfach und fachmännisch Meister
Zhang malte und die Farben mischte. Er war in der
Lage, die perfekten Formen ihrer Lieblingsblumen zu
kreieren, die Formen der Lotusblüten, die sie so gut
kannte und hunderte Male auf ihren Aquarellen gemalt
hatte. Die vom Meister gezeichneten Lotusblumen wurden mit Schattierungen von Licht und Schatten versehen.

Dann mischte er andere Farben: grün und schwarz
und malte das Innere dieser Blumen. Manchmal
schwieg er und manchmal erklärte er Victoria, wie viel
Farbe angerührt wurde und wie viel man auf den Pinsel
nehmen sollte. Oder wie man den Pinsel halten sollte
und wie stark man aufdrückten sollte, um die ge-
wünschte Wirkung zu erzielen. Diese Methode war sehr
spezifisch und um mit „Guo Hua" zu malen, musste
man erst alle Regeln kennenlernen. Als ob es sich um
„Kopien" handelte, so sollte Victoria es erlernen. Erst
dann, nach gründlicher Kenntnis der Methoden konnte
sie ihre eigene Elemente einführen und eigene Werke
erstellen.

Und diese Regel galt auch für die Kalligraphie, auch
dort herrschten Regeln, die verstanden und respektiert
werden mussten. Victoria kannte und liebte die Kalli-

graphieregeln. Sie wusste, wie man den Pinsel gerade hielt, an welchen Stellen des Zeichens man härter oder leichter aufdrücken musste. Sie wusste auch, wann man den Pinsel schnell vom Papier trennen sollte und so weiter.

Auf dem Papier wurden wiegende Blumen „He Hua" (Lotusblüten auf Chinesisch) lebendig - romantische und sanfte, aber gleichzeitig starke, fleischige, tief im trüben Wasser des Teichs verwurzelt.

Danach malte Meister Zhang runde grüne Blätter, die von ihrem eigenen Gewicht gebeugt waren. Wellenförmig, sie bewegten sich mit jedem kleinen Windstoß. Er verwandte eine Reihe von Pinseln und mischte mit geschickter Hand die grüne Farbe mit unterschiedlichen Mengen an Wasser, um die gewünschten Farbtöne zu erzielen. Und wieder, genau wie beim Malen der Blumen, entstanden langsam majestätische Blätter auf weißem Papier.

Das Bild der schönen Lotusblumen, die in ein graubläuliches Wasser des Teichs eintauchten, war fertig. Das Mädchen sah, fasziniert und bewegt, auf das fertige Werk. Sie liebte dieses Bild! Sie würde hunderte Male üben, um die chinesische Maltechnik zu erlernen, bis sie eines Tages zu dem gleichen Bild, geprägt von ihrer Persönlichkeit, kommen würde.

Sicherlich würde sie ihre eigenen Elemente einführen, die eine besondere Tiefe ergaben, die Tiefe, die so charakteristisch für ihre Bilder war. Oder vielleicht würde sie das Bild ein bisschen anders malen, aber mit der gleichen tiefen Botschaft der Schönheit, Kraft und Erfüllung!

Am Ende der Arbeit, wie üblich, unterzeichnete der Meister seine Arbeit. Er unterschrieb mit seinem Namen und drückte einen kunstvollen Steinstempel darauf, der in rote Tinte getaucht wurde.

„Fei chang gan xie", sagte das Mädchen, was in der chinesischen Sprache „herzlichen Dank" bedeutete.

„Du wirst das Gleiche bald genauso gut malen, du wirst sehen. Du hast Talent!", sagte der Meister und Victoria fühlte sich glücklich.

Es war so ein tolles Gefühl, diese Worte von einem solch bekannten Künstler zu hören „Du hast Talent", wiederholte Victoria und fühlte sich wie ein Bergsteiger, der gerade den höchsten Gipfel der Welt erobert hatte. Ein Bergsteiger, der während Schneestürmen, sintflutartigem Regen und sengender Sonne die Spitze des Berges erklommen hatte. Ein Bergsteiger, der in einem Zelt auf dem vom Wind gepeitschten Felsen geschlafen und mit seinen Schwächen, Sorgen, Angst und Sehnsucht gekämpft hatte. Er kämpfte mit der unvorhersehbaren Natur und mit seinen eigenen körperlichen Schwächen. Manchmal riskierte er sogar sein Leben, nur, um diesen einen Moment des Sieges und der Ewigkeit zu erleben - den Moment, wenn der Kletterer auf dem Gipfel steht und sich umschaut. Dieser Moment regierte jetzt in Victorias Herzen.

Auf dem Tisch trocknete noch das gemalte Bild. Sie

ruhten sich aus, während sie auf der Bank saßen. Diesmal waren sie im Hof, in ein Gespräch über Kunst vertieft und nippten an Jasmintee. Dann lud Meister Zhang Victoria ein, selbst zu malen und beobachtete sorgfältig die Bewegungen des Bambuspinsels. Er gab Ratschläge und kommentierte ihr erstes Bild der „Guo Hua" Technik. Es war keine leichte Aufgabe, aber Victoria war wie immer beim Malen voller Begeisterung. So flossen die Stunden dahin, in denen sie zusammen mit dem Meister in der magischen Welt ihrer Lieblingsbeschäftigung war.

Am Ende des Treffens lobte Meister Zhang ihre erste „Guo Hua" Malerei und fragte, ob sie wüsste, was eine chinesische Oper sei. Sie schüttelte den Kopf. Sie hatte schon Musik und Operngesang gehört. Die älteren chinesischen Männer entspannten sich oft im „ Ri Tan Park", saßen mit halbgeschlossenen Lidern auf einer Bank und hörten Opern im Radio. Sie war aber noch nie im Theater gewesen. Dann schlug Zhang Shi Fu in der nächsten Woche einen Ausflug zur Peking Oper vor. Diese war auch seine Leidenschaft, natürlich neben der Malerei. Er sagte, er mochte die Oper, nicht nur wegen des Gesangs, der Musik und den Schauspielern, sondern auch wegen der traditionellen Opernkostüme, dem anspruchsvollen Make-up und den Masken - ähnlich wie ein farbenfrohes Gemälde. Die Peking Oper ist die bekannteste Form der chinesischen Oper, die den Status eines klassischen Nationaltheaters hatte. In der Vergangenheit gab es sehr viele in den verschiedenen Regionen Chinas. Eine Oper bestand nicht nur aus Musik, Pantomime, Gesang und Theater, sondern auch aus Akrobatik. Die Schauspieler trugen bunte, handbestickte Seidenkleider, ausgefallene Hüte, Perücken. Außerdem trugen sie ein genau überliefertes Make-up und manchmal Masken. Die Peking-Oper war sehr symbolisch und hatte fast keine Dekoration. Die Schauspieler benutzten symbolische Requisiten. Zum Beispiel symbolisierte eine Peitsche in der Hand Reiten, ein Paddel die Überquerung eines Flusses, Banner hinter sich symbolisierten eine Truppe. Die Farben der Masken hatten auch ihre Bedeutungen. Die rote Maske bedeutete einen ehrlichen Mann, eine weiße einen Lügner, die gelbe einen Krieger, während Gold eine Gottheit symbolisierte. Die Bewegungen der Akteure waren ein klar definierter Kanon. Angst wurde durch Fuchteln mit den Händen und sich an den Kopf fassen ausgedrückt. Ärger wurde dargestellt, indem der Kopf zwischen die Schultern genommen wurde. In der Vergangenheit wurden die weiblichen Figuren von Männern gespielt. Meister Zhang warnte Victoria davor, dass für einen Ausländer diese Art des klassischen chinesischen Theaters unverständlich sein könnte. Trotzdem wollte er Victoria eine andere Kunstwelt in Peking zeigen.

Sie rollte langsam das Bild des Meisters und ihr gerade selbst gemaltes zusammen und schob diese in ein Papierrohr. Der Meister sagte, dass er sie in ein paar

Tagen anrufen würde, um ihr das genaue Datum der Aufführung durchzugeben. Er schlug vor, auch noch eine andere Person aus ihrem Umfeld mit einzuladen.

Victoria fuhr langsam mit dem Fahrrad zurück in ihr Studentenwohnheim, vorbei an den von der heißen Sommerhitze aufgeheizten und zunehmend überfüllten „Hu Tongs" und dachte, dass sie das alles sofort James sagen musste.

Als sie sich in Victorias Zimmer trafen, zog sie das Bild des Meisters und ihr eigenes aus der Hülle und entrollte es auf dem Tisch.

„Wunderschön!", sagte James beim Betrachten der beiden Bilder und sah dann direkt in Victorias Augen, die vor Freude leuchteten.

„Heute bin ich irgendwo hoch im Himmel", lachte Victoria.

„Ich weiß, ich sehe es", fügte James hinzu und sah sie wie üblich mit diesen bezaubernden Augen an.

Sie erzählte ihm von dem Besuch bei dem Meister und seinem Vorschlag, zusammen nächste Woche die Peking Oper zu besuchen.

„Vielleicht werden wir zusammen hingehen?", fragte sie.

„Das ist nicht dein Ernst?", James rieb sich seine Augen und begann zu lachen.

„Warum nicht? Ok, das ist nicht Reggae, nur eine typische chinesische Musik, aber das ist Teil der Kultur von Peking und...", sprach sie weiter.

„Ich bin offen für alle anderen Einladungen, aber das kann ich leider nicht annehmen", James unterbrach sie und begann, eine chinesische Opernsängerin zu imitieren:" Miau, Miau...", so klang es mehr oder weniger. Victoria begann zu lachen.

Diese "Tortur" oder die Oper ist ein guter Ort zum Schlafen", fuhr James fort und sie waren nicht in der Lage, ihr Lachen zu stoppen.

„Nun, ich werde versuchen, jemand anderes davon zu überzeugen, vielleicht Eva?"

„Viel Erfolg!", sagte James unglaublich amüsiert und küsste sie auf die Wange.

Die chinesische Oper zeichnete sich durch sehr laute Musik und Gesang mit hohen Tönen aus. Es war sicherlich unverständlich für die meisten Ausländer und wie James sagte, vielleicht konnte es sogar "Folter für die Ohren" sein, aber die sture und neugierige Victoria konnte nicht die Möglichkeit für ein Treffen mit dem Meister ablehnen. Eva konnte sie auch nicht überreden, weil sie einen "wichtigen Termin" hatte, genau am Tag der Aufführung.

Victoria kam mit einem privaten Fahrer des Meisters. Sie fuhren in einem klimatisierten Auto durch die überfüllten Straßen der Innenstadt, wo sich das Theater befand. Vor dem Theater wartete schon der Meister, der in einen traditionellen chinesischen Kaftan und einen schwarzen Hut gekleidet war. Neben ihm stand, wie gewohnt, seine schöne Frau, die Pianistin. Sie standen in einer Menge von Menschen mit ihrer diskreten Eleganz, freuten sich beim Anblick Victorias und luden sie sofort nach innen ein.

„Ich möchte, dass du jemanden kennenlernst", sagte Meister Zhang und führte Victoria geradewegs in die Umkleidekabine.

Sie traten in einen Raum voller von Schauspieler. Manche saßen vor dem Spiegel und schminkten sich oder besser gesagt, malten sich die Gesichter an. Auf Kleiderbügeln hingen faszinierend bunte und reich bestickte Opernkostüme. Der Meister näherte sich einem Schauspieler und stellte ihm Victoria vor. Der Schauspieler namens Fang gab ihr die Hand. Sein Gesicht war zur Hälfte mit starkem aufwändigem Make-up bemalt, mit einer Dominanz von Weiß und Schwarz. Der Schauspieler würde die Rolle des Jing, des großen Kriegers, spielen und sein Gesicht würde von einer kompliziert zu malenden Maske abgedeckt sein. Er würde gleich sein Gesicht weiter bemalen und Victoria konnte ihn dabei beobachten. Der Meister erklärte der Polin, dass es fünf grundlegende Arten von Charakteren in der Peking Oper gab: Sheng - positive männliche Figuren (meist Militär, alt oder jung), Dan- weibliche Charaktere (junge und alte Frauen, gute Partie und Kurtisanen), Jing- Soldaten, Generäle oder andere Krieger, Chou- Spassfiguren und Mo-Nebenrollen.

Victoria dachte erfreut: „Das ist Exotik!" Als sie das kompliziert bemalte Gesicht des Schauspielers sah, hatte sie ein Gefühl der Faszination. Fang, der Schauspieler nahm einen dünnen schwarzen Pinsel und malte weiter an der dekorativen Maske auf seinem Gesicht. Seine Pinselstriche waren genau und sehr symmetrisch auf beiden Seiten des Gesichts. Er fragte Victoria über ihr Land und das Studium aus. Das Gespräch störte ihn nicht dabei, weiter mit unglaublicher Präzision die Maske auf seinem Gesicht zu malen. Meister Zhang lächelte, als er das faszinierte Gesicht der Ausländerin sah. Danach gingen sie zusammen in den Saal des Theaters, in dem bereits die lächelnde Frau des Meisters auf sie wartete. Der Theaterraum war nicht speziell eingerichtet. Auf der Seite der Bühne saßen nur Mitglieder des Orchesters auf gewöhnlichen Stühlen. Sie hielten die seltsamsten Instrumente in den Händen: eine Mundharmonika, Klarinetten, Flöten, verschiedene Saiteninstrumente, eine Art Geige, Trommeln, Becken, Rasseln. Sie waren alle normal gekleidet und bestimmt gerade erst von ihren schwarzen Fahrrädern gestiegen. Sie trugen keine schicke, festliche Kleidung. Die Frau des Meisters namens Mei erzählte Victoria den Inhalt des kommenden Opernspektakels und versicherte, dass Victoria ihr zu jeder Zeit alle Fragen stellen könnte. Der Raum füllte sich langsam mit Publikum, meistens Chinesen, aber auch mit einigen in elegante Anzüge gekleideten japanischen Geschäftsleuten und nur wenigen, anscheinend amerikanischen Touristen.

Die Lichter gingen aus und das Publikum hörte einen lauten Klang der Rasseln, einen Rhythmus, der zunehmend anwuchs und dann Stille. Auf der Bühne erschienen runde Lichtstreifen und bald sah das Publikum die auf der Bühne stehenden Akteure. Was war das für ein Fest für die Augen Victorias! Intensiv glänzende Seidenkleider, das bunte Make-up der Schauspieler, viele Masken, Perücken, Schwerter und Flaggen - all diese Dinge blendeten Victoria in ihren Hunderten von intensiven Farben. Dann kam laute Musik und es schien, als ob alle Mitglieder des Orchesters gleichzeitig begannen, mit aller Kraft auf ihren exotischen Instrumenten zu spielen. Die Musik war laut, schrill, ohrenbetäubend! Victoria dachte sofort, dass, wenn es die ganze Zeit so laut blieb, sie nicht in der Lage sein würde, die Frau des Meisters etwas zu fragen. Vermutlich konnte sie auch taub aus dem Theater herauskommen. Glücklicherweise hörte die Musik auf, aber es erklang nun ein genauso lauter und hoher Gesang. Gesang, der von den Saiteninstrumenten begleitet wurde. Die Schauspieler begannen, sich zu bewegen.

Es gab auch Monologe mit einer Art von Pantomime und akrobatische Sprünge, die Kämpfe ausdrücken sollten. Die Schauspieler benutzten verschiedene Requisiten. Zum Beispiel Peitschen – diese symbolisierten Reiten auf dem Pferd, oder Pfannen - eine kämpfende Truppe von Soldaten. Manchmal bewegten sich die Akteure im Kreis in dem sogenannten "Bagua Schritt" und dann erklangen laut die Tschinellen und Klanghölzer. Victoria verschlang die visuellen Bilder und mit der Zeit gewöhnte sie sich an die unerwarteten wilden

Schreie, die laute Musik, den Gesang in extrem hohen Tönen und an den generell herrschenden Lärm.

Zum Glück wurden die Musik und der Gesang von Zeit zu Zeit ruhiger und eintöniger. Victoria blickte zum Meister, der mit halb geschlossenen Augen und einem zufriedenen Ausdruck auf seinem Gesicht dem Operngesang lauschte. Seine schöne Frau saß gerade mit ihrer angeborenen Eleganz und Grazie und schickte Victoria mehrere Male ein optimistisches Lächeln. Im Gegensatz dazu waren die meisten japanischen Geschäftsleute (die in der Nähe saßen) eingeschlafen und manchmal konnte man sogar ihr Schnarchen hören. Victoria war durch den Anblick amüsiert und dachte sofort an das, was ihr James über die Oper erzählt hatte: „Ein guter Ort, um sich auszuschlafen".

Die Zeit verging langsam, als ob das Opernspektakel ewig dauern würde. Nein! Es war sicherlich keine "Folter" für Victoria, sie liebte diese chinesische Exotik, genoss diese optisch - vibrierenden Farben. Trotzdem, während sie neben dem Meister und seiner Frau saß, musste sie einsehen, dass sie keine Chinesin war und der Operngesang wirklich für Ausländer „kompliziert zu verstehen" war.

Gleich danach stoppte der monotone Gesang und plötzlich gab es einen ohrenbetäubenden Klang des großen runden Gongs, der die gerade gespielte Szene beendete. Einige Mitglieder der schlafenden japanischen Delegation wachten schockiert auf und rissen die Augen weit auf. Einer war wohl so erschrockenen, dass er sogar von seinem Stuhl aufgestanden war. Victoria bog sich vor Lachen und die Geschäftsleute unterdrückten ebenfalls ein Lächeln und gaben vor, ein besonderes Interesse an der gerade gezeigten Szene zu haben.

Dann endete die Aufführung und das Publikum begann zu klatschen und gleichzeitig schnell aus dem Theater zu gehen (oder, besser gesagt, sich zum Ausgang zu drängen). Die zufriedene Victoria verabschiedete sich vom Meister und seiner Frau. Der Fahrer des Meisters hatte bereits auf Victoria außerhalb des Gebäudes gewartet, um sie zur Universität zurückzufahren. Meister Zhang fragte sie, wie ihr die Opernaufführung gefallen hatte und Victoria antwortete: „Sehr gut hat es mir gefallen. Nur die Opernmusik ist eigentlich für Ausländer, wie soll man sagen? Speziell".

Meister Zhang lachte und stimmte ihr nickend zu. Am Ende sagte er Victoria, dass er und seine Frau in ein paar Tagen Peking verlassen würden, um zwei Wochen in Australien zu verbringen, aber nach ihrer Rückkehr musste Victoria ihn unbedingt wieder besuchen.

Wenige Tage nach dem Besuch der Peking-Oper hatte Victoria einen seltsamen Traum. Wie üblich, verbrachte sie die Nacht mit James in ihrem Zimmer und schlief sicher an seiner Seite. Aber in der Nacht träumte sie von seltsamen Dingen. Sie träumte, dass sie durch einen Bambuswald spazierte, der Wald war voll von schönen, grünen Bäumen und plötzlich griff ein großer Tiger sie an, sprang ihr an die Kehle, biss zu und sie konnte sich nicht befreien und es schien, als ob sie aufgehört hatte, zu atmen. Sie hatte keine Chance, sich von dem schweren Körper des wilden Tieres zu befreien und plötzlich - plötzlich weckte James sie auf, wischte die Tränen von ihren Wangen.

„Alles in Ordnung, es war nur ein Traum", sagte er und gab ihr einen Gutenmorgenkuss.

Victorias Herz konnte immer noch nicht aufhören zu schlagen. Sie spürte instinktiv, dass etwas falsch war, fühlte eine seltsame Macht, kommendes Scheitern? Misserfolg? Vielleicht etwas anderes, aber sicherlich nichts Gutes. Sie sah James an und schloss dann für einen Moment die Augen. Sie klammerte sich an ihn und wollte ihn lange Zeit nicht loslassen.

„Vergiss es, es war nur ein Traum", sagte James, aber Victoria hatte ein seltsames Gefühl.

„Manchmal haben Träume eine Bedeutung", sagte sie traurig.

„Ja, aber nicht immer, und das Leben geht weiter, nicht wahr?", fügte James hinzu.

Victoria wollte den Traum vergessen, konnte es aber lange Zeit nicht. Hatte sie sich auf einmal in eine Hexe verwandelt, die die Zukunft kannte? Manchmal verursachte Victorias blühende Phantasie bei ihr eine einzige Zerrissenheit. Dann konnte sie sich auf nichts mehr konzentrieren. Victoria ergriffen Gefühle des Zweifels an ihrem Talent. Sie fragte sich, warum sollte sie so einzigartig sein? So besonders? Warum hatten ihre Bilder

Tiefe und gefielen so vielen Menschen? Vielleicht war es nur eine Lüge und sie sollte über ein anderes Studium nachdenken. Diese Gedanken plagten sie viele Tage und sie fuhr fort, zu malen. Dann befand sie sich in einem unbeschreiblichen schwarzen Loch. Voller Trauer und Zweifel verwandelte sie sich in einen Roboter, der am Morgen zu den Vorlesungen aufstand und alles automatisch tat.

Eines Tages, in einem Moment, wenn die Sonnenstrahlen über Peking leuchteten oder wenn ein Passant auf der Straße ihr ein Lächeln schenkte, erweckte sie das wieder zum Leben. Sie wurde wieder sie selbst. Oft sah sie in ihren Träumen positive Dinge, faszinierende Bilder, bunt, voller Charme und Tiefe und dann musste sie sofort aufzustehen, um zu malen, was sie während des Schlafes gesehen hatte. Um die Magie und den Moment voller Ewigkeit zu erfassen.

Vorzeitige Ferien

In der Hitze Pekings endete langsam ein weiteres Studienjahr. Fast jeden Abend überflutete tropischer Regen die Stadt bis zum nächsten Tag mittags, dann verwandelte es sich in eine klebrige, feuchte Hitze mit sengender Sonne und dem Lärm der Zikaden. Trotz der kommenden Prüfungen verbrachte Victoria fast jede Nacht mit James. Sie waren Liebende, mit Sehnsucht nacheinander. Nach heißen und intensiven Nächten war es nicht möglich, am Tag wirklich zu lernen. Nach den Vorlesungen am Morgen, bei denen sie fast eingeschlafen war, legte sie sich unmittelbar nach der Rückkehr in ihrem Zimmer hin, um eine Stunde zu schlafen, um die Kräfte zu regenerieren für ein weiteres Treffen mit Mr. Blue.

Eines Abends war sie erschöpft und beschloss, sich endlich einmal wirklich zu erholen und nicht, wie üblich, zu James zu fahren. Sie rief ihn an und er gab auch zu, dass es eine gute Entscheidung war, obwohl er darauf bestand, dass ihm trotzdem das tägliche Treffen fehlte. James, ein wahrer Gentleman, gut erzogen, diskret und doch sehr cool. Sie fragte sich, wie oft er ihre Gedanken und Wünsche wusste, bevor sie sie ausgesprochen hatte. Er freute sich über ihren Erfolg und war in schwierigen Zeiten auch in der Lage, sie zu trösten. Er konnte aber auch sehr offen über etwas Negatives sprechen, ohne lange um den heißen Brei herumzureden und er konnte sicherlich die Flamme der Begeisterung nur durch Augenkontakt oder Gesten entzünden.

„Wahrscheinlich ist das seine langjährige Erfahrung mit Frauen", dachte sie. Sie wusste, dass er sehr viele schöne, intelligente und europäische Frauen hatte. Ja! Europäerinnen! Auch an Victoria faszinierte ihn sicherlich wie ein Magnet die Vielfalt und Schönheit einer anderen Kultur. Nach einem kurzen Gespräch verabredeten sie sich für den nächsten Abend. Dann besuchte sie kurz die tunesischen Nachbarinnen. Sie sprachen über die bevorstehenden Ferien und über ihr Land, während sie einen erfrischenden Pfefferminztee tranken. Sie fragten nach James, aber Victoria war nicht der Typ, der private Informationen weitergab. Das war ihre Welt, ihre Geheimnisse und sie hatte nicht die Angewohnheit, darüber zu sprechen. Dann ging sie in ihr Zimmer und legte sich sofort schlafen.

In der Nacht, oder besser gesagt, im frühen Morgengrauen wurde sie von einem starken Ruck des Bettes geweckt. Noch fast schlafend wusste sie nicht, ob es ein Traum oder Wirklichkeit war. Das Bett ruckte wieder von einer Seite zur anderen Seite. Sie öffnete ihre verschlafenen Augen und sogar in dem dunklen Raum sah sie, wie ihre Bilder an der Wand schaukelten, ein Mal in die eine und dann wieder in die andere Richtung. Die Lampe schwankte auch. Die Porzellantassen mit Deckel rasselten monoton. Plötzlich gab es einen starken Ruck und der Boden schien sich erzürnt zu haben, als ob Wellen durch den Fußboden flossen. "Ein Erdbeben!", plötzlich kam sie schnell zur Besinnung und setzte sich auf das Bett. Das Wohnheimgebäude schwankte jetzt in alle Richtungen und sie war kaum in der Lage, sich der Tür zu nähern. Ihr Herz schlug schneller und schneller und auf ihre Stirn traten nasse Schweißtropfen. Sie hörte Schreie aus dem hinteren Teil des Gebäudes und starkes Klopfen oder eher Schlagen an ihre Tür.

„Victoria, zieh dich schnell an, wir müssen auf den Platz laufen", Eva öffnete abrupt Victorias Zimmertür und sprach laut und chaotisch mit zerzausten Haaren und funkelnden erschrockenen Augen.

„James, ich muss ihn aber anrufen", sagte Victoria, deren erster Gedanke ihrem Liebhaber galt.

„Bist du verrückt? Dieses Gebäude kann jeden Moment zusammenbrechen! Wir müssen alle sofort raus! Lauf schnell!", jetzt schrie Eva laut.

Aus dem Nebenzimmer liefen hintereinander die Tunesierinnen in langen Nachthemden. Die Korridore und das Treppenhaus waren im Handumdrehen mit Studentinnen in ihren Pyjamas und Nachthemden gefüllt. Sie rannten oder kämpften sich eher durch die Menschenmenge in den dunklen Gängen und versuchten, einander nicht zu verlieren. Auf der Treppe war es überfüllt, hin und wieder schwankte das Gebäude stärker. Irgendwo in der Nähe fiel eine Glaslampe um und zerbrach, ein dumpfer Schlag auf dem Steinboden und verletzte vorbeilaufende Studentinnen. Die Schreie! Das Gekreische! Irgendwo in der Ferne konnte man laute Sirenen hören. Das Gebäude wurde langsam zu einem schlingernden Schiff in einem entfesselten Sturm. Jedes Mal, wenn eine neue Erdbebenwelle folgte, schrieen die Studentinnen aus Leibeskräften. Einige standen auf der Treppe da wie hypnotisiert und versperrten anderen den Durchgang.

Nach minutenlangem Gerangel erreichten die Mädchen irgendwie den überfüllten Sportplatz vor dem Gebäude. Da standen schon oder besser gesagt, saßen Massen von Studenten, schaukelnd von den starken Bewegungen der Erde. „Das Ende der Welt", blitzte ein Gedanke bei Victoria auf und sie hörte ihr Herz rasen. Victoria und Eva standen in einem überfüllten Bereich und die Erde bebte noch immer und jeder Augenblick war wie die Bewegung der tobenden Wellen des Meeres. Sie versuchten, sich an einer Bank in der Nähe festzuhalten, weit weg von den Bäumen. Es schien, dass die Erschütterungen ewig andauerten, aber tatsächlich dauerten sie nur ein paar Minuten.

Nach den starken Vibrationen entstand plötzlich wachsendes Schweigen, eine deprimierende Stille, unheilvolle Ruhe, die nichts Gutes bedeutete. Tief in ihrem Inneren fühlte sie, das ist nicht das Ende. Die Schweißtropfen waren reichlich auf der glatten Stirn Victorias. Sie hatte weiche Knie und fühlte sich machtlos. An einem gewissen Punkt war der Platz von zerbrochenen Dachziegeln überschüttet, und die nahegelegene Laterne fiel klappernd auf die Asphaltstraße. Jemand rief auf Chinesisch um Hilfe und jemand anderes begann, hysterisch zu schluchzen.

„Über nichts nachdenken, überleben, ruhig bleiben", sie beruhigte sich selbst in Gedanken und ihr Herz klopfte wie verrückt. Jetzt eroberten Angst und Ohnmacht ihre Welt.

Wieder begann die Erde zu zittern. Von den anderen nahe gelegenen Gebäuden fielen Dachziegel herab und plötzlich entstand in der Mitte des vibrierenden Sportfeldes mit einem Knall ein großer Riss und halbierte die dicke Betonschicht in zwei Teile. Es erhob sich ein Schrei und die Studenten begannen, in Panik zu den Enden des Spielfeldes zu fliehen und dann ... dann war es plötzlich wieder still. Die Erde stand still, als ob nichts passiert wäre. Als ob es diese verrückten Wellen nie gegeben hätte. War es ein Moment oder eine Stunde? Niemand wusste es. Victoria schien es wie eine Ewigkeit. Sie dachte, sie würde gerade die Hälfte ihres Lebens oder zumindest ein paar Jahre in diesen paar Minuten verbringen. Vielleicht war sie jetzt eine silberhaarige alte Dame? Aber sicher malte sie noch Bilder und saß vor ihrer kleinen Hütte am Waldrand.

Es wurde zunehmend hell. Ein ruhiger Morgen. Wenn nicht gerade unsichtbare Kräfte an diesem Ort rissen, die Studenten dazu zwangen, in Panik zu fliehen. Die Menschen konnten nicht gegen die Elemente gewinnen.

Nun gingen die Elemente schlafen, für eine lange Zeit oder nur für eine Weile? Und von einem Moment auf den anderen tobte die Erde und zog nach allen Seiten.

Auf dem Platz zeigte sich ein breiter Riss im Beton wie der offene Krater eines Vulkans. Einen Moment lang sprach niemand. Hunderte von Menschen und es herrschte völlige Stille. Plötzlich fuhren rote Feuerwehrwagen zum Wohnheim. Mit der Zeit kamen auch die Lehrer. Dann wurde laut über das Erdbeben gesprochen. Es hatte aufgehört, aber es konnte jederzeit wieder geschehen. Die Gebäude waren intakt, aber zuerst mussten die Feuerwehrmänner überprüfen, ob sie sicher waren. Feuerwehrmänner liefen in das Wohnheim. Jemand sprach über die Bedrohung durch weitere Erdstöße und das vorzeitige Ende des Semesters. Die Vorlesungen wurden abgesagt. Alle warteten drauf, was passieren oder auch nicht passieren würde.

Nach einer Stunde des Wartens im Schlafanzug auf dem Spielfeld konnte endlich jeder auf sein Zimmer gehen, aber sie hatten nur zwei Stunden, um das Universitätsgelände zu verlassen. Das Erdbeben würde wahrscheinlich in ein paar Stunden wieder aufleben und sehr wahrscheinlich auch in den kommenden Tagen. Der sicherste Weg war, die Botschaften aufzusuchen und dann weiter in die Heimatländer zu fliegen. Die Entscheidung, sofort zur Botschaft zu gehen. Victoria war schockiert. Wie konnte sie die Universität verlassen? Ihre Bilder hier lassen? Und wo war James? In zwei Stunden sollte der Konsul kommen und sie musste schnell packen und sich möglicherweise auf einen längeren Aufenthalt in Polen vorbereiten. In den kommenden Tagen würde Peking wieder von starken Erdbeben erschüttert werden. Die Gebäude des Wohnheims waren alt und es war zu gefährlich für die Leute, hier zu bleiben. Es gab keine Zeit, um nachzudenken. Die Elemente stießen die Ausländer aus Peking heraus.

Victoria lief zurück ins Wohnheim und bemühte sich, James anzurufen, aber er war nicht erreichbar, niemand wusste, wo er war, sie konnte ihn jetzt nicht finden. An dem einzigen Telefon sammelten sich Menschenmengen. Die Studenten riefen die Botschaften und Konsulate an und erkundigten sich danach, wer sie abholen würde, andere warteten in der Reihe. Einige Leute entschieden sich spontan, direkt zum Flughafen zu fahren, ohne Tickets, ohne Reservierung. Panik!

Mit klopfendem Herzen betrat Victoria ihr Zimmer. „Ich weiß nicht, was ich mitnehmen soll?", fragte sie sich. „Ist es ein zu früher Urlaub oder eine Reise für eine sehr lange Zeit? Die Bilder!", dachte sie weiter. Sie packte in Panik ihre größten Werke, Geschenke von Meister Zhang und die schönsten Aquarelle in Rollen. Nach ein paar Minuten hörte sie auf Chinesisch ihre Zimmernummer schreien und rannte nach unten. Das war er - James! Er rief zurück und nannte ihr mit ruhiger Stimme den Ort, an dem sie sich übermorgen treffen konnten. Er war nicht mehr in seiner Schule, er blieb jetzt mit Freunden im diplomatischen Komplex. Er wusste, dass auch Victoria sich mit den anderen Studenten in die Botschaft begeben würde. Victoria hörte zu und fragte sich gleichzeitig, wie man in diesem Moment so ruhig sein konnte. Sie bewunderte James wieder. Übermorgen würden sie sich nur für ein paar Minuten treffen. Dann würde er schon nach Hause fliegen, er hatte eine Reservierung und ein Flugticket. Nichts war ihm passiert, aber schon morgen konnten weitere starke, gefährliche Erschütterungen kommen. Es gab jetzt keine Zeit für Trauer, Reflexion oder Spekulationen über alles, die Zeit flog. Fließende Sekunden, Minuten, Stunden.

Victoria schien es, als ob alles, sich zu drehen begann, schneller und schneller. Sie versuchte, die panischen Gedanken und Gefühle zu vermeiden, die leider immer mehr und mehr von ihrer Seele Besitz ergriffen.

Sie war entsetzt, als sie die Nachrichten im Fernsehen sah. Darüber hinaus standen die Massen da, niemand sagte etwas, sie verabschiedete sich von anderen Freunden, die gleich danach in elegante diplomatische Autos und Busse stiegen. Einige hatten Tränen in den Augen und die Angst stand ihnen ins Gesicht geschrieben. Sie versprachen, sich im September zu treffen, wenn alles vorbei war und die Lage sich beruhigt hatte. Manche Menschen wussten, dass sie nicht zurückkommen würden, und waren deswegen so traurig. Insgesamt warteten alle, nachdem sie quer durch die Stadt in den Botschaftskomplex im Herzen von Peking gefahren waren.

Der junge polnische Konsul war ruhig, er stieg in einem eleganten Anzug aus dem Bus aus. Dann erklärte er den Studenten, was letzte Nacht passiert war. Die starken Erschütterungen würden wahrscheinlich in den nächsten Tagen wiederkommen. Die Botschaft erinnerte zu dieser Zeit an einen Campingplatz, alle mussten in Zelten im Freien schlafen. Leider waren einige Gebäude beschädigt worden und es war noch nicht zu Ende. Die Studenten bombardierten ihn mit Fragen über das Erdbeben. Er reagierte ruhig, sagte, dass er später alles erklären werde. Jetzt müssten sie ihre Koffer packen und in die Botschaft gehen.

Sie fuhren durch die leere Stadt - Peking. Diese riesige weitläufige Stadt mit Millionen von Radfahrern war plötzlich leer, verlassen und still, wie nach einer Bombenexplosion. Auf den Straßen herrschte Leere, aber hier und da konnte man Risse im Asphalt sehen. Einige Häuser, vor allem die einstöckigen alten Hu Tongs, waren nur noch Ruinen. Sie hatten dem Erdbeben nicht standgehalten. Hier und da, neben den Häusern, kehrten die Bewohner die Straßen. Victoria schien es, als ob sie das Schlagen ihres Herzens hörte. Jeder im Bus saß da, ohne etwas zu sagen, nichts. Alle schauten sich Peking, die durch die Elemente zerstörte Stadt, an, und von Zeit zu Zeit sahen sie einander an, aber niemand hatte Lust, zu reden. Stille. Man konnte nur den Klang des Fahrzeugmotors hören. Es war wie im Film. Vielleicht wäre es bald zu Ende und Victoria würde wie jeden Morgen in James muskulösen Armen in seinem

Zimmer erwachen? Dann würde sie sich ihren Morgenkuss abholen und nicht nur das, und dann musste sie sich wieder beeilen. Strampeln auf dem Fahrrad, kräftig in die Pedale treten in einem schwindelerregenden Tempo durch die überfüllten Straßen voller Radfahrer rasen, um rechtzeitig zu den Vorlesungen zu kommen. Die Pedale mit voller Wucht treten, mit zerzausten Haaren. Den Morgenduft Pekings einatmen - in heißem Öl gebratene You Tiao, tausende Gewürze und Jasmintee. Schnell strampeln, ohne Kaffee zu trinken, ohne Frühstück, im Rauschen des Windes.

Nein, es war kein Film und auch kein Traum! Alle hatten Angst in den Augen und Hoffnung, auch um nur für einen Augenblick ihr Herzklopfen zu beruhigen, sie wischten sich den Schweiß von der Stirn und mit einem Tuch von den Händen. Zum ersten Mal in Victorias Leben hatte sie wirklich Angst. Die Straßen waren leer. In jedem Moment konnte wieder ein Beben die riesige Stadt erschüttern. Die Elemente konnten noch die Laternen zerbrechen, die Bäume entwurzeln, die Häuser einreißen und aufgerissene Straßen voller Abgründe hinterlassen.

Wo waren jetzt nur die Millionen Einwohner von Peking? Vielleicht würde im nächsten Moment die Erde wieder beginnen, von allen Seiten zu zucken und zu beben und würde den Bus in der klaffenden Spalte des Asphalts verschlingen, genauso tödlich wie in dem offenen Krater eines Vulkans? Wenn der Bus jetzt in die Tiefen der Unterwelt eintauchte, wer würde es erfahren? Wer sollte die Botschaft, die Eltern und James benachrichtigen?

Weiter und weiter fuhren sie durch die tote, von den Elementen zerstörte Stadt. Nun, nur ein paar Minuten später, gelangten sie zu einem verzauberten Garten voller Lotusblumen in Töpfen. Die Metalltür der polnischen Botschaft öffnete sich und schloss sich automatisch wieder nach dem Bus voller Studenten. Sie sprachen mit dem Konsul und den Botschaftsbeamten, die auf die Studenten warteten. Als wäre alles wieder normal und ruhig, als ob sie in einem anderen Land wären. Aber jeden Moment konnte das Erdbeben wieder beginnen, so wie vor wenigen Stunden.

Die Studenten sollten in Zelten schlafen, auf dem Hauptplatz der Botschaft, dem gleichen Platz, wo die Töpfe mit Victorias Lieblingsblumen, den Lotusblumen standen. Heute musste jeder dort schlafen, so wie Nomaden in der Wüste, es war verboten, in den Gebäuden zu bleiben. Victoria und Eva schliefen zusammen in einem der weißen Zelte. Die Mädchen kannten sich schon seit langem, waren in Freundschaft miteinander verbunden und jetzt unzertrennlich. Andere Leute von anderen Universitäten schliefen in anderen Zelten. Die Atmosphäre war traurig. Ständig unterhielten sich alle über das Erdbeben.

Am Abend zirpten laut die Zikaden und am azurblauen Pool flatterte der Wind über das Wasser, die tropischen Blumen dufteten süß, die Studenten saßen auf Metallstühlen. Manche waren selig, weil sie nicht für die Prüfungen lernen mussten, weil sie in den Urlaub flogen. Manche Gebäude der Botschaft waren an einigen Stellen zerstört und drohten, einzustürzen. Die Kantine funktionierte aber. Die gebrochenen Laternen leuchteten, umgestürzte Bäume lagen am Boden, ein Anzeichen dafür, dass vor ein paar Stunden die Erde bebte. Victoria war traurig. Sie litt bei dem Gedanken an ihr übermorgiges Treffen mit James, oder besser gesagt, den Abschied von James. "Was werde ich ihm sagen, wenn wir uns sehen, ich vermisse ihn", dachte sie und Tränen kamen ihr in den Augen. Wenn niemand sie beobachtete, weinte sie.

Die Botschaft war die gleiche wie zuvor, eine Oase voll von Trauerweiden und duftenden Blumen in Töpfen. Es war genauso schön wie noch vor einiger Zeit, bei der Ankunft aus Polen. Victoria war immer noch von den Gebäuden und den grünen Gärten voller Blumen fasziniert. Der von einer Mauer begrenzte Bereich schien der Nabel der Welt zu sein, der einzige Ort auf der Welt, wo die Zeit stehenblieb und wo sie jetzt sicher war? Allerdings erinnerten die zerstörten Gebäude und tiefen Risse im Beton daran, dass nichts mehr so war wie früher.

Die Zeit stand nicht still, manchmal floss sie schneller oder sie zog sich langsam bei Gesprächen am Pool. Sie sprachen immer wieder über das Erdbeben in Peking. Dann über Polen und was sie im Urlaub machen würden, über Reisen, über das polnische Meer, Masuren oder über Zakopane in den Bergen. Am Abend gab es ein absolutes Verbot, die Botschaft zu verlassen und die Mehrzahl der polnischen Studenten blieb bis spät in der Nacht am Pool sitzen, hörte das angenehme Summen der Zikaden. Beim Sitzen am Pool spürte man schon wieder das Gefühl eines leichten Schocks, das Wasser im Pool war sanft gewellt und alle fühlten sich wie nach ein paar Drinks. Alle warteten, was jetzt passieren würde, aber sie entfernten sich nur wenige Schritte von dem offenen Platz mit den Zelten. Da hörte die Erschütterungen jedoch auf, wie von der Berührung mit7 einem magischen Zauberstab.

Auch am darauf folgenden Tag war es immer noch ruhig. Die Erschütterungen kamen nicht zurück, aber sie konnten jeder Zeit zurückzukehren. Gestern Abend erfuhren sie, dass sie übermorgen mit einem polnischen Flugzeug zurückfliegen würden. Erleichterung? Oder vielleicht drehte sich alles in beschleunigtem Tempo ein wenig zu schnell? Keine Zeit zu fragen, was als nächstes kam und wann sie wieder hierher kommen konnten? Im September, nach den Ferien? Und was, wenn die Wohnheimgebäude zerstört würden, was würde dann sein?

Die Katastrophen waren nicht zu bekämpfen, niemand kannte die genaue Antwort, wie sie entstanden, warum und wann sie zu Ende gingen, auch nicht der Konsul oder der Botschafter. Die Diskussionen gingen den ganzen Tag weiter, während der Mahlzeiten und auch am Pool. Aber sie führten zu nichts und Victoria hatte nur noch weniger als zwei Tage, bis sie gehen musste. Sie saß am Pool und hörte Chaka Khan "Aint`t Nobody " immer wieder, jetzt täglich hundertmal oder mehr pro Tag. Sie hörte Musik von Chaka Khan und weinte und konnte nicht aufhören, bis sie James wieder sah.

Würde es Victoria irgendwie gelingen, zum letzten Mal ihren Geliebten zu sehen? Er war ganz in der Nähe, nur ein paar Straßen weiter. Er verbrachte die Nacht mit Freunden im diplomatischen Komplex und wartete auf den Flug in sein Land. Zu dieser Zeit entschlossen sich nur sehr wenige Ausländer dazu, in Peking zu bleiben. Sie brachen in einen vorzeitigen Urlaub auf. Schon jetzt waren die Wohnheime der Universität leer und in ein paar Tagen würde wahrscheinlich keine Seele mehr da sein.

Schließlich, am nächsten Tag um die Mittagszeit, lief Victoria zu dem Treffen. Sie lief sehr schnell durch die leeren Alleen des diplomatischen Komplexes. Es schien, als ob sie fliegen würde, ihre Beine sie von selbst weitertragen würden. Selten traf sie jemanden, auch wenn das Leben weiterging wie bisher. Sie war glücklich und traurig, voller Hoffnung und Verzweiflung, fokussiert und abgelenkt. Zu wissen, dass sie in einem Moment James sehen würde, zauberte ihr ein Lächeln ins Gesicht und für eine Weile vergaß sie die traurige Wirklichkeit. „Vielleicht war das ihr letztes Treffen in Peking", fuhr es ihr durch den Kopf. Wie sollte sie wissen, ob sie beide hierher zurückkommen würden oder auch nicht und vielleicht waren sie doch bereit und in der Lage, das nächste Treffen zu planen. Denn jetzt wusste niemand, was als nächstes kam. Es war ein Ausnahmezustand und die Ausländer mussten China verlassen.

Sie kam zu dem vereinbarten Ort, er wartete bereits auf sie mit seinem wunderschönen Lächeln. Er war, wie üblich, in Blau gekleidet, die Augen groß, ausdrucksvoll und schön wie „verbotene Seen". Von seinen schönen Augen konnte sie fast alles lesen. Das erste Mal, sie erinnerte sich, wie sie zum ersten Mal James in der Passage des „ Friendship Store" sah. Schon damals sah sie in James Augen die Faszination und vielleicht sah sie sich selbst in ihnen? Aber heute waren die „verbotenen Seen" anders, als je zuvor, schön, ruhig, aber traurig, sprachen über sein Leiden und die bevorstehende Trennung.

„Du bist so schön", sagte James und küsste sie sanft auf die Wange.

„Du auch", sagte Victoria und kämpfte gegen die Tränen, sie wollte ihn wieder küssen und konnte sich nicht von ihm lösen, sie wollte ihn lieben, wie jedes Mal, wenn sie sich trafen, sie fühlte Leidenschaft und war nicht in der Lage, dieses Gefühl zu unterdrücken. Sie liebte ihn.

„Wir müssen gehen, aber wenn wir uns wieder sehen, dann...", sie begann zu sprechen, schluckte ihre Tränen herunter, aber er legte seine Finger auf ihren Mund, ließ sie den Satz nicht beenden.

Sie wusste, dass das, was sie sagte und was sie erwarten konnte, jetzt nur ein Traum war, plötzlich hatte sich alles verändert. Katastrophen zerbrachen die Idylle, komplizierten das Leben, brachten nur Angst und Flucht. Angesichts der Katastrophe wurden die Leute zu machtlosen Spielfiguren, die auf ihr Glück warteten. Sie konnten beten, warten oder flüchten.

Victoria wollte die Arme um ihn schlingen, aber er hielt ihre Hand, um sie nur anzuschauen, voll Freude: die blauen Augen, das helle junge Gesicht mit Sommersprossen auf der Nase, die langen, braunen, gewellten Haare, die schlanke Figur und die Kleidung des jungen Frau - als ob er sich an jedes Detail seine Geliebten später erinnern wollte. Sie küssten sich, ohne ein Wort zu sagen, weil sie nicht wirklich Worte brauchten. Ihre Augen hatten schon alles gesagt, immer, sie zeigten die Seele, Empfindlichkeit und die Liebe. Sie wussten schon seit langer Zeit, dass es wahre Liebe war. Ihre Blicke und Gesten logen nicht. Victoria wollte ihm in diesem Moment alles schenken, was sie zu geben hatte, den schönsten Sonnenschein und den blauen Himmel Pekings und auch alle ihre Bilder und Kalligraphie-Schriftrollen und Lotusblumen und sie wollte über ihre Liebe sprechen, aber sie brachte kein Wort heraus. Die Trauer erlaubte keine Worte. Sie wollte weinen, aber es kamen keine Tränen in ihre Augen. Victoria litt daher, ohne Tränen zu vergießen. Er übrigens auch. Sie starrten einander an und kommunizierten nur in der magischen Sprache der Liebenden. Doch sie mussten planen, was wäre dann, ihre Zukunft und wann sie sich wieder treffen würden, die Adressen und Telefonnummern notieren. Nein! Sie waren nicht in der Lage, im Voraus zu planen. Sie planten nicht. Sie küssten sich leidenschaftlich für eine lange Zeit ohne unnötige Worte, ohne Tränen.

Es gab keine Versprechen oder Pläne, die ganze Welt war jetzt in den Händen der Elemente. Zum ersten Mal in ihrem Leben konnten die Liebende nichts mit ihrem Willen, mit Engagement oder Hingabe ändern. Sie waren in der Gewalt der mächtigen Natur. Vielleicht hörte ihre Lieblingsstadt plötzlich auf zu beben, die Bewohner zu zwingen, in Zelten im Freien zu wohnen, in Panik zu sein oder zu fliehen. Jetzt konnte niemand etwas ändern und niemand konnte die Zeit stoppen.

Aber es gab eine Liebe, die kein Alter, Land, Kultur kannte, die nur die Gefühle kannte und nur das war wichtig. Es war leider auch eine vergängliche Zeit. Eine Zeit, die immer schneller floss, ohne aufzuhören, die Zeit trennte die beiden voneinander, immer schneller und schneller. Sie waren zusammen, aber nur noch für einen Moment. Morgen würden sie Peking verlassen und jeder von ihnen würde zu einem anderen Ende der Welt fliegen. Würden sie ihr ehemaliges „farbiges Peking" für immer verlassen? Ohne Hoffnung auf Rückkehr? Ohne Rückkehr nach Peking und verheißungsvolle Treffen? Ohne Lotusblumen in Töpfen und dem Zirpen der Zikaden am Abend? Ohne das tägliche Radfahren und den Geruch von tausend chinesischen Gewürzen? Händchenhalten, ohne den Blick von einander zu lassen und jetzt gab es nur diesen Moment in Peking.

Anmerkung der Autorin

Alle Personen, Daten, Ereignisse, Filmnamen, Beschreibungen von einigen Orten etc., die in diesem Buch genannt wurden, sind reine Fiktion. Der Hintergrund des Geschehens jedoch bilden viele echte Straßennamen und die Orte, die am Ende der 80er Jahre in Peking existierten.

Dank

Das Verfassen von „Die Farben von Peking" hat viel Spaß gemacht, aber es war nicht immer ein einfacher Prozess.

Ich möchte mich bei meinen Eltern, meinem Mann Thomas, meinen zwei wunderbaren Söhnen Dennis und Lucas für die Unterstützung bedanken. Vielen Dank auch an meine beste Freundin Heike die mir bei den Textkorrekturen geholfen hat. Danke für deine Zeit und Geduld.

Besten Dank auch an Marlene Weindler, die Malerin ist und speziell für mich das wunderschöne Bild mit den Lotusblumen gemalt hat. Ich bedanke mich auch bei Helga für die Erstellung des Buchcovers und die zahlreichen Tipps.

Und „last, but not least" danke ich meinen zahlreichen Freunden aus vielen Ländern der Welt, die mich aus unserer gemeinsamen Zeit in Peking und auch aus anderen Perioden meines Lebens kennen. Danke Euch Allen für die tolle Zeit zusammmen, für Freude, Spaß und Inspiration.